火星に住むつもりかい？

不然你搬去火星啊

伊坂幸太郎
Isaka Kotaro
王華懋——譯

目錄

導讀

奇想・天才・傳說

張筱森

雖然是篇談論伊坂幸太郎的文章，不過請先讓我稍微離題談一下二〇〇六年的第一百三十四屆直木獎。這屆的大事當然是東野圭吾在五度鎩羽而歸之後，終於以《嫌疑犯X的獻身》獲獎；可說是了卻他一樁心願，也替其出道二十年錦上添花一番。東野連續五度提名五度落選的事蹟，讓日本大眾文壇和讀者之間開始悄悄地流傳著一個聽來有點辛酸的名詞「東野圭吾路線」，意指不斷被提名、不斷落選，然後過了該得直木獎年紀的作家。而東野總算在第六次的提名擺脫了這個看似不太名譽，不過差一步就會變成傳說的不幸陰影。但是在東野終於獲獎的這樣可喜可賀的事實背後，其實也存在著一名極爲有力的「東野圭吾路線」候選人，那就是本文主角——伊坂幸太郎。

伊坂幸太郎，一九七一年出生於千葉，畢業於位在仙台的東北大學法學部。小學時和一般小孩一樣閱讀各式各樣的兒童讀物，年紀稍長之後開始看當時流行的國產娛樂小說，如：都築道夫、夢枕獏、平井正和等人的作品，高中時因爲看了島田莊司的《北方夕鶴2／3殺人》後，成了島田書迷。而在高中時，因爲一本名爲《何謂繪畫》的美術評論集，啓發伊坂認爲能使用想像力生存是件非常幸福的事情，而小說恰好可以一人獨立從頭開始，自己應該也辦得到；因此他決定在進入大學之後開始創作，再加上喜愛島田的作品，便選擇了寫推理小說。進入大學之後則開始閱讀純文學，尤其喜愛諾貝爾文學獎得主大江健三郎的作品。

也因爲他將對運用想像力的憧憬著力於小說創作上，於是各項具有想像力的元素都漂浮在其作品中，如法國藝術電影、音樂、繪畫、建築設計等等，使得讀者在閱讀推理小說的同時，也彷彿看了一場交織著奇異幻境寓言、生命哲思與青春況味的文藝表演。

巧妙地融合脫離現實生活的特殊經歷以及不可思議的冒險活動，一向是伊坂作品的創作主軸，這種奇妙組合，正是伊坂風靡了無數熱愛文學藝術的青年讀者的重要原因。

這樣的他，在一九九六年曾經以《礙眼的壞蛋們》獲得山多利推理小說大獎佳作，不過一直要到二〇〇〇年以《奧杜邦的祈禱》獲得第五屆新潮推理小說俱樂部獎後，才正式踏上文壇。奇特的故事風格、明朗輕快的筆觸，讓他迅速獲得評論家和讀者的熱烈歡迎，不光是在年度推理小說排行榜上大有斬獲。二〇〇三年以《家鴨與野鴨的投幣式置物櫃》拿下吉川英治文學新人獎，二〇〇四年則以《死神的精確度》獲得日本推理作家協會短篇部門獎，更在二〇〇三到二〇〇六年間以《重力小丑》、《孩子們》、《死神的精確度》、《沙漠》四度獲得直木獎提名，可以看出日本文壇對他的期待和重視。

伊坂到二○○六年爲止總共發表了八部長篇、四部短篇連作集和一篇短篇愛情小說。因爲喜歡島田，而決定創作推理小說的伊坂，打從一出道就以推理小說新人獎得獎作《奧杜邦的祈禱》獲得各方注意；然而《奧杜邦的祈禱》卻長得一點都不像讀者們所熟悉的推理小說模樣。伊坂曾經說過，「寫作的時候，我並不喜歡描寫眞實的現實生活，而是想寫十分荒唐無稽的故事。」《奧杜邦的祈禱》正是這樣特殊，有著前所未有的奇特設定的一部作品。一個因爲一時無聊跑去搶便利商店的年輕人伊藤，意外來到一座和日本本土隔絕一百五十年的孤島，孤島上有個會說話、會預言未來的稻草人優午。優午告訴伊藤，自己已經等了他一百五十年，而伊藤這個外來者將會帶來島上的人所欠缺的東西。留下這般謎樣話語之後，優午就死了，而且還是身首異處、死得相當悽慘。這短短幾句描寫，就能夠看出伊坂作品最顯而易見的特殊之處：「嶄新的發想」，我想很難有讀者在看了這樣奇異至極的開頭，而不繼續往下翻去，畢竟「會講話的稻草人謀殺案」實在太過特殊。而這種異想天開、奇特的發想，就成了伊坂作品中一個非常重要而且難以模仿的特色，在他往後的作品當中都可以看到這樣的特色，以死神爲主角的《死神的精確度》便是個好例子。

然而空有奇特的發想，沒有優秀的寫作能力也無法讓伊坂獲得現在的地位。第二作《Lush Life》便是讓讀者更認識伊坂深厚筆力的作品，畫家、小偷、失業者、學生、神、諮商心理師等等眾多人物各自在五個故事線中登場、彼此的人生互相交錯。如何將這五條線各自寫得精采絕倫，而在彼此交錯時又不落入混亂龐雜的境地，最後將所有故事線收束於一個點上。伊坂在敘事文脈構成上展現了高超的操控能力，就像不斷地在本作出現的艾雪的畫一般地令人目眩神迷。複雜的敘事方式中包含著精巧縝密的伏線，並且前後呼應，而此極爲高明的寫作方式，在第四作《重力小丑》、第五作《家鴨與野鴨的投幣式置物櫃》中也明顯可見。

筆者和大部分的台灣讀者一樣對伊坂最早的認識來自於《重力小丑》一作，對於本作中那幾乎只能以毫無章法來形容、或者可說是某種文字遊戲的章節名稱印象深刻。但在閱讀了伊坂的其他作品之後，便能夠理解日本文藝評論家吉野仁所指出的伊坂作品的一種極爲另類的魅力來源——「將毫無關聯的事物組合在一起」，像是「鴨子」和「投幣式置物櫃」明明是毫無關聯的東西，卻成了小說。或是書名爲《蚱蜢》內容卻是殺手的故事，這樣的奇妙組合讓伊坂的作品乍看書名就能吸引讀者的目光一探究竟。而更引人注意的是，這樣看似胡鬧的作法，也散見於每部作品的內容和登場人物的言行之中。在《家鴨與野鴨的投幣式置物櫃》中，主角的鄰居甫一登場就邀他一起去搶書店，而目標僅僅是一本《廣辭苑》字典!?在《重力小丑》中，春劈頭就叫哥哥泉水一起去揍人。然而在這些登場人物的異常行動，或是令人不由得笑出聲來的詞句背後，其實隱藏著各種人性的黑暗面。《奧杜邦的祈禱》中，仙台的惡劣警察城山毫無理由的殘虐行徑、《重力小丑》中的強暴事件、《魔王》中甚至讓這樣的黑暗面以法西斯主義的樣貌出現。伊坂總以十分明朗、輕快並且淡薄的筆觸，描寫人生很多時候總會碰上的毫無來由的暴力。如此高度的反差，點出了一個伊坂作品世界中的重要價值觀——在面對突如其來的暴力時，該如何自處？該怎麼找出最不會令自己後悔的生存方式？

如果將毫無理由的暴力推到最極致，莫過於「死亡」了，只要是人，難免一死，那麼，人類該怎麼和終將來臨的死亡相處？從《奥杜邦的祈禱》中的稻草人謀殺案起，這個問題意識就一直在伊坂作品的底層流動，隨著此次伊坂作品集出版，讀者在全部讀過一遍之後，應該都能得出屬於自己的答案。

而在熟讀伊坂作品之後，讀者便會發現伊坂習慣讓他筆下所有人物產生關聯，先出現的人物一定會在之後的作品登場。像是深受台灣讀者喜愛的《重力小丑》兩兄弟，也會在之後的某部作品中出現，這樣的驚喜也十足地展現了伊坂旺盛的服務精神。

在文章開頭提到伊坂是極有力「東野圭吾路線」候選人，如實反應出日本讀者和評論家對於伊坂遲遲不能獲獎的難以理解。但筆者忍不住想，就這樣成爲直木獎史上的傳說，似乎無損於伊坂的成就。畢竟如同日本推理天后宮部美幸說的：「伊坂幸太郎是天才，他將會改變日本文學的面貌。」身爲一名讀者，能夠和一位不斷替我們帶來全新小說的天才作家相遇，就是一種十足的幸福。

作者介紹

張筱森，喜歡推理小說，偶爾也翻譯推理小說。

第一部

一之〇

裁員就是獵巫——有個員工這樣跟我說耶。

前田賢治對妻子說道。聽起來像工作上的抱怨，實則不然。因爲有關前田賢治的工作——「推動裁員」的話題，已成爲茶餘飯後、維繫夫妻感情的愉快話題之一。兩人坐在餐桌旁看著晚間電視節目，邊小酌邊聊天，妻子聞言微微探出身體問：「獵巫？什麼意思？」

「瞧妳，這麼興致勃勃的。」前田苦笑，但他可以想像，自己應該也是兩眼發亮。前田生了一雙粗眉，眉頭皺紋極深，體格也十分魁梧。他年輕的時候就顯老，似乎頗具威嚴，只因看不清楚遠處而瞇眼，就能把對方嚇得屁滾尿流。前田覺得這是人生中的一項優勢。畢竟人在行動的時候，往往會顧忌「看起來可怕的人會怎麼反應」。

「獵巫呢，就是在中世紀歐洲持續了好幾百年的祭典。」

「一種祭典啊？」

「無辜之人被處刑，這不就像祭典一樣嗎？」

「獵巫是獵補無辜之人嗎？」

「難道妳以爲世上眞的有女巫？」

「唔，我是不認爲啦。那麼，是挑選不是女巫，不過是壞蛋的人？」

「最早好像是產婆受到懷疑所引發的。」

「產婆？」

這是白天在會議室，那個提出「裁員就是獵巫」論的員工說法。

中世紀的醫學落後，嬰兒死於生產過程中的情況並不少。這種情況下，多半會認爲是幫忙接生的人，也就是產婆或助產師的責任。「產婆是女巫，她們把嬰兒吃掉了！」產婆因爲這種離譜的理由遭到譴責，結果受到懲罰。

「簡而言之，」前田說：「是誰都無所謂。」

一旦莊稼欠收、發生天災地變，人類就會設法發洩面對這些苦難時產生的恐懼與憤怒。他們一口咬定原因出在女巫作怪，指控某人就是女巫，把她處死。

「原來如此，就像是池魚之殃。」妻子說，但臉上看不出同情之色。反而跟前田一樣，帶著幻想未知的娛樂，並樂在其中的意味。「每個人都可能是女巫嘛。」

「然後啊，聽說還出版了教人怎麼辨認女巫的指南書。是十五世紀一本叫《女巫之槌》（註）的書。」

註：《女巫之槌》（*Malleus Maleficarum*），十五世紀宗教裁判官克拉馬和司布倫格所著之論文，並於一四八七年出版。教人辨認巫術、指認女巫，及對女巫施以酷刑。

「這書名聽起來不會賣。」

「不，全歐洲的人都在讀。作者據說是一名修士。」

「原來有方法可以辨認嗎？像是女巫討厭大蒜之類的？」

「有個方法是把嫌犯丟進水裡，如果浮上來，就是女巫。」

「只要是人，都會浮起來吧？」

「就是說啊。不過，蒙上嫌疑的人會被丟進水裡。如果要證明自己不是女巫，就不能浮上水面。簡而言之，除非死掉，否則無法證明自己的清白。書裡的方法，似乎全都是這種調調。嫌犯會遭到拷問，直到承認自己是女巫爲止。如果承受不了拷問，招認『我就是女巫』，便會被處死；但就算堅持不認，還是會被拷問到死。即使是無法忍受而自殺，也只會得到一句『只有女巫才會選擇自殺』。」

「那說到底，一旦被指控是女巫，不就完蛋了嗎？」

很可怕對吧？儘管這麼應著，但光是想像，前田就一陣陶然。想像指控一個清白無辜的人：「你是女巫！」然後加以凌虐，他就有種全身頓時爬滿雞皮疙瘩的快感。

「還有啊，那本指南書裡，甚至教人要怎麼樣才能慢慢地拷問、施加痛苦。」

「慢慢地拷問？」

「要是把人拷問死了，就沒有意義了。因爲一般民眾都很期待看到公開處刑。聽說要是兩三下就把人弄死，樂趣被剝奪的一般民眾甚至會氣憤到反過來把處刑人處死。」

裁員也一樣啊，被挑中的員工不管怎麼控訴，最後還不是只能離職？一旦被選上就完了。白天那名員工這麼主張。即使拚命留在公司，還是會受到刁難，遭到各種有形無形的殘酷對待。

「我什麼時候刁難誰了？」前田板起臉說，對方顯然嚇到了，那種變化又讓前田感到愉悅。「你聽好了，獵巫跟裁員很像，但根本就不一樣。」

「是嗎？」

「女巫是被誣賴的，但裁員是有道理的。被選上的員工，都是『那個人離職對公司才有利』的人選。」

「但員工的能力和資質並沒有多大的差別。」

「如果沒有，就得從中挑出一個。」

「那豈不是跟獵巫一樣嗎？」

「不一樣。照你的說法，處死女巫是爲了釋放人們因飢荒或不景氣而產生的壓力，完全就是沒有實質幫助的心理安慰。可是呢，假設你接受離職好了。」

「會怎麼樣？」

「人事費用會減少。」前田以渾厚的嗓音斬釘截鐵地說：「跟獵巫那種心理安慰不一樣，公司能得到實質助益。」

門鈴響了。前田賢治望向時鐘，晚上十點多了。以送快遞來說太晚，而且這幾年從來沒遇過這種情形。「喂？」客廳連接走廊的門旁設有對講機，妻子在那裡應門。前田賢治留意著，但仍繼續啜酒，伸手拿電視遙控器。赫然回神時，妻子就站在旁邊。幹麼嚇人啊？他蹙眉看著妻子，妻子囁嚅著說：「好像是警察，不曉得有什麼事。」

「警察？出了什麼事嗎？」前田十分訝異，雖然覺得麻煩，但仍湧出好奇心。如果發生什麼好玩的事，搞不好明天可以拿去職場炫耀。「我去看看。」他前往玄關，妻子也匆匆跟了上去。

「抱歉，這麼晚打擾，你就是前田賢治先生嗎？」門旁是一個矮個子的中年男子，口鼻有些往右歪，西裝打扮。他背後站著兩個男人，穿員警制服，體格都有一八〇公分以上。

「我是警視廳『區域安全保護課』的人。」前面的矮個男出示名片和警察手冊。

「區域安全？出了什麼事嗎？」前田賢治挺直背脊。對於初次見面的人，應該以禮貌大方的態度應對，不需要卑躬屈膝。在人際關係方面，他視爲最重要的教訓便是「被看扁就完蛋了」。

「妳聽過這個部門嗎？」前田賢治回頭問妻子。警察手冊看上去像眞的，但最近的詐騙手法非常高明。歹徒可能捏造一個民眾陌生的機構，騙取信任，然後要求：「拿出存摺來。」

「這是前年開始在各都道府縣設置的部門，新聞也報導過，雖然篇幅不大。」刑警露出笑容，但眼神依舊銳利。「任務是保護各城鎮的安全。」

「巡邏之類的嗎？」

「我們會四處詢問居民有無生活上的不滿及困擾。因爲——喏，從以前開始，警方遭受到的批評總是千篇一律。」

「千篇一律？」

「『警方都要等到出事了才會行動』。」

「哦，常這麼聽說。」

「比『早起的鳥兒有蟲吃』這句諺語還耳熟能詳。」刑警一本正經地點點頭。「簡而言之，警方聽到民眾這樣的不滿，於是成立我們這個部門，在發生大事之前進行調查。」

「就像預防恐怖行動那樣？」前田賢治這麼回答，並沒有太深的意圖，只是覺得應該附和一下，好讓對話順暢進行。沒想到，刑警聞言，表情緊繃，守在他身後的兩名大塊頭前進一步，夾住了前田的兩側。

「今天我們過來，就是爲了預防恐怖行動。」刑警說。

「有人恐嚇要在附近放炸彈嗎？」前田賢治開始爲對方的不假辭色惱怒起來。那不是向人請教、拜託的態度。

「我們就是想請教前田先生這件事。」

「我什麼都不知道。」

「可以請你跟我們到署裡一趟嗎?」

理所當然，前田因不悅又感到一頭霧水而氣憤地準備破口大罵，但這時他的雙臂已被制服警官抓住。妻子發出小小的尖叫聲。

接著，前田賢治被帶去警視廳，遭到拘留。

罪名是涉嫌參與海外恐怖組織的武器交易。警方搜索住家後，在前田賢治職場的筆記型電腦中發現與恐怖組織的通訊內容，還有用化名開設的祕密帳戶。起初前田賢治不斷否認，最後終於招出首謀情報，因此防堵了原本計畫在都內地下鐵實行的爆炸事件。

考慮到前田賢治提供了重要情報，當局酌情提前釋放他，但這回他開始宣稱自己和恐怖行動無關、警方進行了違法偵訊。他甚至展現出「膽敢攻擊本大爺，就算是公權力，我也絕不善罷甘休」的氣魄。職場的筆電一定被人動過手腳，我根本不曉得什麼恐怖組織，是冤枉的，我是冤枉的!他這麼傾訴。

媒體記者表示出興趣。然而，這時又半路殺出一個程咬金。和前田賢治在同一家公司任職的中年員工自殺了，遺書中鉅細靡遺地寫下前田賢治多麼心狠手辣地執行裁員業務。

前田賢治遭到社會輿論的撻伐，還是沒有退縮。他反而一下子幹勁上來，爲了辯白而接受電視台及報社採訪。他說明自己是無辜的，裁員也是職責所在，逼不得已。

然而，他的態度太糟糕了。比起他主張的內容，他的言行更惹來世人反感。

隨著時間過去，前田賢治的知名度逐漸上升，陌生的敵人也愈來愈多。

漸漸地，前田賢治累積太多精神壓力，開始出現異常行爲。他突然踹路上的大狗，拳打腳踢。沒想到那條黑狗異常敏捷，一眨眼就撞翻他，咬破他的喉嚨，把他活活咬死。得知這個消息，附近的小鋼珠店店員悄悄檢查停車場的監視器。他懷著湊熱鬧和想出鋒頭的心態行動，結果發現清楚地拍到男人遭黑狗處刑的一幕。他敵不過表現欲，將影片上傳到網路。

啊，原來如此，前田果然是危險分子。

世人互助點頭確認。

一之一

「就說我什麼都不知道了。」佐藤誠人跌坐在地。被拉扯的學生制服鈕釦已飛掉，破了一半。站在他前面，用粗壯右臂揪住他制服高領的是學長——高二的多田國男。正值八月，明明都放暑假了，卻非參加社團活動不可，回家路上還被學長找碴，眞是衰到家。佐藤在內心叫苦連天。

「我們在那裡偷電視的事，只有你知道。」

「一定還有其他——」佐藤的臉頰挨了一拳，視野閃了一下。

「佐藤，如果不是你，會是誰告的密？」

他的高領被用力拉扯。

佐藤的身材乾瘦，功課也不怎麼好，勉強算得上特徵的就是他是個書蟲，與暴力完全沾不上邊。面對眼前的危機，他的大腦現在仍無法順利應對。相對地，多田習慣動手動腳，他本來參加空手道社，卻不斷與學長學弟發生衝突，甚至把別校學生打成必須住院的重傷，結果被退社。以前他明明不是這樣的。這個想法掠過佐藤的心頭。

因爲家住得近，他們上小學時經常一起玩。

對於可靠的多田，佐藤誠人一直心懷憧憬，然而多田怎會變成這副模樣？那樣一個照顧人的好大哥，竟然變成這樣的不良少年，他痛切感受到青春期魔法的強大。

「就算我告密，又有什麼好處？眞要說的話，我早就知道學長你們偷機車的事，如果要告密，我早就說出那件事了。」

「機車？那只是跟甲野機車行的老頭借一下而已。那裡的車是公共機車，懂嗎？」

甲野機車行是距離高中兩個街區外，位在佐藤固定去的理髮廳方向的一家小機車行。年過八旬的甲野老爺耶一個人顧店，幾乎沒生意，但店後方擺了許多中古機車。有人來賣不要的機車，又或是像多田那樣的不良少年偷了機車來賣。鑰匙管理也很鬆散，繞到店後頭，打開設置在機車附近的盒子，裡頭就是整排鑰匙，簡直像在邀人來偷。太過不設防，反而讓人興不起想偷的念頭，多田他們也只在需要的時候到那裡借用機車，然後還回去，所以確實可說是公共機車。

佐藤擔心著快滑落的眼鏡，轉動眼珠子東張西望，期待會不會有人經過。

這裡也不是什麼陰暗巷弄，位在從高中回家的通學路附近，馬路對面有手工麵包店和運動用品店，但沒有人影。佐藤剛這麼想，就看見運動用品店有人走出來。老闆是一名年近花甲，頭髮稀疏的男人，戴著眼鏡，穿著短袖短褲。

佐藤知道老闆注意到被按在圍牆上的自己，還有揪住他衣領的多田。對方瞇起眼睛，撫弄著眼鏡支架。「好了，你發現了，請報警或幫幫我吧。」佐藤在視線中注入期待，然而店長扭開脖子，悠哉地做做伸展操，最後折回店裡。店長的視若無睹教人氣憤，但也不是無法理解。如果發揮半吊子的正義感，反過來遭殃，那就沒意義了。

他想起去剪頭髮時聽到的事。

聽說理髮師的父親生病住院時，發生了火警。

「我爸揹起隔壁床的老人，總算逃出建築物，但他知道同病房還有幾個住院病患。我爸想，既然救了一個人，也得把其他人救出來才行。」結果理髮師的父親因此丟了性命。佐藤感嘆不已，但理髮師說：「我爸那不是正義感，只是害怕被人說他偽善。」

半吊子的正義感會引火上身。佐藤被迫思考這件事。

就在這時，一名婦人騎著自行車經過。「啊，你們在做什麼？」她說。

「只是在玩啦。」多田大言不慚地說。可能是有點尷尬，他放開佐藤，就這麼離開了。

得救了。佐藤鬆了口氣，但事情沒那麼簡單。

隔天他也去學校參加社團活動，回家途中又在同一個地方被多田逮到，一樣被整了。

「我每天都會埋伏你，直到你招認就是你出賣了我們。」多田說著，扭起佐藤的手臂。

佐藤誠人慘叫起來，聲音都啞了。「多田學長、多田學長！」他拚命地說：「你知道學長們都怎麼說你嗎？」

「啥？什麼？給我說！」多田扭折手臂的力道放鬆了些。

多田經常和幾個高三學長混在一起。那幾個高三生都是有錢人家的小孩，打扮拉風帥氣，總是帶著女中的學生，是個愛拈花惹草的奶油團體。大部分的學生應該都很納悶多田怎麼會跟他們一夥，但最有力的說法是他們利用多田來當保鑣。

「他們說我壞話嗎？」

「利、利比亞。」佐藤說。

「利比亞？」

預期聽到直截了當的壞話或辱罵，沒想到卻冒出來國名，多田顯然十分困惑。

佐藤拚命地說：「美國千辛萬苦揪出恐怖分子。但抓到嫌犯，要他們招供也很難。」

「你幹麼扯到美國啊？」

「ＣＩＡ什麼的會對抓到的嫌犯施以水刑，逼他們招供。」

「水刑？拷問嗎？」

「只差一點就是拷問了。」

「不，根本就是拷問吧。」

「唔，是沒錯。」水刑算不算拷問？水刑沒有問題——不，水刑不人道。這相當難以界定。更難的在於，只靠人道審訊，恐怖分子不可能吐實。「但太殘忍會招來批評，所以美國在布希政權時期會跟別的國家合作。」

「什麼叫跟別的國家合作？」

「就是和利比亞合作。聽說在格達費上校的時代，利比亞對反政府人士進行長時間的拷問，像是打斷鼻梁、電擊。情報機關都會做這種事，所以很擅長。」

《華爾街日報》說，「利比亞放棄大規模毀滅性武器開發計畫的二〇〇四年以後，ＣＩＡ便正式與利比亞合作。」

《紐約時報》說，「布希政權明知利比亞會拷問嫌犯，卻至少八次將恐怖分子嫌犯移送到利比亞。」

美國將拷問業務發包給利比亞。英國好像也委託利比亞進行拷問。

「你到底在鬼扯什麼？」

「我是在說，多田學長好像也被當成利比亞。他們自己不會碰暴力或危險的事，都交給多田學長。叫多田學長扮演利比亞的角色。」

「你是說他們利用我？」

不，呃，我是說合作。佐藤字斟句酌。不是格達費，是多田費（註一）——冷笑話般的句子浮現腦海，但佐藤沒膽說出口。

「就知道賣弄歪理，囂張什麼！」多田踹佐藤一腳。佐藤撞上圍牆，四肢跪地，緊接著肚子被踹。還沒來得及穩定思緒，拳頭和飛踢就接二連三落在身上，佐藤的腦袋被攪得一塌糊塗。

「我再問一次，就是你告的密吧？」

啊！佐藤驚叫一聲。小指被拉扯。他慢慢移動視線，只見小指被狠狠抓住。

「先從小指折斷。」

佐藤遲遲發不出聲。「住手！」他喊道，但對方不可能因此回應「好，那就住手」。「反對拷問！」他最後說。

「利比亞會拷問，不是嗎？」

「學長被利用了。」

「干我屁事。」

「等等等一下，我根本什麼都沒做啊！」

「快給我招！」

「好、好！」佐藤氣急敗壞地說。「是我，就是我。」

他判斷既然局面如此，就算被冤枉，也只有扛起罪嫌才能脫身。

「你？你怎樣？」「是我、是我告訴老師的。」「確定嗎？」「確定。」

爲什麼要對「自己根本沒犯的罪」——不，那根本就不是什麼「罪」——拚命主張「就是我幹的」？

喏，這給你喝。佐藤回想起多田遞果汁給他的身影。小學時，兩人在公園一起玩，他熱到頭昏眼花，多田遞瓶裝果汁給他。他道謝後，多田便害臊地說：「我叫多田，所以免錢啦（註二）。」佐藤當時甚至覺得他眞是大好人，自己以後也要成爲這樣的大哥哥。

然而，現在多田淪爲虐待狂的暴力機關。快點想起以前的你啊！佐藤眞想這麼吶喊。

「那我要折斷你的小指，然後再切八段。」

「咦！」

「把折斷的手指切八斷。」多田笑著說，這時的他虐待狂模式全開，幾乎要流下口水，手中

註一：「多田」的日語發音是tada，加上fi的尾音，近似「格達費」的日語發音kadafi。

註二：多田（tada）在日文中和免費（tada）同音。

仍緊緊握住佐藤的小指。

一定很痛。佐藤怕得閉上眼睛，沒有抵抗。事情發生在下一秒。「啪沙」一聲，傳來一道踹垃圾袋般的聲響。佐藤睜開眼睛，只見多田的身體往旁邊飛。自己的小指也一起被扯掉了嗎？佐藤背脊發涼，但多田不得不鬆手，於是他的手指獲得解放。

多田側倒在馬路上。

一開始，佐藤以爲有道黑影從地面升起搖晃。晚了幾秒，他才看出那是一個穿連身服的人。那人全身都是黑色，頭戴黑色鴨舌帽，臉上戴著護目鏡，而且套著應該是滑雪用的面罩，還穿戴長靴和皮手套。右手抓著木刀。

就是這個人踢飛多田。不知是何方神聖的詭異男子登場，佐藤僵在原地。

多田撐著路面站起。雖然他對眼前的連身服男子感到訝異，仍魄力十足地罵「搞屁啊」，恫嚇對方。他踏出一步。這時，神祕連身服男從口袋掏出一顆像小鐵球的東西，隨即扔到地面。那是高爾夫球大小的黑色鐵球。那動作與其說是有目的地擲出，更像漫不經心地隨手丟石子解悶。

多田就要撲向男人時，傳來「咚」的悶響。佐藤嚇一跳，差點當場跳起。那是剛才的黑球撞到人行道護欄的聲響。神祕男子沒放過機會，立即衝上前，木刀狠狠地劈向多田的肩膀，緊接著砍他的手臂。多田被打得彎下身。

但他雙手並用推開連身服男，趁隙爬起，身體有些傾斜踉蹌。他怎麼了？佐藤還在納悶，連身服男已衝上去揮下木刀，多田當場倒地。男人的手伸向護欄。高爾夫球大小的黑球又回到他的手中，佐藤一時不懂他在做什麼。不知不覺間，男人離開了。

被丟下的佐藤用手機叫救護車和報警。比起自己，多田傷得更重。慌亂到不曉得該如何解釋，佐藤情急之下對警察說：「有個像蝙蝠俠、像假面騎士的英雄救了我。」

「啊，你撞到頭了吧？」他只得到這樣的關心。

一之二

各町內會（註）的幹部聚集在居酒屋，名目是防災訓練的慶功宴。

以往都一早集合，致詞並進行簡單的防災演習就結束，但今年本地成了「區域安全對象地區」，簡稱「安全地區」，不只地震和火災，還須設想遭遇放置爆裂物及發生生化恐怖攻擊等情況，實行大規模預防措施，因此演習順利結束，公所和警方相關部門都鬆了一口氣。

儘管是寒冬尚未離去的季節，參加者卻十分踴躍。

實行委員長以活力十足、難以想像已超過七十七歲的洪亮嗓門，帶領乾杯。

註：日本基層社區組織。

岡嶋坐在靠近末座的位置喝著啤酒。座位沒特別安排，但年紀相仿，三十到四十歲左右的男人們自然而然就聚在一塊。

「你們知道測謊機的悲劇嗎？」坐在岡嶋前面，體格壯碩的男人——蒲生義正拋出話題。

蒲生三十多歲，單身，算是積極參與町內事務。他提過自己是中國地方（註一）的人，當時岡嶋反應說「你也跑得太遠了」。畢竟若從仙台前往，等於是對角線飛越日本列島。「我把老母一個人留在家裡，是個不孝子。」蒲生當時難為情地搔頭說。

「測謊機的悲劇？像《X的悲劇》（註二）嗎？」醉紅著臉探出身體的是住在另一個町的圓胖男子，外表像頭熊。

「說是悲劇，其實也是機率問題。」蒲生說。「高中時導師告訴我的。那人是美術老師。」

「美術老師？不是數學老師？」

「那老師是個怪人，總在美術教室畫畫，如果放學後去那裡，他就會告訴你很多事。」

「很多事？」

「社會的矛盾啊、世上的荒謬啊、正義之類的。」蒲生笑道。隔著一層襯衫也能看出他的胸膛厚實。岡嶋沒問過蒲生從事什麼行業。他曾在平日早晨看到蒲生一身西裝，騎著一輛大型速克達出勤，覺得他應該是上班族，但不知實際如何。而彼此也都覺得社區居民打交道，這樣的距離剛剛好。

「假設是用測謊機來揪出恐怖分子，雖然不清楚機器構造，但關鍵在於機器的精確度。」

「精確度？」

「比方說，有個精確度達九成的裝置。它測得出九成的謊言。」

「嗯。」

「不過呢，如果在仙台市調查十萬人，即使精確度高達九成，還是有剩下的一成，將近一萬名無辜市民被誤判爲恐怖分子。」

「咦，會這樣嗎？」肖似熊的男子口吻就像打哈欠。

「一成就是這樣的數字啊。」

「那有點恐怖。」岡嶋發自心底說。

「把精確度提升到百分之九十九不就好了嗎？」

「即使有百分之九十九的精確度，調查十萬人，還是會有一千人被誤判。十萬人當中，會有一千人被誤認爲恐怖分子。假設適用全國各地，那麼一億人當中，就會有一百萬人被誤判。有一百萬人被誣陷爲恐怖分子，這非常可怕。」

註一：指日本本州西部，鳥取、島根、岡山、廣島、山口五縣。

註二：《X的悲劇》（*The Tragedy of X*），美國作家艾勒里．昆恩（Ellery Queen）於一九三二年發表的長篇推理小說。

說。

「確實很可怕。」

「簡而言之，即使是爲了揪出恐怖分子而使用測謊機，還是會殃及許多無辜民眾。」蒲生

岡嶋將內心的佩服誇張五成說：「所以測謊機派不上用場嗎？」

「找到嫌犯、進行審問時，測謊當然有意義。若是用來判斷一名可疑人物是否清白，測謊機是有用的。不過，拿來篩選大量的對象，就沒有意義了。風險太高。我猜也許是因爲這樣，才會採用區域安全的『那個』。」

「那個」是「哪個」，岡嶋一下子就想到了，岡嶋以外的人應該也是。他們身體都有些緊繃，拱肩縮脖，就像烏龜把頭藏進殼裡。「該說是『那個』，還是『這個』呢……」蒲生含糊地說著，環顧宴席現場。

「這個？」岡嶋問。

「這次的防災訓練如此勞師動眾，也是因爲今年這些地方被指定爲安全地區啊。」

「雖然不能大聲說，但就算冠上『和平』、『安全』這些乍聽平和的字眼，」在二手衣店工作的年輕人說：「說穿了，就是叫居民互相監視的地區吧？這算哪門子國家制度啊？」

岡嶋和大熊般的男人曖昧應和。安全地區制度每年從二月開始施行。不是從一月開始，有點奇怪，理由似乎是新年剛過，諸事繁忙，各地方機能尚未順利上軌道。而宮城縣成爲安全地區快

兩個月了。

「蒲生先生，測謊機和安全地區的制度有關係嗎？」

「就像我剛才說的，一股腦地想要揪出危險分子就會有無辜人士遭殃，發生測謊機的悲劇。所以在運用測謊機之前，不如讓一般人來篩選？藉此挑選出恐怖分子候補。」

「恐怖分子候補，聽起來好怪。」大熊男語帶諷刺。

「不過，我懂蒲生先生的意思。」岡嶋回答。

有沒有可疑人物？有沒有舉止詭異的人？有沒有危害區域治安的徵兆？向一般民眾徵求情報，縮小調查對象的範圍。警方的專責部門——「和平警察」只要對那些經過挑選的對象進行調查就行。縮小到一定的範圍後，或許也可以使用測謊機。

「告密、打小報告，說起來很難聽，不過實際上好像有效果嘛。」岡嶋說。「跟我們高中時代比起來，最近犯罪件數減少許多，應該也防範了不少恐怖行動的發生。」

「不過感覺好奇妙，現在安全地區不是採輪流制嗎？今年是宮城縣和三重縣，還有……」

「石川縣嗎？」

「是啊。其他地區並沒有布署和平警察，所以就算被別人告密，要說沒關係，的確是不會怎樣，不是嗎？」二手衣店的年輕人嗓門意外地大，岡嶋不自覺地繃緊身體。其他桌位的各町內會負責人的視線無聲無息地飄過來。

「總之，沒有布署和平警察的縣，犯罪率也都下降了，這一點我覺得很有趣。」

「那是因爲習慣成自然，或者說是慣性法則。」蒲生回答。他的口氣簡潔乾脆，像個陽光的體育老師。「曾被嚴格監視的地區，在監視期結束以後，遵守規範的意識還是會繼續提升。今後要受到監視的地區也是，大概是看到其他地區執行嚴厲的懲罰，自然就變得如此了。」

「簡而言之，就是嚇到了。」

「對。」蒲生點點頭。

「三個月一次嗎？」岡嶋說。他不想直接點出來，說得很曖昧。

「不，四個月一次。安全地區每四個月一次，總共公開舉行三次。」蒲生回答。

他們在說公開處刑。

「第一次就快到了。」二手衣店的年輕人說。嘴上批評制度，眼眸卻有些熠熠生輝。「你們看過嗎？」

「沒有。」大熊男說，在場的其他幾個人也都搖頭。

和平警察的集會，也就是處刑，不管是電視還是網路上都沒有轉播。私下錄影會遭到嚴格的懲罰，只有當地人能親眼目睹處刑，反而更引起人們的好奇。

「我以前騎車到埼玉玩的時候看過。」年輕人稍微張大了鼻孔。

「怎麼樣？」

「不舒服啊。現在都什麼年代了，還斬首。把頭塞進古怪的器具裡，一刀兩斷。而且被處刑的包括未成年少年。」

《少年法》形同虛設，在和平警察的制度下，年齡和性別的差異皆不在考量之列。有人主張這才是眞正的平等，但在一般犯罪中，少年的權利受到保障，然而在和平警察的處刑中卻不適用，不管再怎麼想都不合理。

「仙台有必須處罰的危險分子嗎？」岡嶋說。「仙台跟恐怖行動扯不上關係啊。」

「嗯，就是說啊。」大熊男也點頭。

「不論在哪個安全地區，第一次幾乎都沒有。」二手衣店的年輕人說。「被處刑的人通常就一個，最多兩個。然後，第二次、第三次時急速增加。」

「因爲頭四個月蒐集不到什麼情報嗎？」蒲生點點頭。

「也可能是看到第一次的處刑，興奮起來了。」二手衣店的年輕人一開始對和平警察的制度還語帶嘲諷，這時已亢奮到不行。「想要再多看一些，所以告密的人增加了嗎？」

眼前的年輕人就是那種高呼「我想再看到更多！」的人，岡嶋的表情不住扭曲。

一之三

「啊，欸，岡嶋先生，你知道嗎？」防災訓練的慶功宴結束，岡嶋離開居酒屋，在等公車回家時，一旁的中年婦人出聲搭訕。他一時想不起對方的名字。臉有印象，應該是在學校或家長會活躍的人。婦人生了一張圓臉，有福態，年近五十左右。過了一會，他想起是早川醫院的院長夫人。那是當地一家老字號私人醫院，專診內科、心血管科。婦人是院長夫人，負責顧櫃檯。岡嶋也在那裡看診過，夫妻倆都毫無架子，不知是不是這個原因，醫院總是擠滿病患。

開始轉暗的路上並排著路燈，光線微弱，像車子經過便會吹熄的燭火。

「早川女士，知道什麼呢？」

「安全地區的理髮廳都要安裝監視器。」

我知道，岡嶋回答。他是從自小光顧的老理髮廳那年過五十的老闆口中聽說。「好像是要管理安全地區內的刀械。」幾年前發生過一起慘劇，關西一家理髮廳的老闆其實是危險分子，他爲客人修容時，割斷客人的脖子，店裡濺滿鮮血。

「哦，那件事啊。那就是原因？」

「確實。因爲是發生在安全地區內的事件，引起社會大眾的矚目。如此一來，警方一定會被督促要盡快想出對策，預防慘劇再次發生。我們公司也都是這樣的。」

聽到岡嶋這麼說，早川夫人優雅地輕笑。「都是這樣呢。」

「警方也一樣。如果不提出對策，就會被批評毫無反省，所以非採取行動不可。因此會用到剪刀和剃刀的理髮廳、美容院，現在都有義務裝設監視器。」

「計程車也會偷拍吧？」

「我想那並不是在偷拍。出事時，影片應該會拿來當證據。好像也會拍攝計程車內，以便在與乘客發生糾紛時派上用場。如今這時代，連在理髮廳都不能說上司壞話了。」

「除非出事，否則不會調出來看吧？」

「是啊。而且理髮廳的影片保存義務期限只有三天。」

「說到監視器，」早川夫人的口氣就像在陰暗的馬路上發現一隻小蟲。「幾年前發生過有人被狗咬死的事件，你還記得嗎？有影片流出來。」

「在東京嗎？十年前左右的事。那件事相當轟動。」

「影片內容很慘，不過那個人好像也很過分。」

「聽說他執行裁員的手法十分殘忍。」說到這裡，岡嶋也想起來了。在他通勤搭乘的電車裡，有高中生用手機播放影片，吵吵鬧鬧地看著。狗咬住男人的脖子，活生生把男人咬死的那段影像非常震撼，他卻覺得不太眞實。

「不是有人說，那是最早的契機嗎？」

「最早的契機？」

「和平警察成立的契機。安全地區政策受到強化的契機。那個人不是跟恐怖行動有關嗎？他被逮捕了，卻因爲證據不足被釋放。於是他開始上電視，批評國家和警察。後來被他裁員的人自殺……」

「他被輿論批得很慘。」

「他被狗咬死，大家都覺得大快人心，認爲是現世報。」

「啊，我懂。」岡嶋點點頭。

「這件事讓政府和警方覺得：這行得通！」

「什麼叫『行得通』？」岡嶋笑出來，但理解她的言外之意。「中世紀的獵巫，似乎也有排解社會不滿和不安的目的。」

「獵巫？可是，世上沒有眞的女巫吧？」

「唔，應該難得一見。『她一定就是女巫！』只是有人像這樣被誣賴。不過，因爲集團心理之類的作用，每個人都發狂了。」

「眞可怕。」早川夫人說著，表情好似在遙想中世紀的獵巫受害者。

「不過，現在的和平警察只會處刑被視爲危險分子的人，跟一般人無關。」岡嶋說。

「也對。安分地活著，就不會有事。」

「是啊。」

然而，他的腦中掠過一句猶如但書的話：「只要別發生測謊機悲劇。」

一之四

門鈴響時不必說，就連穿西裝、自稱刑警的男子亮出警察手冊，報上「和平警察」的部門名稱時，他也想不到自己竟會蒙上嫌疑被帶走。他以爲警方是在自家周圍執行夜間巡邏，進行家宅訪問。當眼前自稱三好的刑警露出冷酷的眼神說：「岡嶋先生，你最好換下拖鞋，穿上外出鞋。你暫時不能回家了。」他才想到：「難不成……」

這會不會是非比尋常的狀況？

妻子香織顫抖著說「外子什麼也沒做」時，他已想到事情發展的下一階段：「難不成……」一回神，他已離開家門，並且照著三好刑警說的就要坐進警車。這一刻，他好像總算通電，腦袋開始運作，想起了女兒。現在是晚上十點多，讀小學的女兒在房間睡覺。

「出發前，我可以看一下女兒嗎？」明明沒有犯罪，他卻覺得說這種話可能招來誤會，但他無法不說。

三好刑警第一次板起面孔，強硬回答：「你會被懷疑湮滅證據。」岡嶋整個人嚇壞了。

「這一定是弄錯了。」妻子說。

岡嶋看著妻子：「好好解釋，警方會明白的。」然後他轉向三好刑警，尋求附和：「對吧？」然而僅獲得對方鐵板般面無表情，十分冷漠的反應。「快點上車。」他被催促著。一語不發的西裝壯漢坐在旁邊。制服警官坐上駕駛座，而三好刑警坐在副駕駛座。感覺自己就像被正式拘捕的嫌犯，岡嶋的內心益發不安。

岡嶋把身體塞進房間角落，抱住曲折的雙腿躺著。他把桌子搬到角落，鑽進底下，卻無助於阻隔冷氣。身體好冰。皮膚變得不像自己的，手臂彷彿凍結了。房間約三坪大，木板地，只有一張偵訊用的桌子。不妙，岡嶋告訴自己。他的嘴唇動彈不得，說不出話。比起皮膚外的傷害，他更害怕皮膚底下的異變。冷成這樣，體內的回路是否要失常了？

這時，房門打開了。

「哇，這房間怎麼這麼冷？」說台詞般的平板男聲傳來，但岡嶋連轉頭都難以做到。身體一動，好不容易密貼疊起的手腳又出現隙縫，冷氣鑽入。他拚命縮緊身體。岡嶋腦中只剩下該如何從寒冷中守住身子。他遲遲想不起進房的男人名字。男人穿著西裝，個子高瘦。是叫「肥後」嗎？他慢慢想起。

「哎呀，冷氣忘了關。岡嶋先生眞是的，幹麼不關電源呢？你喜歡涼爽點嗎？」肥後的口氣就像在背劇本。他來到岡嶋藏身的桌旁說「請別隨便搬動桌子呀」，然後拿起桌上的遙控器，按下按鈕。手指動了幾下，他說「哎，沒電啦」，離開房間又折返。冷氣這才總算關了。

「在這麼冷的房間待了兩小時，一定很冷吧？岡嶋先生，你還好嗎？」肥後走近岡嶋。你在房間角落縮成一團，好像小兔子還是小貓喔，肥後笑道。但對岡嶋來說，在沒有任何東西能抵禦冷氣的房裡，他只能躲在離空調最遠的角落，縮得像團兔子。

電源插座在天花板附近，跳起來也搆不到。

肥後不知從哪裡拿來毯子，蓋在岡嶋身上。他摩挲著岡嶋的身體。「好了，坐吧。問題還沒問完。」

「騙人。」岡嶋發出沙啞的聲音。凍結的嘴唇總算動了。

「騙人？這種回答我們聽膩了。聽好，我們知道你跟市內的恐怖分子集團認識。」

「時間。」「時間？」「剛才你說兩小時，才沒那麼短。」「你在說什麼？」「還要更久，快一天，或是兩天、三天，有那麼久。這裡的冷氣……」

「你是說冷氣開那麼久？」肥後的口氣變得粗魯。「喂喂喂，岡嶋老兄，少胡說八道啦。若是待在這麼冷的房間裡不吃不喝，你早就衰弱到不行，人都快掛啦。況且，你總得上廁所吧？」

岡嶋拱起肩膀，裹著毯子，視線轉向右邊牆壁。那邊有汙漬和一灘液體。那是岡嶋無法忍耐而排泄的小便痕跡。

肥後明明看見，卻故意不提。「連開三天冷氣，電費也不是鬧著玩好嗎？別逗我了。」審問繼續。岡嶋渾身發抖，嘴唇發紫地聽他說。

「岡嶋先生，可以告訴我們其他同夥的情報嗎？」

「我什麼都不知道。」

「可是，我聽說嘍。町內會的聚餐，大家都在居酒屋的時候，你針對當地的治安發出相當偏激的言論，不是嗎？」肥後的口氣變得親暱。

「聚餐？」岡嶋一時想不起來。硬要說的話，他只想得到三月防災演習的慶功宴，但他不記得說過什麼偏激的言論。那時，他只是聽蒲生還有其他人說話，附和幾句。在場的人扭曲內容，告訴警察嗎？誰？到底是誰打小報告？腦中有另一個自己一臉怨恨地呢喃。

肥後接下來也佯裝閒聊，問岡嶋：「你是不是曾有破壞社會秩序的念頭？」或「你曾想要大喊：全都去死一死吧！對吧？」他淨是說些近似誘導的話。

是不是乾脆認了比較輕鬆？岡嶋心想。不，他從很早以前就想過，應該說出對方想聽的內容，豁出去表示「我任憑你們處置」。他想這麼做，但「認了就會被處死」的恐懼阻止了他。

一個月前，也就是五月下旬，警方在仙台車站的東口廣場進行公開處刑。岡嶋想到在眾多看熱鬧的人群中，早川醫生在刑場上被砍斷脖子——他是早川醫院的院長。早川醫生狼狽萬狀，嘴角流涎地乞求饒命。但他雙腳被拖行，腦袋被按在銀色的斷頭台上。

岡嶋沒有足夠的覺悟接受那種下場，卻又無法承受現況。若是繼續堅持說真話，遲早也免不了一死。只會被施加更進一步的苦痛，像破布一樣受到蹂躪。啊，既然如此——他不禁這麼想。如果被判處刑，還會有一段緩衝期。將要被處刑，意味著可以活到被處刑的那一刻。大限來臨以前的生活肯定會比現在像話許多，不是嗎？

肥後大大地嘆氣。「若空調又壞了，關不掉，我們也只好說抱歉嘍。」他假惺惺地說。

岡嶋一陣顫抖。難以想像的寒冷，以及對喪失生命的恐懼，讓他感到身體深處被一把捏碎的驚駭。注意到時，他竟把手放在肥後的手上，口沫橫飛地說著：「對不起，真的對不起！」

「你這話是承認嘍？」

「我承認。」

「岡嶋先生，你承認是早川先生的同夥。」

「早川先生？」他一下就想到在大批群眾面前被斬首的早川醫院院長。「同夥？我是請他看過感冒。」

他想起三月防災演習的慶功宴，回程巧遇早川院長的夫人，但他們沒有更進一步的交情。

「岡嶋先生，你似乎假裝定期看診，跟那個醫生一同商量計畫。」

「咦？」岡嶋發出尖銳的聲音。除了突然發高燒，衝進早川醫院看診，他從沒去看過病。

「什麼定期看診……」岡嶋反駁，卻無法接著說「我才沒有」，最後他垂下頭說：「是的。」

爲什麼認了？答案很簡單。岡嶋要否定時，肥後淩厲地瞪著他，當著他的面將手伸向空調遙控器。

「除了流感疫苗，早川先生還藏匿各式各樣大量的疫苗。他私藏應該爲病患接種的疫苗。」

「這……」

「委託細菌檢驗的機關，和醫院的交易內容也有矛盾之處。」

「這……」

「岡嶋，你明知故問，未免太奸詐了吧？」肥後蹙起眉頭。不曉得是不是故意的，他搖晃著遙控器，岡嶋嚇得面無血色，差點沒當場昏倒。

「是的。」岡嶋回答——不是腦袋，而是身體，他的內臟和皮膚要求無條件投降。「求求你，放過我。」他抱住自己顫抖的肉體。

一之五

理髮廳的監視器捕捉室內景象。店門面對四號街，監視器就在東側牆上，呈半球狀，裡面的鏡頭會定期轉動，掌握理髮廳內的狀況。

牆上的月曆翻到二月。

三張並排的理容椅，只有中央那張坐著客人。「那就是監視器嗎？」客人的聲音被監視器外框上的麥克風接收。男人回望監視器。

「是啊。喏，就是那個什麼地區的規定。」穿著花襯衫及針織開襟外套的理髮師回答。他那張沒有特徵的臉歪曲了。「理髮廳都得裝。」

「眞可怕。」

「有什麼好可怕的？」

「我們家的商品賣不出去，最可怕。」

「賣得夠好啦，都被當成仙台名產了。」

「我硬讓它變成名產的。這樣還不夠。如果不隨時添加點火裝置，火箭就衝不上去啊。」

「社長賣的不是火箭，而是煎餅吧？」

「乾脆來個宣傳活動，說拿著我們家的箭餅，站在那監視器前面跳舞，便能立即獲得現金回饋！你覺得如何？」

「警察會生氣的。」

「要是警察生氣造成話題，那我眞想試試。可是好奇怪，在理髮廳裝監視器的理由，是理髮廳理會動刀動剪吧？那醫師、牙醫師、工地工人不也一樣？只在理髮廳裝監視器，有什麼意義？」

「我太太也這麼說。啊，社長，鬢角像平常那樣就行了嗎？」

「交給你了。」

「唔，跟理髮師刺死人的案件有關嘛。」

「反正是後來才找的理由吧。站在警察的立場，當地情報愈多愈好。」

「也許吧。但理髮廳有那個。」

「哪個？」

「理髮廳八卦。健康而普通——唔，普通也很難定義，總之，一般市民會定期上理髮廳閒聊。很適合用來調查有沒有危險分子，不是嗎？」

「意思是，這段影片會被和平警察檢閱？現在我說的內容也被錄下來了吧。」監視器補捉到鏡中男人臉上的嘴唇緊抿。「剛才我的煎餅宣傳計畫也曝光嘍？被抄就糟了。」

「社長是說被警察逮捕嗎？」

「不是，我是說被學去就糟了（註）。利用安全地區理髮廳的監視器宣傳，這嶄新的點子會被人學去。不過實際上怎麼樣呢？仙台眞的也要搞處刑那一套嗎？」

理髮師的剪刀喀嚓聲持續一陣。

「和平警察其實會拷問人，這傳聞是眞的嗎？」

「不曉得。」

「常上電視、像評論家的……是叫嵐山嗎？他就常批評和平警察，但他自己其實就是危險分子不是嗎？」

「是嗎？」

「是啊，他被處刑了。」

「社長，你好清楚。」

「哦，因爲以前他來仙台錄節目的時候，幫忙介紹了我們家的煎餅。」

「那他不是個好人嗎？」

「沒想到他居然會是危險分子。」

「社長搞不好會被懷疑是他的同夥。」

「他被處刑的時候，眞應該放塊宣傳板的。」

「對死者太不敬了。」

這時店門打開，鈴聲輕響。

「歡迎光臨。」理髮師抬起頭。

註：日文中，「被警方逮捕」和「被模仿」是同一個詞。

監視器一角拍攝到一名年輕男子走進店裡。他穿著深藍西裝外套，底下是牛仔褲。

「啊，鷗外同學，今天大學沒課嗎？」

「理完頭就要過去。」

「還是一樣忙嗎？」

「是啊。最近連騎機車出去的時間都沒有了。」

三天後，這個畫面依據錄影裝置的設定被刪除。

一之六

田沼繼子望著聚在車站東口廣場的群眾，人數多到令她胸腔發癢騷動，神經亢奮。她回想起年輕時受到男性矚目的興奮——雖然如今已年過五十，那就像史前事跡。

她本來就看早川醫生的夫人不順眼。十年前，田沼繼子搬來這裡的透天厝，斜對面就是早川醫院，她打招呼時，早川夫人說：「如果有什麼不清楚的地方，不必客氣，都可以問我。」

打從這時起，田沼繼子就討厭她。「如果有什麼不清楚的地方」這句話就是早川夫人瞧不起人的證據。早川夫人總是和藹得莫名其妙，這也令人反感。她是不是在嘲笑田沼繼子的獨子考醫學系失利？當然，田沼繼子死命隱瞞兒子落榜，但她一定從哪裡打聽到了。田沼繼子天馬行空地想像著。

話雖如此，她們從未在檯面上發生衝突。

田沼繼子至多穩當地散播惡評，比方：有個到早川醫院看診的孩子罹患肺炎沒被診斷出來，病情惡化到住院；早川醫院的院長喜歡亂掀女人的衣服，還開黃腔性騷擾。田沼繼子自認「屈就於這一點小小的反抗」。

當新聞報導「安全地區」制度成立，被揪出來的反社會人士會被處刑時，田沼繼子的腦海理所當然地浮現早川夫人被綁上處刑架的身影。

而當宮城縣成爲安全地區，田沼繼子的妄想愈來愈接近現實，她的興奮程度幾乎破表。一次，在傳閱社區聯絡板，和鄰居站著閒聊時，她得到一個靈感。街坊婦人說：「妳不覺得處刑很殘忍嗎？」田沼繼子回答：「可是，他們是壞人。因爲有處刑，才有……遏阻力不是嗎？」但婦人接著吐露心中憂慮：「會不會有人受到冤枉而被處刑呢？」

就是這個！

田沼繼子興奮不已。早川夫婦沒必要是壞人。只要給人「他們也許是壞人」的印象，風評就會變差，即使沒辦法讓他們被處刑，也能讓他們吃上苦頭。

啊，冤罪也是一種罪哪！

而且這十年來，田沼繼子一直不著痕跡地散播早川醫院的惡評，可說是箇中老手。編造莫須有的劣行，到處說得煞有介事，是她的拿手好戲。這回不用告訴街坊鄰居，只要通報和平警察就行。相關單位甚至設置了受理窗口：「提供情報請聯絡此處。」田沼繼子放出早川醫院的負面消息。她精心僞裝，盡量讓人看不出是來自同一個人的告密。

不久，她聽說早川醫院受到「家宅訪問」。隸屬和平警察的負責人以「須進一步調查」的名目帶走早川醫院的院長。田沼繼子大呼快哉：「讚啦！」她的歡呼聲那麼嘹亮，總是關在房間裡的兒子甚至跑下樓，瞪大眼睛詢問究竟出了什麼事。

被警方帶走的早川腱士受到什麼審問、說些什麼，田沼繼子好奇得不得了。她也害怕警方會因早川腱士的醫師身分和聲望而相信他的說詞，並很快揭穿是自己告密。

但結果呢？謊言獲勝了。

田沼繼子在東口廣場的群眾裡踮起腳尖，從人頭之間往前看。周圍每一個人都看著前方、看著台上。這裡沒有一個人知道安排此一盛會的就是她。田沼繼子一陣飄飄然。

宮城縣內的第一場公開處刑，早川腱士被選中，成爲受刑的危險分子。

她感到一種像是支持的候選人順利當選的喜悅。

處刑現場沒有音樂，也沒有主持人。

只有制服警官與便衣刑警在台上準備，裝設有如籃球架般巨大的銀色斬首裝置。原理應該和中世紀的斷頭台一樣，但或許是材質使然，看起來也像是健身房的運動器材。面對處刑台的右手邊有警方相關人員座位，坐著表情不可一世的男人。那裡類似學校活動的來賓席。

制服警官帶來的早川腱士一身運動服打扮，略垂著頭，拱縮肩膀，神情迷茫地往前走。

周圍的人都呑了呑口水。

「第一次處刑大概都是一個人。」「可是每個地區的第一次都緊張感十足，很棒。」田沼繼子的背後傳來交談聲。據說有些人爲了參觀處刑，到處造訪安全地區。

接下來的一連串光景，讓田沼繼子覺得時間過得異常緩慢。

早川腱士甩開制服警官，衝了出去。

觀眾發出慘叫，引起猛獸出籠般的騷動。

但早川腱士因爲雙手銬著手銬，失去平衡跌倒，結果被抓。

他嚷嚷著「我不想死」，再三行禮懇求饒命。他拚命搖頭嘶吼。田沼繼子從來沒見過人類露出這種表情，彷彿痛苦和戰慄全都從臉部噴發而出。

警官的表情幾乎沒有任何變化，他們就像搬運木材般，淡淡地將早川腱士按在那座斷頭台上。頭和雙手從板子伸出，群眾看得見早川腱士的臉。

早川腱士面對著這邊。田沼繼子感覺到自己的背脊在顫抖。早川腱士的臉上開了個大洞，不同的小生物在裡面蠕動。但定睛一看，那是大開的嘴裡，舌頭在痙攣攪動。

這一瞬間，可恨的早川夫人是什麼表情？靈光一閃，田沼繼子四下張望。她想看一眼早川夫人目睹丈夫淒慘的下場，面色慘白的模樣。

然而，早川夫人不見人影。

反倒有個面熟的男人。她回溯記憶，納悶著究竟在哪裡見過？一會後，她才想起那男人是郵差。那郵差是不是總開著紅色車子送郵件？他今天穿便服，是休假嗎？他並未像平常那樣穿制服，看著不太習慣。一會後，雖然也不是覺得已滿足，但田沼繼子想起附近超市的特價時段，決定離開。現在去的話，超市或許沒什麼人。

「請問……」準備離開廣場時，有人叫住她。那是個西裝男子。長相滿年輕，但白髮很醒目。「妳有什麼感想？」

「什麼？」

「妳是看不下去才離開廣場嗎？」他的說法像是擅自決定了別人的心情，而且錯得離譜。田沼繼子不高興地回答：「不，不是。」

「這樣啊，抱歉。」

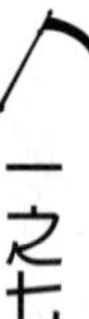

一之七

「妳是看不下去才離開廣場嗎？」在仙台車站東口廣場出口和田沼繼子交談的西裝男——臼

井彬，一年前在千葉市的自家看到了電視節目的一段：

「雖然大家都說斬首很殘暴，但會引發社會事件的人，本來就是暴力分子……」電視畫面中，留鬍子的國字臉男人正說得口沫橫飛。「那要怎樣？放任他們，等到發生爆炸、生化武器恐怖攻擊再說嗎？」

「我不是這個意思。」另一個男人反駁，他一樣是留鬍子的國字臉。「我的意思是，應該有不同的做法吧？不管怎麼想，這都太不人道了。這是公開處刑，在一般民眾面前砍頭。現在都什麼時代了？而且只要年過十六，連未成年人都無法倖免……」

「滿十六歲就可以結婚了啊。別當是處刑，想成是預防措施就好。那是守護區域安全的行動啊。執行單位的名稱也叫『和平警察』嘛。」

「這就跟把『疾病保險』換成『健康保險』一樣，只是在操弄印象。這是群眾出於獵奇心態觀賞公開殺人秀。連小孩子都會看。」

「才不是獵奇的心態。小孩子看到犯人被處刑，就會學到不可以變成那樣啊。雖然有點刺激，但我認爲再沒有比這更有效果的教育。」

左邊四人、右邊四人，男女各兩名，這樣的安排也是營造「平等播放雙方意見」的立場，他們討論的主題是「和平警察政策」。

「眞有意思。」

妻子臼井紗枝說道。她坐在盯著電視機的臼井彬旁邊。兩人奉子成婚十年，一直到四十歲仍擺脫不了年輕人的心態，以爲自己還年輕。因爲公司營運一帆風順，生活基礎穩固，臼井夫妻充滿安心感。

「有意思？」「你看，右邊是贊成和平警察政策的人吧？」「是啊。」「那邊有執政黨議員和在野黨議員。」「這樣哪裡有意思？」「一般在討論政策的時候，執政黨和在野黨都是互相對立，然而在這個議題上，雙方都持贊同的意見。」

「這表示政策有效果嗎？」臼井彬也說。

「總之，」以辛辣批評時事聞名的喜劇資深演員沉聲說：「對反對派的各位雖然很抱歉，但看看數字就一目瞭然。」

執政黨議員從旁邊遞出板子。

「請看看實施和平警察政策後的犯罪數量。比以前減少三成，網路恐嚇事件、暴力事件也大幅減少。噢，別驚訝，連書店的偷竊率都減少到一半以下。」

「這只是恐怖統治。偷竊多發生在年輕人身上，小孩子只是怕到不敢做罷了。」

「那不是很好嗎？」

節目進廣告。臼井夫婦漫不經心地看著商品的宣傳。一會後，兩人異口同聲地說：「可是……」聲音撞在一起，讓他們覺得害臊和厭煩，彼此都含糊其詞起來。

可是——既然有效，那也不壞吧？他們想說的是這句話。

具有成果的事實無比強大。

不光政策如此。不管是棒球隊的調度、電影宣傳手法、補習班的指導方針，比起理想、評估、模擬，最有說服力的還是「有成果」。有說服力就會受到支持。至少會讓人難以提出異議：「這樣是不是不太妥當？」

廣告結束，討論重新開始。

「即使有效，也不是說運作順利就是好的。」反對派的大學教授徐緩但強硬地主張。「按照這個道理，只要景氣好，繼續破壞環境也無所謂，更沒必要反省過去的泡沫經濟。不會變成這樣嗎？因爲是下坡，勢不可擋，就決定直衝下去，絕對會出事。『這樣才衝得快』、『有成果』可不能當成贖罪券。煞車是必要的。」

七個月前，千葉縣成爲「安全地區」，開始施行相關調查與管理。頭兩個月沒發生任何醒目的事情，別說有人被捕，連有人被調查的風聲都沒有，如同臼井彬的同事的形容：「就像查稅嗎？」甚至讓人覺得不滿足。

五月底被處刑的，是入侵民宅搶奪財物的中年男子慣犯。這應該屬於一般警察取締範圍的小規模犯罪，但據說犯人將獲得的財物提供給恐怖組織。以此爲開端，危險分子接連被舉發。警方破獲犯罪集團，揭發大批共犯，他們原本企圖炸毀東京灣跨海公路的海螢火蟲停車區。另外，報紙上說一名補習班老闆因爲駭入國家機密情報的罪嫌被捕，並循線查出、逮捕數名上班族。

九月底舉行第二次處刑，看到斬首現場時，臼井彬也緊張不已。他感受到害怕和興奮。台上犯人被砍頭的瞬間，雖然有流血和輕微尖叫，但也許是斬首裝置的造型極簡美觀，散發出一種執行莊嚴儀式的氛圍。比起罪惡感和恐懼，他更有成就感與滿足感。明知對死者不敬，但他甚至有種完成大掃除或驅逐害蟲的爽快感。

「再說，」電視上，教授還在說：「罪犯被處刑，又預防了重大慘案發生，雖然好像不壞……」

「請用肯定句好嗎？」

「但這很可能變成政府肅清反對人士的手段啊。」

「什麼意思？」

「不是對實際上犯罪的人處刑，而是防範未然的話，那就不曉得什麼人、什麼時候會被補又被處刑了。就跟中世紀的獵巫一樣。而且，一直都有傳聞吧？」

「傳聞？」

「和平警察在偵訊中使用駭人聽聞的拷問手段。」教授的口氣優雅，好似美食家在指導套餐料理的享用方式，因此聽起來一點都不嚴重。

「警方否認這件事，首相也已對此發出聲明。」

「當然，有誰會承認『對，其實我們會拷問嫌犯』呢？」所有來賓都苦笑，含糊其詞。在野黨議員笑道：「那就像宣稱自己被幽浮綁去動手術的人的說詞。」另一個男人則搖搖手：「他們應該是想成以前的特高警察（註一），不過現代不可能有那種事。」

這時教授高呼：「想想小林多喜二（註二）的死！」小林多喜二寫下批判帝國軍隊的作品，特高警察應該對他深惡欲絕，他被捕之後遭到拷問慘死。教授有些激動地陳述，也有人說小林多喜二全身因內出血而變色、浮腫，身體被打入釘子。「那麼慘的拷問，從當時的角度來看，也是維護和平的審訊。然而，特高警察堅稱小林多喜二是死於心臟病發作。怎麼看都是慘遭拷問的遺體，卻被硬拗成心臟病發，這就是國家權力啊。」

「以前跟現在不一樣。」議員板起臉。

「無論如何，我就是覺得這太危險了。而且修法的程序也過於迅速了。」

「可是成果擺在眼前。」「所以我也說過，成果並不等於一切。」「那你是要怎樣？廢除這

註一：特別高等警察，日本過去的祕密警察單位。一九一一年設置，職務爲取締民眾的反體制活動。日本戰敗後，在駐日盟軍總司令的命令下解散。

註二：小林多喜二（一九〇三～一九三三），小說家，無產階級文學家。著有《蟹工船》等，刻畫勞工慘況、革命運動的現實。

個制度嗎？」「我認爲應該廢除。以殺雞儆猴的做法來壓制國民，跟獨裁統治沒有兩樣。」「獨裁？獨裁者在哪裡？」

連珠炮似地爭論一大串後，教授瞬間語塞。雖然十分細微，但稍微靜下來的一瞬，鏡頭外的某人低聲說：「滿口反對，嵐山教授該不會就是危險分子吧？」

電視畫面中被稱爲「嵐山」的教授表情僵住，接著爲難地苦笑。其他來賓也笑了，節目進廣告。

臼井彬挺起身子，長嘆一口氣。他覺得胸口有團黑煙般的東西，沉甸甸地落入胃裡。摸不清那是不安還是恐懼。爲了消除那種神祕的情感，他轉化成語言：「眞可怕。」但與那股情感還是有落差。就是啊，旁邊的紗枝低聲附和。

「爸。」這時背後傳來聲音。臼井彬回頭一看，兒子泰治站在那裡。他以爲兒子兩小時前就回自己房間，早早入睡，所以嚇了一跳。怎麼了？口渴了嗎？紗枝站起來。讀小學四年級的泰治體格普通，很少生病。

「外面好吵。」泰治半睜著眼。兒子雖然頗老成，但穿著睡衣仍顯得童稚。

外面？臼井彬也站起來走近客廳窗戶，泰治伸手指示：「不是那邊，是浴室那邊。」

臼井彬進入脫衣間，外面確實傳來聲響。他聽出是從後方的住宅傳來，便進入浴室，悄悄打開毛玻璃窗。之所以沒開燈，與其說是基於冷靜的判斷，更是出於察覺危險的動物本能。不要引起注意比較好。

「爸，怎麼樣？」泰治跟在後面進來，臼井彬小聲地叫他安靜。外頭很暗，也沒風。但不必把耳朵湊上窗戶，也聽得到尖銳的聲音。不要、不要，你們要做什麼！那聲音接近哭叫。

「啊，是彌和的聲音！」泰治聽出來了。

那是雲田家的獨生女彌和。雲田家也是在十年前這裡開發爲住宅區的時候搬來，可說是町內的同梯。「不要！不要帶走我媽！」少女的叫喊就像夜半輪胎擦過路面的尖銳煞車聲，傳達出發生了緊急狀況。

一陣碰撞聲，緊接著玄關門打開，有人衝出去。泰治跑出去了。臼井彬急忙追上。

路上停著一輛黑色箱形車。在路燈的照射下，他看出是漆成兩色的警車。雖然警示燈沒亮，不過引擎並未熄火。三名制服員警站在那裡。旁邊是穿著類似家居服衣物的女性，她說著：「彌和，沒事的，不必擔心。」那是彌和的母親，雲田加乃子。她比紗枝大三歲，但兩人的孩子同年級。

臼井彬不知如何是好，回過神時，自己正從背後抱住兒子，摀住他的嘴巴。

泰治掙扎著。他使勁全力扭動身體，然後往前衝，叫道：「彌和！」黑暗中的人們全望向這邊，臼井彬動彈不得。「泰治！」妻子紗枝從後方叫喚兒子。

「鄰居嗎？」出聲的是制止彌和的男人。西裝打扮，肩膀寬闊。

是的，臼井彬自以爲回答了，聲音卻卡在喉頭。

「可以請你們照顧一下這戶人家的女兒嗎？」

臼井彬的聲音又糊掉了。他往丹田使勁，勉強應聲：「好。」

他慢慢踩過冰冷地泛著黑光的馬路前進。

「臼井先生……」雲田加乃子叫住他。臼井彬赫然停步，卻無法抬頭。那是一種害怕接觸感冒病患，或避開鬧區群架的感覺。「臼井先生。」害怕的聲音又傳來，但他假裝沒聽見，逕自經過。

「加乃子太太，這到底是怎麼回事？」身後的紗枝問。

「我也不明白。他們突然跑過來。」

「眞的是這樣嗎？」紗枝的口中冒出一句。

「什麼叫『眞的是這樣嗎』？臼井太太，這話是什麼意思？」雲田加乃子的聲音大到彷彿要在夜晚的馬路刮出傷痕。「怎麼？妳的意思是，我是壞人？」

「我不是那個意思。」紗枝露出狼狽的表情，然後問：「妳聯絡妳先生了嗎？」

「聯絡不上，他們連簡訊都不讓我傳。」雲田加乃子嘆息。「紗枝太太，請妳替我傳個簡訊好嗎？」

啊，好，紗枝就要掏出智慧型手機，但臼井彬未經思考就回頭制止妻子：「等一下。」連他都無法理解爲什麼自己會這麼做。「危險分子」一詞掠過腦際。這些人就像假冒蝴蝶的蛾，張開翅膀停在樹上並且撒著鱗粉，將「危險」散播到社會上。

「爸，你想想辦法！」泰治大聲說。

臼井彬慌忙跑到兒子身邊抱住他。

「請暫時收留這個女孩。」不知不覺間，西裝男來到旁邊，把雲田彌和推向他們。

「呃，我有朋友是警察。」雲田加乃子囁嚅著，聲音聽起來還有些迷茫。她也正處於混亂中。「我跟那個人很熟，可以聯絡他嗎？」

「媽，對啊，那個警察一定會幫妳的！」

臼井彬和妻子對望，不知怎麼反應。他聽過傳聞，雲田加乃子疑似受到家暴。她說的警察，是不是諮詢家暴事件的負責人？

但臼井彬僅僅望著雲田加乃子被拖往警車。他甚至祈禱她快點消失不見。

「爸！」兒子用力拉扯他的袖子，也許是在對沒出息的父親生氣。臼井彬本來要對兒子說：「如果調查發現沒什麼的話……」沒什麼的話，就不會有問題，馬上就會回來了。這不是敷衍一時的表面話。冷靜想想就是如此，因爲這是爲了保護當地安全而進行的調查，如果雲田加乃子是善良的市民，比方說像他們一家子這樣的好市民，一定很快就會被釋放。

眞的嗎？反問的聲音在他體內迴響。

被帶走的人，回來的機率到底有多少？剛才的電視節目討論中，沒提到數字。

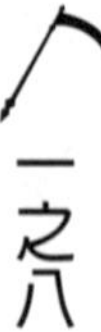

一之八

「重要的是，把持住心情。」

四年前，加護英司被分派到和平警察部門的那天，藥師寺警視長這麼對他說。

藥師寺警視長的正式頭銜，是「警察廳刑事局和平警察課課長」。

加護英司挺直上身，應道：「啊，是。」

警校為期半年的教育訓練，比想像中嚴苛。從一早的團體點名開始，打掃工作、帶教科書上課、講師演講、武術指導、準備考試，一天就過去了。雖然禁止使用手機，但根本沒人有力氣傳簡訊，同梯的學員中，精神上負荷不了，考慮離職的人不只一、兩個。加護英司也理解，這是學習警官必備知識、熟悉基本動作的必要訓練，但因同梯一些懶散鬼犯錯而連帶受罰，或被迫進行不合理的肌力訓練，他難以接受，每天都處在欲求不滿和憤怒當中。訓練期總算結束，他鬆了一口氣，對於被分派到和平警察部門，比起緊張，他更感到歡喜。

「沒問題，別看我這樣，我神經很大條。」加護英司回答藥師寺警視長。

「這我知道。」

「咦？」

「你會被分派到這個部門，就表示是這麼回事。」

藥師寺警視長的體格並不壯碩，說起來算是嬌小，看起來像戴眼鏡的國文老師，如果扭打起來，感覺兩三下就能制服，但實際站在他面前，卻感受到一股詭異的魄力，令人不願意靠近。近似於看到正在蠕動、花紋斑斕的蛇，或黃黑相間的毒蜂。他的一點動作和表情變化，都威脅到對方的性命。

「您說的『這麼回事』，是什麼意思？」

「性向測驗證明你的神經夠大條，否則做不來這裡的工作。」

加護英司感覺到內心湧起一陣陣搔癢般的顫抖。他知道那是什麼。嗜虐心理。在過去的人生當中，加護被人說過不下百遍：你這傢伙太邪惡了、你喜歡凌虐別人、你是個虐待狂、你是S、你泯滅人性、你是魔鬼。他也有這樣的自覺。這哪裡不對？對於別人這樣說他，他甚至感到不可思議極了。這是個弱肉強食的世界，已明確到不必重申。凌虐他人是強者的證據，也可以說，他人痛苦不堪的模樣，讓他感受到自己的強大。

「我之所以說要把持住心情，並不是認爲你會害怕審訊。」藥師寺警視長面無表情地說。

「而是相反。」

「意思是……」

「被編派到這個部門的人，很少會因對他人的心生同情或罪惡感而崩潰。相反地，極有可能在審訊中拿捏不當。簡而言之，」藥師寺警視長稍微湊近加護英司，細聲說：「會玩得太過火，搞死嫌犯。」

加護英司的身體猛地一顫。那是一種被戳中內心眞實面的感覺。

「喂，加護，走了。」經過後面的人影說道。轉身一看，前輩肥後武男正要離開。加護英司向藥師寺警視長行禮，跟了上去。

兩人在走廊上並肩後，「說了什麼？」肥後搭住他的肩膀問。「警視長很有魄力吧？」肥後臉形細長、眼神不正、眉毛稀薄，外貌就像穿上警官制服的當地不良少年。他比加護英司大五歲，在部門裡是早加護兩個梯次的前輩。加護英司不知該不該附和，曖昧地應聲後問：「聽說創設和平警察部門的就是警視長，這是眞的嗎？」

「是啊。提案和主導的人好像是警視長。他本來就是個聰明人，而且冷血。」

「冷血嗎？」比我還冷血？加護英司克制住這麼問的衝動。實際上，加護英司也耳聞過警視長冷酷性格的軼事。「聽說他曾用部下擋子彈？」

「三次。」

「咦？」

「警視長三次遭人槍擊，三次都在千鈞一髮之際抓來旁邊的部下擋子彈。眞不曉得是反射神經太好，還是不好。總之，盡量不要站在警視長旁邊。」

輕賤部下的生命應該會危及自身立場，然而事實非如此，警視長的權勢反倒益發強盛。

「因為上頭十分看重他。」肥後說。

但警視長看起來不像會巴結上頭。

「噯，反正對那些老想拿部下當替死鬼的上頭來說，這本來就不是什麼大不了的事。上頭那夥人，甚至想把『部下就該挺身擋子彈！』寫進教科書裡。再說，警視長在想什麼沒人知曉，上頭的人也挺怕他。倒是加護，你是在緊張嗎？」

「啊，是啊，我很緊張。」

「等你習慣了，會發現這裡是天堂。」

「天堂？」

「是啊。」肥後說著，望向手中的容器，舉起來問：「你知道這是什麼嗎？」那是一只理化實驗用的燒杯，盛有八分滿的透明液體，還插了根細玻璃棒，應該是用來攪拌。加護英司發現肥後走路速度放慢，大概是拿著那玩意的緣故。

「這個呢，是高濃度硫酸。」肥後的口氣，滲透出一種類似炫耀孩子照片的喜悅。

「硫酸？」

才剛回答，就發生了難以置信的事。肥後捏起玻璃棒，飛快地甩了一下。燒杯裡的液體潑出，濺到加護英司的衣領。加護尖叫後退，同時一陣惱火。折磨別人是一件愉悅的事，但遭到攻擊則教人火冒三丈。身體深處反射性地冒火，他想撲上對方。

「別生氣嘛。」肥後哈哈笑著。「抱歉、抱歉，這是水啦。」

「咦？」

「單純的水。唔，水也沒那麼單純就是了。」

「你幹麼說是硫酸？」

「看吧。」「看吧？」

「聽好，只要聽到這是硫酸，人們意外地就會相信。畢竟外行人看不出這是不是水。」

「一般人連硫酸是什麼顏色都不知道。」

「所以才能利用啊。」

「利用來做什麼？」

肥後那瓜般細長的臉一下子笑開，「當然是用在工作上嘍。」

用在工作上？加護英司詫異不解，肥後瞇起眼睛，滔滔不絕地開始解釋。「聽好，現在我審訊的危險分子，是一個姓窪田的歐巴桑。」根據電子檔案，窪田三十五歲，丈夫是大她五歲的插畫家，有兩個念小學的兒子。「看起來像普通的家庭主婦，其實是危險分子。」

「唔，嗯。」肥後的回答很曖昧，臉上掛著怪笑，加護英司無法掌握他的話中有幾分眞心。

「這個窪田梨香經營了一個購物網站，客人當中有危險分子。」

「那窪田梨香也是危險分子？」

「我們蒐集到一些情報，來自正義感十足的市民。不過窪田歐巴桑遲遲不肯開口，只會嚷嚷著「我不知道」、「跟我無關」、「我想回家」、「我擔心兒子」。這當然不是謊話吧。」

「是的。」

「唔，但就算是這樣，也不是什麼大問題。因爲我們的技術日新月異，在審訊方面是頂尖行家，方法多得很。」

加護英司用力點頭。審訊的技術，研修的時候學到都不想再學了。從讓冷氣失控令對方衰弱，施加毀壞肉體的恐懼，到抓住人體時加諸劇痛的方法都有。

「聽好，對付窪田梨香這種人，最有效的……」

「是什麼？」「小孩。」

「小孩？」加護英司反問，但他清楚自己的嗜虐心理已蠢蠢欲動。

「小孩面臨危險，她就無法保持冷靜。即使具備守口如瓶的頑強精神力也……」

「也怎麼樣？」

「只要兒子遭遇危險，她就會說出『實話』。」

「實話。」加護英司在口中反芻這個字眼。因爲有一瞬間，他幾乎要迷失在詞彙的意義中。

換句話說，他對於拿小孩當把柄逼供出來的內容是不是「實話」，興起單純的疑問。那是否已不算「實話」，而是「爲了讓對方高抬貴手而說的話」？

「此時，就輪到這燒杯登場了。」肥後走著，抬起手中的透明液體端詳。「裡面的液體呢……」「是水。」「其實是水。不過，我們不會告訴窪田梨香。」

加護英司領會了，「是硫酸。」

「沒錯。就說『這可能是硫酸』好了。然後拿近什麼都不知情，聽說要做健康檢查就脫下褲子的她兒子的小雞雞。」

哇！加護英司差點大叫。不是慘叫，而是歡呼。

「看到兒子的命根子就要泡進硫酸裡，沒幾個母親還能繼續堅持。頂多只有我媽吧。」肥後笑道。窪田就在這裡，肥後來到走廊中段。那裡有道門，不遠處有另一道。肥後握住面前的門把，回頭說：「那你看看我怎麼做，認眞學啊。」

是，加護英司挺直背。

「不過，你應該沒問題。」

「呃？」

「剛才我說到硫酸的時候，你雙眼發光。你很適合幹這行。」肥後不是在取笑他，語氣正經。

是！加護英司機敏地應聲。

一之九

「假設高處有根單槓，有個人吊在上面。」金子教授開口。那是慣於講課的語氣，如果有黑板或白板，感覺他隨時會在上頭畫起解說圖或算式。但那裡沒有黑板也沒有白板，只是仙台車站前一棟大樓的五樓，一家酒吧餐廳的包廂，聚集在此的也全是老早就從學生身分畢業的成年男性。包括教授在內共五人。有幾天前來自關東的臼井彬，以及三名住在仙台的男性。

「你們認爲可以撐幾分鐘？」

金子教授環顧眾人。只見眾人喝著啤酒，卻都沒有醉意，表情嚴肅，彷彿愈喝愈清醒。

「吊在單槓上的時間嗎？」

「撐上三分鐘就很了不起。幾乎沒人能撐過一分鐘。」金子教授五十多歲，個頭矮小，但款式落伍的眼鏡底下，眼神強而有力，充滿使命感。在場的蒲生有這種感覺。

「像蒲生老弟，看，他肌肉那麼發達，感覺可以一直吊在上面。」水野善一說。他五十多歲，沒有工作。水野善一本來是市公所職員，由於一些原因離職。他成天埋怨讀高中的女兒都不理他，好比不紅的搞笑藝人逢人就表演不受歡迎的段子。

他剛才也開心地說前天去理髮，忘了帶錢包，想請女兒拿來卻被冷冷拒絕，於是他一陣火大，圍著理髮廳的圍巾衝回家，訓了女兒一頓。蒲生覺得他那樣做只會更惹來女兒反感。

「蒲生先生的體格確實很好，平常有在做什麼運動嗎？」臼井彬問道。

蒲生常被人誤會，以為他是運動選手，尤其是格鬥技類的運動。他說明只是為了維持健康，認真在做肌力訓練而已。

「喏，蒲生老弟騎的機車也很厲害不是嗎？很大，很有未來感，沒運動神經的人騎不動。」

「不，只是普通的速克達，每個人都騎得動。」蒲生笑出來了。二五〇CC的山葉MAJESTY速克達，有著流線型的外型，看起來像科幻作品中的交通工具，但並不算特別稀罕的機車。

「我只是個在不動產公司上班的小職員啊。」

「吊單槓三分鐘，感覺游刃有餘呢。」像是要把偏離的話題拉回來的，是個看上去很老實的黑框眼鏡年輕人。他叫田原彥一。

「田原，問題就在這裡。」金子教授尖銳地說，一副要揮甩指揮棒的氣勢。

「問題？」

「撐三分鐘好像很容易，所以大家就會想要賭一把。」

「賭一把？什麼意思？」

「聽好，和平警察已經無意按照規矩進行審訊。不，『已經』這個說法有語病。他們從一開始就沒那種打算。守護社會治安、維持和平純粹是個名目。只要找到可供獻祭的女巫就夠了。」

「獻祭？」蒲生下意識地確認包廂的門關好了沒。

「想把國民的心凝聚爲一體，領導者需要一個顯而易見的敵人——不是常這麼說？就是這一套。」

「這麼說來，以前不是有個負責裁員業務的男人被狗咬死的事件嗎？」蒲生想起聽過的事。

「據說那就是制度的肇始。」

金子教授點點頭。「沒錯。該說是肇始，還是契機呢？那個時候就開始了。裁員男因爲莫須有的罪嫌受到審問。以前常見的色狼冤罪或許也是原點之一。讓看不順眼的對象蒙上色狼的罪嫌，加以陷害。這制度就是擴大版。」

「然後加上處刑活動，好整肅國民嗎？」水野苦笑。

「任何人都無所謂。只要是能讓眾人發洩憤懣的靶子，誰都可以。然後，如果能讓民眾畏怯，害怕自己變成那樣，就再適合不過了。有效統率群眾的方法……」

「是什麼？」

「惡狠狠地痛扁其中一人，讓其他人畏怯。不管是街頭的年輕人集團，還是企業的派系鬥爭，全都是同一套。讓人害怕地想著『不想變成那樣』，是最簡便的做法。」

「所以和平警察才要審訊嫌犯嗎？」田原蹙起眉頭。

「說是審訊，他們在做的，只是惡整對方，逼對方招供『我就是女巫』。」蒲生聽到這話，發現自己的心跳逐漸加速。他的興奮來自於交融的憤怒與憎恨。被單方面冠上嫌疑的無辜之人，肉體在駭人的審問中像玩具般遭到破壞，被迫招出根本沒做的罪行。這讓人聯想到以多欺少的凌虐，以及單方面的暴力。

宮城縣第一次舉行公開處刑時，蒲生在廣場，人卻不舒服，覺得這麼糟糕的地方實在待不下去，就要中途離開。這時有人叫住他：「你是看不下去才離開廣場嗎？」那就是臼井。

「人權派金子教授指導會——簡稱金子研討會，我們想要在仙台舉辦活動。」

蒲生會參加，是因爲被和平警察帶走的人，全都被認定爲危險分子，在東口廣場陸續被公開處刑，這讓他感受到「不容分說的強權暴力」的詭譎。住在同一個町內的男性被帶走，被認定是危險分子的事實也影響了他。「不管從哪個角度來看，岡嶋先生都只是個普通無害的父親，他怎麼可能會……」蒲生十分納悶。但他的內心確實有一股恐懼，覺得不能被別人發現他有所質疑。

「你的正義感很強嘛。」前女友這麼對他說過：「最好小心點。」

「爲什麼？」

「喏，上次搭公車的時候，不是有輛郵務車從後面撞上來嗎？」

「那次眞的很慘。」靠站讓乘客上下車的公車，被疲勞駕駛的郵務車從後方追撞。幸虧速度不快，造成的損害不大，但郵務車前半部幾乎都撞扁了，司機被夾住出不來。

蒲生和其他乘客合力把他救了出來。

「你們應該是出於正義感助人，但我還是覺得那是種僞善。」

「僞善？什麼意思？」受到意想不到的批判，蒲生不禁困惑。

「因爲就算救了有難的人，世上還有其他更多遭遇困難的人啊。各個地方放眼皆是，又不能救到每一個人。」

「即使如此，也跟僞善不一樣吧。」蒲生反駁道。

「以前你不也說過？理髮廳還是居酒屋的老闆，」她說：「他爺爺中了彩券的事。」

「哦……」蒲生自己也忘了，但確實聽過這麼一件事。

「他爺爺被人說是僞善者，最後自殺了。」

「不，老爺爺並非僞善。他純粹是個好人，罵他僞善的人才不正常。」蒲生說明，前女友卻無法理解。總之，蒲生容易受到使命感和正義感驅使，在這三十年的人生當中，他摸透了自己的個性，卻無法克制。

因爲這種個性，他決定參加金子研討會。他與岡嶋並沒有多深的交情，只是同一個町的居民，但他不認爲岡嶋是危險分子。如果岡嶋是清白的，他無法不正視這個事實。

「那麼，教授，你剛才說的單槓怎麼了？」水野用親暱的口氣問。

「啊，對了。」金子教授緩緩搖頭。他拿著裝啤酒的杯子，卻沒有要湊上嘴邊。那就像麥克風的替代品。「簡而言之，現在審訊的目的不是讓人告白罪嫌，而是用來滿足警察的虐待狂欲望，類似娛樂。我們無法否定這樣的可能性。」

「娛樂？」

「據說，被調去擔任和平警察的，全是警察當中嗜虐傾向特別嚴重的人。是虐待狂。當然，一開始他們是出於維護治安的使命感在工作，但漸漸地，愈來愈多人在拷問嫌犯的過程中感到興奮。然後他們愈是興奮，愈渴望新的刺激。」

「什麼意思？」

「他們發明很多新的拷問手法。」

雖然細微含糊，但一直沉默的臼井彬出聲了。

「比方說，對有女兒的男性嫌犯威脅：『因爲你的罪行，你女兒也要被審問了。』」

「女兒也要被審問？」

「想到自己遭受刑求拷問，身爲一個父親，實在不可能讓女兒承受同樣的遭遇，一定會乞求對方住手、不要這麼做。」

即使是單身又沒有小孩的蒲生，還是能想像身爲父親的恐懼。連自己都撐不住的拷問，幼小的孩子更不可能承受得了。

「於是，和平警察就會這麼提議：『給你一個機會。如果你吊在那座高高的單槓上，撐上三分鐘，我們就釋放你，並且絕對不再懷疑你的家人。』」

太亂來了，蒲生啞然失笑。那已偏離爲了揭發危險分子而進行的調查。他想起類似的情況。

那是小學時班上發生的霸凌事件。

特定的少年經常受到嘲弄、定期遭到輕微暴力對待，在眾人面前被惡整出醜，每次都快哭出來。他被霸凌的一方用莫名其妙的歪理和藉口任意擺布。當時蒲生認爲那個同學太窩囊，但也對霸凌同學的學生感到憤怒，卻沒勇氣和力氣對抗，只能視若無睹，龜縮忍耐。蒲生至今仍後悔不已。那是對的嗎？我不能做點什麼嗎？懊悔像蜘蛛網般攀附在心底。

「然後呢？」田原佯裝平靜，卻不由自主地嚥了嚥口水。「吊單槓的父親怎麼了？」

「對虐待狂來說，那眞是場好戲。」金子教授閉上眼睛，輕嘆一口氣。「父親爲了保護女兒，儘管雙手抖個不停，仍拚命想抓住單槓。」

明明金子教授沒有詳述細節，蒲生腦中卻浮現畫面。忍受著肉體瀕臨極限，拚命緊抓單槓不放的父親，以及看著他，冷笑著說「瞧瞧，他拚成那樣」的審問官。蒲生發現自己的心跳因憤怒而加速，呼吸也粗重起來。「然後呢？」他上身前傾問。

「沒用的。人無法撐超過三分鐘。而且愈是焦急，手心就愈濕滑。」

「教授，那是眞的嗎？」水野語氣一變，瞪圓眼睛。「我以爲只是個譬喻。」

「原來是眞實發生過的事嗎？」田原伸長了脖子。從蒲生的位置也看得出他的喉結動了一下，眼睛濕濕的。是在興奮，還是驚訝？或者，兩邊都是？

「是眞的。」臼井彬回答。他是企業主管嗎？雖然散發年輕氣息，卻十分沉穩。或許生性沉默寡言，他像是將說明的工作交給金子教授，自己負責應和。但這時他沉聲開口：「我有個鄰居被視爲危險分子逮捕了。一開始是太太，接下來是丈夫。那戶人家的孩子，是我兒子的同學。」

臼井彬說千葉縣成爲安全地區時，他住在那裡。蒲生看見臼井彬握緊了放在桌上的拳頭，眼眸濕潤且充血。第一次深入交談時，臼井彬一臉迫切地說：「我無法幫助被帶走的鄰居，只能袖手旁觀，這件事帶來的罪惡感，讓我的精神負荷不了，我才會協助金子先生。」

「警察組織眞的腐敗到那種地步？」水野的表情好似吃到難吃的東西，「簡直百無禁忌。」

「就是百無禁忌。」金子教授點頭。

「可是，我們能做什麼？你特地跑到仙台來，是想做什麼？」

「水野先生，我們就來談談這件事。」金子教授說著，把桌上的餐具挪到旁邊。臼井彬也避開杯子，疊起空盤。

金子教授放上平板電腦。打開闔起的蓋子後，機器有A3尺寸大。聽說這是研究所或商業機關使用的機種，蒲生是第一次看到實品。打開電源後，螢幕上出現地圖。

「這是仙台市內的情況。依據衛星照片製作，」臼井彬指著顯示的畫面。「你們知道被視爲危險分子的人，會在哪裡接受審訊嗎？」

「這棟大樓。」金子教授用手中的筷子指著畫面中央。有一座閃著紅光的建築物。「他們把縣政府的共同廳舍改良，蓋了偵訊室。那是隔音良好，寬敞又適合進行拷問的空間。在巡迴各縣的期間，設施不斷改善。他們思索著要做成怎樣的設施、怎樣的格局，愈來愈臻完善。不管是任何事，人類都會力求效率。然後仙台的和平警察偵訊室……」金子教授指著平板電腦顯示的畫面。「據說就是這裡。」

「要怎麼進入，也得到情報了。」臼井彬喝完杯中物。

「進去做什麼？」

「安裝竊聽器和針孔攝影機。」臼井彬說：「拿到拷問的證據。」

「這可能做到嗎？」水野蹙起眉頭。

「爲了達成這個目的，」金子教授的聲音有些異於先前，變得緊張冷峻：「我們召集三位值得信賴的人士——也就是各位到此處。」

最初，其他人對臼井分發的傳單感興趣，主動聯絡他後，受邀參加在飯店大會議廳舉辦的座談會。那是一場以「人權與公權力」爲主題的課程。參加者有二十名以上，但下次收到邀請函，地點換成小會議室，參加人數約爲前次的一半，由臼井和另一人主講「和平警察的制度」。參加者聆聽，最後主講者請聽眾陳述感想，蒲生說出自己的想法。再下一次，成員剩三人：蒲生、水野和田原，臼井說「我們只挑選值得信賴的人來見金子教授」。

「實行時間是下下週一。」臼井彬看著蒲生等人。蒲生差點就要錯過這句話，他甚至有種被知會工作預定表的感覺。「我們整理了各位的行程，那天所有人應該都能參加。」

上次聚會時，臼井彬問過他們哪一天可以請假。房仲業假日也得接待客人，所以員工是輪休，蒲生把預定的休假日告訴臼井了。

水野和田原沒立刻回答。他們猶豫著不知該如何回答。

臼井彬略顯擔心地看著蒲生三人，金子教授卻伸筷夾炸物，不曉得是不是沒什麼興趣。

「我可以問個問題嗎？」水野舉手。

「請說。」

「這以前做過嗎？」

「這指的是……？」

「現在這個縣是安全地區，你們才會找上我們。之前其他縣成爲安全地區的時候，你們用那裡的人試過嗎？」

這是在詢問過去有沒有實績。

臼井彬搖搖頭。「雖然擬定過策略，但從未走到執行那一步。因爲條件不夠。我們在幾個地方都開了座談會和讀書會，一直沒找到像各位這樣值得信賴、可以依靠的人。即使有，頂多一人。不過，在仙台找到你們三人，總算能付諸實行了。」

聽到這話，蒲生鬆了一口氣，覺得自己參加是有意義的。

「如果之前執行過，無論成功或失敗，我都不會在這裡了。」金子教授靜靜地說。

「總之，我不想放過那些以殘忍的拷問為樂的傢伙。」臼井彬擠出聲音。

沒錯。蒲生潛藏在體內的正義感發熱。掠過腦際的畫面是穿藍衣紅披風，從空中颯爽現身，一一殲滅壞人的英雄之姿。蒲生想著：我想成為英雄。

一之十

欸，玲奈子的爸爸是做什麼的？公車上鄰座的同學——胡桃問。

水野玲奈子本來在看窗外隨著車身搖晃顫動的住宅，這時轉頭望向坐在旁邊的胡桃。「什麼都沒做啊。大概也沒怎麼去求職中心。」

「咦，那你們家怎麼生活？」

「退休金。」水野玲奈子嘆道。「退休金，啊啊退休金，退休金。」她吟詠著，又補上一句「芭蕉（註）」。

「我從小就覺得玲奈子妳爸是大人的楷模，總是西裝筆挺，打著領帶，頭髮梳得一絲不亂。」

「以前啦。我以前對他也是這種印象，就是個在公家機關認眞盡責的爸爸，完全沒想到他居然會辭職。」

掃視公車內後，胡桃壓低聲音：「可是，玲奈子的爸爸是被冤枉的吧？一定超不甘心吧？他能接受嗎？」

「冤枉嗎？唔，就像被迫爲醜聞負責。」水野玲奈子回想起父親異常悠哉的反應，嘆了口氣。「雖然跟一般企業有點不同，但沒想到公務員也有提前退休制度。」她天眞無邪地發出感慨。

玲奈子環顧四周。她們剛結束高中社團活動，搭公車回家，時間已接近晚上六點。雖然有老人和採買完準備回家的主婦，但乘客並不算多。

「可是，那醜聞是別人鬧出來的吧？居然要玲奈子的爸爸負責，太過分了。喏，妳爸正義感很強嘛。」

「他只是想要耍帥啦。」

「是這樣嗎？世上還有一堆更壞的人，和平警察眞的有好好取締嗎？」胡桃噘起嘴巴。

水野玲奈子反射性地豎起指頭說「噓」。

「噓？玲奈子，妳怎麼了？」

「萬一被人聽到就糟了。」

「有什麼好怕的？」

「談論和平警察會被當成危險分子。」水野玲奈子說完才發現：原來我害怕和平警察啊。

「那根本就跟打小報告一樣嘛。」胡桃懶洋洋地說：「誰先告密，被告密的傢伙就會被處死，根本先搶先贏。」

「沒那麼單純吧。」水野玲奈子忍不住笑了。公車在站牌前停下，她看著前方的老人下車。

「和平警察應該會仔細調查嫌犯到底是不是危險分子。」水野玲奈子說著，想起先前曾目睹公開處刑。同班的勝馬將太他們邀請「喂，水野，一起去看，好像很勁爆」，她拒絕不了。她只是爲了證明自己不是小孩子而前往東口廣場。那萬頭鑽動的景象，有一種七夕祭典或足球賽的熱鬧，似乎滿好玩，讓她感到放心，然而當台上眞的執行「那個」的時候，她僵在原地。就算是「危險分子」，但當場奪走人命的場面，還是教人毛骨悚然。那實在過度輕易、過度寂靜。平常不管老師再怎麼責罵，就是嘰呱個不停的勝馬將太那群人，全都靜默無語，望著台上，眼睛還濕潤發光，這一切都讓水野玲奈子背脊發涼。不只是他們，周圍的大人也都張大鼻孔，眼睛閃閃發亮。她只覺得看到了什麼不好的東西。

註：松尾芭蕉（一六四四～一六九四），江户時代的俳人，將原本屬於庶民娛樂的「俳句」，提升到藝術的境界。玲奈子是在模仿俳句的體裁吟詩。

鈴響了。胡桃伸手按下車鈴。

公車在十字路口左轉，放慢速度，停在青葉神社前的站牌處。

「不過坦白說，比起和平警察處罰的危險分子，我覺得私立的I DO社團更恐怖，眞希望他們全都去死。」胡桃下了公車，表情扭曲地說。她手中的書包一如往常，薄得要命。

「哀肚社團？那是什麼？」

「不是新開了一間供有錢人就讀的私立學校嗎？大學。聽說是那裡的社團。那個社團的成員會聯手抓走女高中生，把她們當成性獵物。因爲『可以上女人！』，才叫I DO吧。」

可以上的話，不是應該叫I CAN DO嗎？水野玲奈子感到疑惑，卻又覺得腦門充血。她同時想起在東口廣場目擊到的勝馬將太那陰沉的目光。「性獵物，好驚悚的說法。」

「對吧？似乎滿多人遇襲。聽說他們會把人硬拖進箱形車帶走。」胡桃說著，嚥了嚥口水。

天哪，水野玲奈子皺起眉頭。身體皮肉彷彿變得透明，只剩毫無防備的心臟裸露出來，那樣脆弱的自己，令她不禁顫抖。

「更厲害的是……」

「比妳剛才說得還要厲害？」

「也不是厲害，是差勁。該怎麼說，他們不是會襲擊女高中生嗎？然後他們會對抓來的女生說：如果不想被上，就說出別的女生。」

「別的女生？」

「就是要對方提供她覺得被攻擊也無所謂的女生名字，然後那些男生就會考慮放她一馬。」

胡桃說完，一樣以沒什麼的口氣說：「這也算是告密的一種。告密熱潮正夯。」

「好過分。這樣豈不是會讓被害者覺得自己是加害者嗎？」

「IDO那些白痴會說：『我們是很壞沒錯，但出賣朋友的妳也是共犯吧？』」

水野玲奈子嘆口氣，「胡桃，妳好清楚喔。妳是聽誰說的？」

胡桃的神色一下變得陰沉，宛如影子罩上臉龐，水野玲奈子一陣不安。她覺得不管說什麼都無法安心，無計可施，只好把話題轉向一般閒聊，像是喜歡的樂團新歌、電視劇的新發展。聊著聊著，來到與胡桃分別的岔路口。拜，明天見。嗯，明天見。然而，在明天還沒有到來前，水野玲奈子就碰上了——碰上惡劣至極的私立大學生集團。

在她騎自行車從補習班回家的路上。

四下一片昏暗，只有便利超商門口一帶綻放光亮。水野玲奈子走出店裡，跨上自行車時，有人出聲搭訕。那男人並非「一看就十足可疑的吊兒郎當年輕人」，而是清爽感滿點的好青年，但水野玲奈子並未放下戒心，簡短拒絕「不好意思」。然而對方更進一步，叫了她的名字：「請妳過來一下嘛，妳是水野同學吧？」水野玲奈子嚇到，腦中警報響得更大聲，她只能奮力踩踏板。

一輛自行車擦身而過，對方似乎在看她，但水野玲奈子不敢對望。十字路口的號誌轉紅了。

她想直接闖紅燈穿越，旁邊不巧有一輛黑色汽車開出來，她只好停下。

郵務車由右往左通過，車身的紅色也像在發出警告。

感覺到有人從後面過來時，男人已站到左邊。那是個胸膛厚實、膚色黝黑，穿橄欖球衫的年輕人。不是剛才的男人嗎？她正這麼想，右邊就出現穿白襯衫的清爽滿點男。

接下來的事，全發生在轉眼之間。左邊的橄欖球男一把抬高她的自行車，踢下腳架。接著兩人分別抓住水野玲奈子的左右手，輕輕地把她的手從把手上剝下。她急忙踩踏板，但輪胎淨是空轉。兩人合力扛起水野玲奈子，她好似變成神轎被抬起來。「嘿荷、嘿荷」的吆喝聲聽起來有些滑稽，甚至有種在玩祭典家家酒的幼稚感，但聽到箱形車的滑門打開，水野玲奈子全身汗毛直豎。

剛才開過去的郵務車會不會察覺異狀，倒車回來呢？她情急之下心想。

箱形車裡有好幾張座椅，她被抬往最後面的長椅。

「歡迎光臨！呃，同學叫什麼名字？」車上有第三個男人，說話裝腔作勢。她看出對方穿開襟黑襯衫，頭髮很長。「是玲奈子同學啦。歡迎光臨。」清爽滿點男說，同時她被重重地丟在椅面上，緊接著以雙手高舉的狀態，被膠帶捆住手腕。

「好，OK，開車吧。出發去野餐嘍！」長髮男高聲說。駕駛座上的男人發動引擎，箱形車前進。「Let’s go to the rape show!」他舉起拳頭高呼，橄欖球男和清爽男齊聲喊：「Yes, I do!」

他們哈哈大笑。

水野玲奈子倒在座椅上，扭動著身體。她掙動雙腳，但清爽滿點男從容地嘲弄她：「很好，這樣比較方便脫牛仔褲。」

實際上，他眞的抓住她的牛仔褲褲腳，用力拉扯脫掉。裸露的大腿感覺到涼意，水野玲奈子不安起來。她掙扎得更凶，卻被橄欖球男嘲笑：「沒用的，沒用的。」

這樣下去會發生什麼事？

水野玲奈子氣喘吁吁。媽，她心想。媽，救我，我該怎麼辦……

「現在我們要去個安靜的地方。」「到了那邊再剝光妳。」「就是回歸剛出生時的模樣。」男人們打趣著說，玲奈子漸漸感到腦袋發昏。世上不應該有這種事，她好想就這樣切斷腦中回路的電源。不久，箱形車停下。橄欖球男開門下車。這是倒閉的便利超商的停車場。四周連路燈也沒有，一片黑暗，但橄欖球男熟練地解下圍住停車場的繩索。

箱形車開進停車場。

「可是呢，玲奈子同學仍有逆轉勝的機會。要絕望還太早。」「是啊。當然，如果妳想要打砲，那就沒問題，但如果不想，還是有機會的。」「我們命名爲『介紹機會』。」「介紹妳認識的高中女生給我們吧。我們會帶走那個小可愛，而妳就到此結束。」

水野玲奈子想起胡桃說的「這也是告密」。保全自己、犧牲別人，把獻祭羔羊的印記推來推去。

「妳想問爲什麼我們要這麼做？」「妳一定很疑惑，怎麼不省略『介紹機會』這種麻煩的手續，快點凌辱女高中生不就好了，對吧？」

聽胡桃說起這件事時，水野玲奈子就想到這個疑問。如果襲擊女高中生是他們的目的，這樣目標對象會不斷換來換去，永遠無法成功。

「告訴妳吧，我們想要實驗，或者說是觀察。」長髮男本來像牛郎，這時忽然展現理科生的樣貌。「不是有流言的傳播速度和範圍的調查報告嗎？就像那種感覺，我們想知道人爲了自己出賣別人的連鎖效應，能延續到什麼地步。」「深入調查。」「因爲我們熱心研究。」「也想拿到學分。」

他們三人七嘴八舌地說。

「還有，這是說給妳放心的，我們讓妳看到臉了吧？沒有蒙頭遮臉，也沒有變裝。如果直接放妳回去，妳可能會去報警。我們擔心這一點，爲了不讓妳這麼做，應該取妳的性命，或是挖掉妳的眼睛，採取這類恐怖的手段——妳害怕吧？怎麼樣？怕不怕？還是，沒心思想到那麼多？」

「妳大可放心。我們當然會留個保險，所以等一下我們會拍妳的裸照。要請妳擺出有點不雅的姿勢，希望妳忍耐一下。如果妳把我們的事情告訴別人，尤其是告訴警察的話，那羞恥的照片就會傳播到網路這片大海中，永遠無法回收。不只妳一個人的，而是所有人的。我們過去收藏的照片——猥褻收藏品——全部大公開。」

「如果妳告訴我們另一人的名字，我們就替妳拍個照，然後放妳回去。的確，也許妳現在非常害怕，心情爛到家，但能這樣就結束，可是不幸中的大幸。」「如果妳跑去告訴警察，就會害其他女高中生的一輩子都毀了。怎麼樣？很恐怖，對吧？」

水野玲奈子頓時毛骨悚然。對方井井有條、像推銷員般說得天花亂墜，固然令她驚訝，但最令她驚訝的是自己竟在腦中一一列舉認識的人。

我想推到別人的頭上嗎？爲了保護自己？不，我當然想得救。我想要保護自己。

她喘著氣，一一想起朋友的名字。

有沒有？有沒有不會讓自己歉疚的祭品？

忽然間，一個關鍵的疑問扎上腦袋。是誰把這個角色推到我頭上的？

如果他們說的是眞的，這就像傳話遊戲，逼女高中生互相推卸責任，心懷罪惡感——不，根本沒有罪行，這只是荒誕無理的罰則，逼她們把懲罰傳給下一個人。如果接力棒傳到水野玲奈子的手中，那麼，是誰交過來的？

「妳在想是誰出賣自己的，對吧？大家似乎都很關心這件事。妳想知道？」

水野玲奈子搖頭。內心有兩種感情劇烈衝突。想知道出賣自己的仇人是誰，還有，即使知道，也只會陷入鬱悶的預感。

箱形車停下。一陣煞車聲後，滑門打開。「呀，總算到這裡了。」一個男人爬進後座，約莫是負責開車的人。他的體格比其他人壯碩，皮膚晒得黝黑，像個健康的運動員，衣著跟橄欖球男比起來更要時髦，說他是電影明星也會有人相信。「妳想怎麼做？介紹誰給我們嗎？還是要在這裡讓我們上？」

「看來她在猶豫。」

水野玲奈子不停搖頭。她完全無法思考。她無法判斷怎麼做才好，暗自期待說著「我不知道、我不知道」，拒絕回答，事情就會過去。媽——她想起母親每天早上叫醒她後說「媽不能永遠照顧妳」的表情。對不起，媽，請妳再看顧我一下。救救我。

「若是好朋友說出妳的名字，妳會怎麼辦？如果被妳的姊妹淘背叛，妳會有點受到打擊嗎？」

比方說胡桃嗎？

「哦，看妳的表情，難道心裡有底？最近碰到那女生的時候，她是不是有點怪怪的？」

水野玲奈子搖頭，彷彿要甩開飛撲上來的惡意。

「說話啊。人家問問題，妳得回答。」橄欖球男咄咄逼人。這話太蠻橫無理，明明別理他就行了，水野玲奈子卻反射性地想回答。但一邊嗆住一邊擠出來的「呃」在發抖，加上橄欖球男又故意凶狠地逼迫「好好說啊」，她嚇得更厲害了。

「怎麼樣？覺得孤單嗎？遭到背叛是什麼感覺？」

水野玲奈子緊緊閉上眼，又想默念「媽，救我」，接下來卻往丹田使勁，開口：「沒關係。」

「沒關係？什麼沒關係？」

「就算有人說了我的名字，」水野玲奈子閉上眼睛，一口氣說完：「一定也是沒辦法。」

「什麼叫『沒辦法』？」

「不管是誰，碰到這種事都會想逃避。」

車子裡的空氣瞬間冷卻。橄欖球男和司機互望，接著和其他兩人交換眼神。這女的搞屁啊，有夠無聊。是啊，不好玩。同感，我也這麼覺得。超掃興的。水野玲奈子的雙腳被扳開。司機以強大的握力抓住她的腳踝，就像操作健身器材那樣改變她的姿勢。他單手迅速解開皮帶，顯然很熟悉這個流程。「要說出別人的名字就趁現在。最後一次機會嘍。」

就在這時，一道燈光射入車中。有人拿著大型手電筒，從外面照進來。

「誰啦？眞是的。」橄欖球男抬起身體望向窗外，感到刺眼般皺起眉頭。「是機車。」長髮男也看著外面。「好大一輛速克達。不小心跑進來的嗎？」「很像MAJESTY。」「那是啥？」「速克達的車種。」「小綿羊？」「二五〇CC。」

有震動聲。雖然不劇烈，但彷彿野獸發出威嚇般的聲響，在黑暗的停車場擴散。機車沒熄火，噴出好似努力壓抑也藏不住的凶猛氣息。

「吵死了，幹麼在外面不熄火。」「怎麼辦？要趕走嗎？」「別理他。」

這時，機車的燈光消失了。男人們放下心，水野玲奈子大失所望。然而，引擎聲沒有消失。

「還在。」「到底在搞啥鬼？」「或許是那個。」「那個是哪個？」「會不會是看到這輛可疑的箱形車就想到了？」「只是晚上有箱形車停在停車場耶？」「直覺神準嗎？覺得可能有女高中生被綁架了？」說到這裡，男人們都還老神在在。因爲以前發生過類似的事。受到正義感驅使或起疑的人跑過來質問：「你們在做什麼？」想要打斷他們的娛樂活動。每一次他們都強調手中的武器，或實際行使暴力，令對方知難而退。他們讓礙事者退散或賠罪。雖然是看似軟弱的年輕人社團，卻自封「享樂主義並且效率十足，聰明伶俐的本大爺一夥」，本質上是堅強的實力派罪犯。

橄欖球男默默地用手銬銬住水野玲奈子的一隻手，鎖鍊另一頭銬在車內的扶手上，然後拿一塊揉成一團的布塞住她的嘴巴，逼她噤聲。低沉的金屬聲響起。他們各自拿起放在車內的鐵棒。車子裡似乎隨時備有傢伙。

「那麼，各位，俐落地解決吧。誰來計時？」司機推開車門前說道。

「啊，我來好了。要花幾分鐘呢？」長髮男迅速操作智慧型手機。

「上次的大叔八分鐘就跪地求饒了。」

「那大家聯手消滅礙事者，ＧＯ！」

滑門發出尖厲的聲響打開，彷彿要在一片寂靜的停車場內割出裂縫。四人慢慢地下了車。

正面停著一輛速克達。引擎已熄火，旁邊站一名男子。

附近沒有路燈，但後方馬路陸續有車子經過，每次車燈都會照亮那人的身影。被燈光照亮，然後落入黑暗，再次變亮，隨即又變得漆黑，隱沒不見。不斷重複。

那人約一七〇公分，不高也不矮，體型偏瘦，也許是影子角度的關係。

他全身上下一團漆黑。

男子穿著連身的黑色騎士服，戴著黑帽，以及像蛙鏡的大護目鏡。

「不好意思，請快點離開。」清爽滿點男一邊前進一邊說：「這裡很危險。」

黑衣男子沒有應話。黑暗中，他的身影忽然消失了。

啊！長髮男一驚，對方驀地浮現在車燈光線中。黑影比剛才更大。他正慢慢逼近。

眾人發現這件事時，橄欖球男行動了。他拖著手中的鐵棒。他們知道刮擦地面時，那暴力性的聲響會令對方心神戰慄。橄欖球男笑著，舉起鐵棒。下一秒，有東西滾過腳邊。幾顆像高爾夫球的球體滾動著。接下來，橄欖球男的鐵棒遭受撞擊。那是球撞過來了。鐵棒一下子變得沉重，莫名被用力扯動。其他方向也有球衝撞上來。球並未反彈，而是緊貼，橄欖球男失去平衡。

在橄欖球男旁邊，另一根鐵棒掉下來。那是原本握在清爽滿點男手中的鐵棒，一樣被拉扯掉落。橄欖球男甚至注意到自己的身體傾斜了。搞什麼鬼？定睛一看，旁邊的長髮男也「咦」一聲，擺出腿軟的姿勢。那模樣看上去就像突然醉了，他一陣慌張，不知發生什麼事。

護目鏡近在眼前。完全看不到臉，但穿著黑色騎士服的男子就站在眼前。他戴著面罩。

然後，連身服男子高高躍起。

他們驚覺不妙時，腦門受到一陣衝擊，臉頰貼到地上。

一之十一

水野善一用拖把拖著地板，拖到靠走廊的那一邊時，正在擦玻璃門的蒲生也許是注意到他，開口搭話：「對了，水野先生，你跟你女兒最近處得好嗎？」

「蒲生老弟，什麼意思？」

「哦，你之前不是埋怨女兒都不理你嗎？」

「哦，你說那個啊。」

「還有別的嗎？」蒲生仍是老樣子，就像個快活的格鬥家，一副心地善良的大力士模樣，白色的牙齒看起來很清爽。

水野想起女兒玲奈子前些日子的遭遇，內心湧現沸騰的怒意。玲奈子在補習回家的路上被一群學生綁架，帶到偏離環狀線的倒閉便利超商停車場，險些被強暴。幸好有人路過，把那群混帳統統打趴，救了玲奈子。獲救後，女兒沒驚慌失措，也沒大哭大叫。不，她當然大受驚嚇，但堅持不報警。水野同意了。女兒說那群可惡的學生應該都受了重傷，不過這件事沒有上報。

他不認爲那是女兒的妄想。她沒有必要撒謊。那些歹徒八成也不敢向警方求助。

「這麼說來，水野先生，你知道嗎？」田原拿布擦拭拆下來的空調濾網，忽然抬起頭說：「最近有些不知廉恥的惡劣學生，每天晚上都會攻擊女性。」

田原完全沒想到水野的獨生女曾落入他們的魔掌。他只是當成閒聊的話題，隨口提起。「不可原諒。」水野佯裝平靜地應聲：「應該要有人教訓一下他們。」

「大家都在期待正義使者登場。」田原說。

「正義使者？」蒲生低喃。

「和平警察怎麼不把那些人渣清理乾淨呢？」

水野望向田原，看到他在裝濾網的背影。「什麼意思？」

「那些學生也是破壞風紀的壞人啊。他們威脅到當地的安全，就是不折不扣的危險分子。原本應該是那種傢伙受罰才對。」

「和平警察沒辦法抓到眞正的壞傢伙嘛。」水野善一語帶責備，隨即反省自己聲音太大了。引起旁人注意就糟了。此刻水野他們所在的地方，就是和平警察的偵訊室。

三人穿著清潔公司的制服，正在清掃室內。

來自關東金子研討會的成員臼井彬如此說明：「其實有業者願意協助這個計畫。前些日子，我提過偵訊機關在哪裡。」

「我們要在那裡裝設竊聽器對吧？」水野說道，田原補充：「最好還能安裝針孔攝影機。」

「我們要僞裝成承包清潔工作的業者。」只要配合清掃的行程，穿上制服、帶著身分證進大樓就不會引起懷疑，臼井彬打包票。

「業者怎麼會願意協助？」蒲生冷靜地問，臼井彬露出複雜的神色說：「那家清潔公司的社長在全國各地都有分店，他去年住在名古屋。那個時候他隔壁的鄰居被和平警察帶走了，他卻束手無策。他說自己受到罪惡感折磨，想要盡一分心力。」

這情節怎麼似曾相識？水野想起這跟臼井參加金子研討會的動機很像。這表示罪惡感會成爲人的原動力嗎？

「所以那位業者願意提供協助嗎？」

「實際上他會借我們的，只有制服和身分證。」

「萬一被捕，我們會怎麼樣？」

「就完了。會被當成危險分子，遭到處刑。」

「差不多該擦監視器了。」蒲生在偵訊室裡說道。這句話平凡無奇，就像清潔公司的約聘員工一板一眼地報出清潔程序，但這就是作戰開始的暗號。這一瞬間，他們終於要踏出無法回頭的一步。

蒲生移動工作梯，手伸向設置在室內角落、天花板附近的監視攝影機。

水野走近裝滿清潔用品的托特包，從裡面取出抹布。

幾天前，他們在市內租會議室預演過一遍。包下空間，如同戲劇彩排般確認步驟，做事之徹底令水野驚訝，但這讓他們有了自信。水野想起練習的動作。抹布裡夾著硬幣狀的器材。那是竊聽裝置。上面有貼紙，撕下薄紙後，就露出黏貼面。他走近桌子假裝擦拭，另一手抓住竊聽器，貼到桌底。田原一邊使用拖把，一邊擋在水野旁邊，負責掩飾。除了蒲生在擦的攝影機，室內可能還有別的監視器，必須小心再小心。

臼井彬說明，黏膠的黏性很強，不會輕易脫落。如果相信他的話，這樣就大功告成了吧，水野感到滿足，繼續擦拭。

「我們眞的可以相信你吧？」前些日子碰面時，水野問臼井彬。

「什麼意思？」

「我們參加這次的行動，冒了相當大的風險。」不用「賭上性命」這種說法，是害怕承認這個事實。「但你沒有實際參加。你要回東京，我們怎麼知道可以相信你到什麼地步？」

「啊，也是。」臼井彬沒有生氣。這樣的懷疑很理所當然，他說著，嚴肅地斂起下巴。「只能請求你們相信了。不過有一點我要聲明，若你們落入和平警察的手中……」

「真不願意去想哪。」

「是的，可是萬一演變成那樣，請不要客氣，招出我和金子教授。」

「什麼意思？」

「我們並不打算只讓各位背負風險。大家是命運共同體。」

清潔步驟已預先練到不能再熟了。業者派來指導員，那名指導員應該不知內情，只是遵照社長的吩咐，教導水野等人清掃的方法。

「這樣就算清潔完畢了嗎？」蒲生扛著工作梯過來。不曉得是不是太緊張，他流了汗。室內溫度低到有點冷，因此顯得不太自然，但應該不會引起注意。

水野他們分成三邊，一一指著清掃區域，進行最後確認，便離開偵訊室。

來到走廊的瞬間，水野幾乎要吐出放心的嘆息，但走廊也有監視器，不能掉以輕心。他們帶著工具，排成一隊，前往大門。「順利結束了呢。」在隊伍末端的田原低語，但水野沒有餘裕回話。蒲生領頭前往正面出口。

那裡有接待辦公室，裡面有三名制服警衛。有個類似車站驗票口的機器，必須將身分證放到機器上感應，而證件也由清潔業者提供。辛苦了，領頭的蒲生朝氣十足地向站在角落的警衛打招呼。辛苦了、辛苦了，水野和田原也仿效他。

蒲生拿出卡片感應。接下來是我——水野跨出去時，撞到了蒲生的背。像是猜錯了答案，警鈴響起。後面的田原也跟著撞上。卡片似乎沒有順利感應。

蒲生再次放上卡片，警鈴第二次響起時，水野還能維持平靜，但第三次警鈴響起時，他撐不住了。腳底發涼，一股快尿失禁的感覺襲來。那是一種犯了無法挽回的錯導致失敗的恐懼。「怎麼啦？堵住了。」田原問，似乎還搞不清楚狀況，又或許是明知異常，卻假裝沒事。他拚命裝出「不拚命」的樣子。「啊，弄錯了，不是這張卡。好像放在剛才打掃的地方了。」蒲生看著手中的藍色卡片，做出後仰的動作。「你們兩個可以幫我一起找嗎？」蒲生折回來時路。水野和田原跟上去。顯然是出狀況了。

「怎麼了？」水野加快腳步，走到蒲生旁邊悄聲問。

「卡片不能用了。」

「磁卡故障嗎？」

「要是那樣還好。」

「如果不是呢？」

「或許出了什麼差錯。」

「卡片不能用了嗎？」田原也變成小跑步，想要擠進蒲生和水野中間。

冷靜，水野告訴自己，但心跳劇烈，彷彿要驅走安撫聲。一座小小的鼓在體內擂個不停。

「蒲生先生，怎、怎麼辦？」田原再三回頭，擔心警衛會追上來。

「只能走別的出口了。」蒲生拿出手機，單手操作觸控螢幕。

「是那個呢，臼井先生說的絕招。」

「是的。」如果作戰依照計畫進行，那就沒有問題。一旦過程中發生意外，無法全身而退時，就要換成另一個計畫。金子教授和臼井稱為「絕招」，但簡而言之，不過是「緊急狀況的應對方法」罷了。

他用手機傳空白郵件給臼井彬。「等回信吧。」蒲生推開旁邊的門說著，進入廁所。水野和田原跟進去。格局很像學校廁所，縱長型，並排著小便斗。地板是浴室那樣的磁磚地，有三個馬桶間。三人垂頭喪氣地闖入，正在小便的人嚇得瞪大眼睛。那人穿著西裝，想必是在這棟大樓工作的職員——警方人員。

「啊，現在方便打掃嗎？」蒲生很冷靜。他舉起手中的工具箱，恭敬地說。

「不好意思，快好了。」站在小便斗前的男人抖抖腰，甩掉殘尿，提起褲頭。他一邊繫皮帶，一邊走到洗手台。水野等人焦急難耐地等待西裝男洗完手。不要起疑、快點離開，水野默念。男人說聲「辛苦了」就離開廁所，水野等人總算鬆了一口氣。

蒲生一直盯著手機。水野的腳發軟，幾乎要當場癱坐。他想起臼井彬說的「命運共同體」。沒錯，臼井彬不是說已有覺悟，如果水野等人被捕，自己也會受罰嗎？

「他一定會聯絡的。」蒲生強而有力地說，但顯然是自身的狼狽讓他勉強振作。

「會不會是收不到訊號？」

「不，有訊號格。」

「田原老弟，可不可以安靜點？」發現自己的口氣比想像中更像斥責，這讓水野慌了。「蒲生先生，有回信了嗎？」「田原老弟，現在只能默默祈禱了。」「可是……」「只能祈禱了。」

這時，蒲生小聲卻興奮地說：「有回信了。」

「請從一樓西側的緊急逃生門離開。」臼井彬寄來的郵件這麼寫道。「有同志在外頭接應。請依照對方的指示脫離。」

瞧，臼井先生不可能背叛我們。田原有些得意，輕快地說。

水野善一等人離開廁所，沿著通道往西前進。

蒲生領頭，三人直線前進，但行走速度愈來愈快。看到通道盡頭是死路時，胃底湧出一股冰寒，但蒲生在前面右轉說：「這邊。」再一次左轉後，就看到緊急逃生門的指示牌了。

「有了！」田原叫道。

打開逃生門。明亮的光照射進來，就像外頭的景色闖進裡面。

水野確信順利逃脫了，做個大大的深呼吸。

然而踏出大樓的瞬間，他無法理解發生什麼事。

他們應該要從建築物後面離開，那裡卻擠滿大批人馬，彷彿在等待他們現身。如果有人爲自己安排一場驚喜慶生會，想必就是這樣的心情。

不同的是，埋伏在那裡的人，手中拿的不是慶生用的拉炮，而是手槍、警棍及鋼叉。

蒲生不必說，水野和田原也動彈不得。

不知不覺間，一名西裝男現身，嘴角綻放笑容。「揪出危險分子的方法，眞是五花八門啊。」

蒲生手中的工具箱滑落，拖把滾過地面。一名警官跨出去，踩住拖把柄，發出宛如折斷蒲生人生的聲響。

一之十二

坐在田原彥一面前的加護英司，穿著色彩柔和的米黃色外套，帶褐色的頭髮顯得頗清爽，再加上一張娃娃臉，甚至讓人想形容爲「眉清目秀」。田原彥一覺得他跟自己年紀差不多，二十出頭。

大樓清掃計畫失敗被捕後，田原彥一等人立刻被關進那棟大樓的拘留所。

這天開始，就在偵訊室展開審問，但田原彥一沒有把事情想得太嚴重。他認爲應該不會有麻煩的審訊或可怕的拷問。當然，他並未樂觀到認爲會被無罪開釋。他們入侵大樓，安裝竊聽器，不管再怎麼辯解都會被歸爲危險分子，應該會不容分說直接處刑。

「田原先生，也許你想要包庇同夥，但最好別再隱瞞，全盤托出。」加護英司的牙齒很漂亮，像是在揭示雙方立場的不同。

「哪有什麼隱瞞，我全說出來了啊。」這不是謊話。自從落網後，田原彥一就把所知的一切全供出來。從金子教授那裡聽到的殘虐無比的拷問內容，也推了他一把。這讓他下了決斷，若是隱瞞一樣會被折磨和逼迫吐實，倒不如主動全招了，比較輕鬆。他心想，幸好是跟水野和蒲生一起被捕。這不是挖苦，也不是反諷，田原彥一眞心這麼覺得。如果有一個人逃走，就會爲了該不該隱瞞那個人的事而煩惱吧。

「水野先生他們沒事嗎？」田原彥一問。

「要看『沒事』的定義，他們還在接受偵訊。」

「到底要調查什麼？我們什麼都沒有隱瞞啊。」

「眞的嗎？」

「金子教授的事我們也說了，因爲隱瞞沒有意義啊。」

「不，你們認識其他的危險分子吧？還有吧？」「誰？」「嗯，就是想知道才問啊。」

「可是我知道的全部都——」「還有別的吧？」

就像這樣原地打轉，虛耗時間。到底什麼時候才會進行肉體拷問？從金子教授那裡聽到的內容好幾次掠過腦際。「被調派到和平警察部門的，都是警察裡有虐待傾向的人。他們每天都會發明新的拷問方法。」教授還說過這種恐怖的話。但眼前的加護英司就是個奶油小生，一點都不像會施加暴力。「還有其他的危險分子吧？」相同的問題不停重複，的確很詭異，但這也是他的職責。田原彥一開始認為，這個加護英司只是個溫和的警方職員。他甚至覺得金子教授說的，是源自於恐懼、接近都市傳說的流言。

「田原先生，蒲生先生是怎樣的人？」

「蒲生先生嗎？」

「你知道他是做什麼的嗎？」加護英司瞇起眼睛，溫柔地問。

「做什麼的？我聽說他是上班族，在房仲公司當業務。」

「那是表面上的職業吧。」

「蒲生先生還有別的工作嗎？」

「算是工作嗎？」加護英司挑選措詞，「或者算是一種志工？」

「志工？」田原彥一說出這個詞之後，心想蒲生先生確實可能當志工。他體格結實，個性老實認真，從對話中也聽得出他具備豐富的學識，總散發出一股教師風範。「志工……是怎樣的志工呢？蒲生先生十分有正義感，應該會去當志工吧。」

「這次的危險行動，也是出於正義感才參加嗎？」加護英司的語氣有時會變得率性親暱。像是受不了恭恭敬敬地說話，而變得有些沒大沒小。

「咦，你說我嗎？」

「不，我是說蒲生先生。」加護英司笑了開來。「田原先生的動機不一樣吧。」

「啊，唔，嗯。」田原彥一回答，發現自己的胃揪成了一團。「咦，是什麼意思？」

加護英司的嘴角往兩旁咧開。田原彥一不敢跟他正面對望，視線就是會往下垂。他看見對方的鼻孔張開。

「田原先生是爲了池野麗華小姐而努力吧？」

田原彥一臉紅了。他本來想問「你怎麼知道」，又打消念頭。

「你從小學就單戀她吧？」

「也不是單戀……」

「跟蹤狂？」加護英司的口氣明顯在調侃。「田原先生電腦裡的圖檔，喏，也有一些色情圖片，不過都是長得像池野麗華小姐的類型呢。」

田原彥一因湧上心頭的怒意而脹紅臉。「你們隨便看別人的電腦？」

「田原先生可是危險分子。不是『也許是危險分子』，而是不折不扣的危險分子。你們闖入和平警察的據點，想要進行破壞。所以我們搜索住處，扣押電腦和書籍，也問過你的朋友和熟人，才會知道你暗戀池野麗華小姐。」

「騙人。」田原彥一立刻說。

「騙人？」

「沒人知道，也沒人發現。」

加護英司開心到眼角擠出皺紋。「沒錯，剛才我撒了點小謊。其實你的同學對你一無所知。你沒有什麼存在感呢。不過，調查你的電腦和你喜歡的書籍漫畫是眞的。人的嗜好是有傾向的。會感到興奮的對象，也有幾種類型。只要跟你身邊的人比對，便能大略鎖定你喜歡的女性，當然，即使是男性，也是一樣。」

「所以你才會說池野小姐——」「只是套套口風。」「單戀也——」「是胡猜的。」

田原彥一並不生氣。他告訴自己，在這種情況下憤慨也無濟於事，只會讓對方更開心。

「那麼，讓我們再深入一點吧。」加護英司摸了摸鼻子。「你是不是爲了單戀的公主——池野麗華小姐，才參與這次的危險行動？幾個月以前，我們就接到情報，說池野麗華小姐的父親可能是危險分子。你從某處得知這件事，想要救助池野家，對不對？」

「她的父親是危險分子？」

「大概是。或者說，田原先生，你明明知道吧？」

「知道什麼？」

「並非危險的人是危險分子，而是被指控爲危險分子的人，就是危險分子。」田原彥一一時無法反應。他十分困惑，隸屬和平警察的人可以承認這種事嗎？「金子是這麼教你們的吧？你們居然完全相信了。」

「咦？」

「你以爲金子教授眞的是教授嗎？啊，不，他的確是教授，但他也幫我們工作。」對方露出壞心眼的表情，彷彿在說「你這個遲鈍的傻子」。

眼前一片漆黑，又猛然大亮。他一時視線模糊。「什麼意思？」

「咦，你以爲金子教授，還是那個叫臼井的小不溜丟集團眞能顚覆警方？簡而言之，他們跟和平警察是一夥的，是協助和平警察的志工。」

「他們是民間人士耶？」

「政府發包給民間人士，是時代潮流啊。」加護英司看起來很愉快。

「這……」

「和平警察會前往安全地區。而不論是什麼地方，都會有一定數量的人無法理解和平警察的理念和苦衷。就像凡事都會有三成的人反對。再怎麼高級的飯店，看看排水溝，仍免不了會有蟑螂。無法將害蟲趕盡殺絕，所以和平警察不禁想，乾脆搶先一步把這些害蟲逼出來吧。」

「逼出來？」

「沒錯。用一點小誘餌引出想跟和平警察作對的人。金子教授就是達成這個目的的裝置，或者稱爲陷阱題、蟑螂屋。」

「那臼井先生呢？臼井先生也一樣嗎？」「『一樣』是指……？」「他是民間志工嗎？」

可能是覺得田原的說法很好笑，加護英司像在用指頭搓弄空氣般，嘆了口氣。「唔，是呢。」

「他看起來不像壞人啊。」田原彥一想起臼井彬認眞的表情。金子教授那種看不出情緒的可疑之處——雖然這完全是後見之明——一直讓他覺得怪怪的，但臼井彬臉上看不出一絲會陷害田原彥一他們的狡猾，也可能是演技派、技高一籌。但臼井彬說出「命運共同體」的時候，不像隨口敷衍，而是發自眞心。

「畢竟臼井彬也是危險分子嘛。」

「臼井先生是危險分子？」

「有些人會像這樣協助警方，以免除懲罰。臼井彬就是其中之一。」

「我不懂。」

「總之，你昨天告訴我們的那類情報，完全沒有意義。很遺憾。因爲金子教授和臼井彬都是我們的人。田原先生，我們需要你提供更多不同的新情報。」

「就算你要新情報……」田原彥一的聲音變得細微：「我也……」

「不可能什麼都沒有吧？」加護英司輕佻地說。那種不理會對方處境，叫囂起鬨般的語氣令田原彥一不安。

「不，我沒有任何情報。」

「你有兩件事可以說。」

「兩件事？」

「首先，池野麗華小姐。」加護英司的牙齒發亮。

「咦！」

「喏，你想要保護的心上人池野麗華小姐。請你告訴我們，她是危險分子。」

「咦？呃……」瞬間，田原彥一不明白加護英司在說什麼。難道是自己的話看似已傳達出去，其實對方沒接收到嗎？

「我們接獲各種線報，池野家的人很可能是危險分子。」

「那就算不是由我來說……」

「啊，你看，露出馬腳了。」

「什麼意思？」

「你剛才不是說『不是由我來說』嗎？意思就是只要你想說，還是有可以說的情報啊。」

「這……」不是，他不是這種意思。「說穿了，不就表示只能說你們想要我說的話嗎？那就算不是事實——」

右腳一陣劇痛。

晚了幾秒，田原彥一才發現是加護英司在桌子底下用尖銳的鞋尖踹他小腿。痛得好似小腿肉被削掉一塊，他半晌發不出聲，只能痛苦掙扎。怎會碰上這種事？他想到這裡，淚水不禁奪眶而出。

「不管田原先生怎麼想、有多大的不滿，也只能活在這個社會裡。遵守規矩，安分守己地活下去。如果不中意，離開這個國家就是了。不過，每一個國家都有類似的社會運作模式。有些國家醫療比日本更落後，沒有藥物，也沒有空調。甚至有些國家仍處在虐疾的威脅當中。那樣能說比這個國家更幸福嗎？還是，你乾脆搬去火星算了？」

火星，感受到這個詞幼稚的涵義，田原彥一陷入沮喪。

撐過這個狀況，不然就搬去火星。毫無希望的二選一。

「還有另一件事，希望田原先生能告訴我們。」加護英司豎起指頭說。

「另一件事？」嘴上說是「希望」田原彥一告訴他們，其實只是誘導他說出他們想聽到的說詞。

「關於蒲生先生的事。剛才也提過，你知道蒲生先生當志工的事吧？蒲生先生就是阻撓和平警察任務的傢伙，對吧？」

「阻撓？除了這次的事以外嗎？」

「半個月前，警方在泉區的住宅區發現危險分子。有證據指出一名女子是危險分子。」

「那究竟是……」

「和平警察前往那名女子的家。要把她帶出去的時候，女子反抗了。反抗得很厲害。超乎尋常地激烈反抗。」

「因爲她太害怕了。」

加護英司冷冷地瞪田原一眼，光是那一瞪，田原整個人就畏縮起來。「會想要逃跑，就證明她是危險分子，所以我們設法抓住她。這時，突然有個騎大型速克達的男人登場。那男人穿著連身服，戴著面罩，用奇怪的武器打倒在場的數名警官，意圖救助那個危險分子。」加護英司淡淡地描述當時的情況。

「那就是蒲生先生嗎？」

「我不就在問你嗎？那個正義使者是不是蒲生？」

「呃，」田原彥一脫口而出：「什麼叫正義？」

這是發自內心的疑問。警察不是維護治安，站在正義這方的組織嗎？而且和平警察的名稱還有「和平」兩個字。然而，成員卻像這樣把他關起來，威脅恫嚇，實在令人難以置信。甚至還撂狠話說什麼「不然你搬去火星啊」。

加護英司面露濃濃的憐憫之色，笑道：「我們的正義，是他們的邪惡，這種事到處都是。不管懲罰再怎麼正當，在受罰的一方眼裡，那就是邪惡。再說，無論任何一場戰爭，開打時的第一句都是那句老話。」

「哪一句？」

「『這是爲了守護大家珍惜的事物！』」加護英司瞇起眼睛，「戰爭都是以這樣一句話揭開序幕。」

「蒲生先生是正義使者嗎？」「你眞的不知道？」「啊？嗯，當然……」「我以爲你把希望放在他的身上。」「咦？」

「我以爲你在期待蒲生先生會像超人或蝙蝠俠那樣活躍，把你營救出去。」

「蒲生先生有那樣的力量嗎？」

「大概吧。」「大概？」

「眞是遺憾。」

「什麼意思？」

「田原先生，你是不是認爲接下來不管受到多殘酷的拷問，都會有人來救你？像是蒲生先生。」

「不。」

「站在我們的立場，也想知道蒲生先生的武器是怎麼回事。告訴我們吧。」

我不知道，田原彥一搖頭。

「意思是，你對蒲田先生的瞭解不深？」

「關於他活躍的事，我不知道。」

加護英司目不轉睛地注視著田原彥一。「唔，好吧。」他說。「反正蒲生先生應該正在隔壁房間說明。想必他會一邊哭一邊招認：『沒錯，我就是那個時候妨礙警方的混蛋。』」

小腿又被踹了。骨頭被刺穿般的尖銳痛楚，讓田原彥一當場跌坐在地。如果蒲生先生真的是正義使者——這個想法掠過腦際，也許可能會來救他。

一之十三

肥後武男望向坐在眼前的蒲生正義，感到一股難耐的快樂從胯下及丹田湧出。

被關進這棟建築物裡設置的拘留所時，蒲生雖然緊張，但仍維持著堅毅的態度。不反抗，但也不會連自己的靈魂都出賣——肥後一眼就看出蒲生是這樣的人。一開始他先確認蒲生的個人資料，然後針對這次入侵設施、安裝竊聽器材的事提出問題。蒲生的態度值得讚賞。他並非一下全盤托出，而是一邊拒絕，一邊確認對方知道多少，一點一滴地吐露情報。

看起來像是在肥後的訊問和誘導下開口，也就是在給他面子！

爲了讓肥後享受到完成職務的充實感。

作爲對手，恰如其分。肥後有這樣的感覺。

肥後大致問完，說出金子教授和臼井彬其實是警方的人。

「咦！」蒲生聞言倒抽一口氣，身體後仰，一瞬間眼神游移了。

「你們從一開始就上當了。」

蒲生皺起眉頭，手肘撐在桌上，雙手抱住頭。一會後，蒲生咬緊牙關似地說：「臼井先生一定有苦衷。」

「什麼意思？」

「臼井先生總是看上去很痛苦。我本來以爲是爲執行計畫而緊張，但也許是受到罪惡感折磨。」

「什麼意思？」

「臼井先生是不是非答應不可？爲了避免自己和家人被當成危險分子。」

肥後聳聳肩。蒲生猜得相當準確。詳細情形肥後也不清楚，但一般民眾爲和平警察工作，多半都有「非答應不可的苦衷」。這天的偵訊結束了。目送蒲生被送去拘留所後，肥後叫住負責的守衛，做出指示：「蒲生先生很怕熱。」

這是把蒲生關到別的房間，並將冷氣調到最冷的暗號。

隔天，被帶來偵訊室的蒲生臉色蒼白，拚命摩挲身體。體溫下降，身體逐漸麻痺，嘴唇鐵青。蒲生努力保持平靜。他回答肥後的問題後，說起喪氣話：「冷氣太強了，很難受。」休息時間，肥後暫時離開偵訊室，穿西裝的後進刑警過來，把一只大信封交給肥後。「這是什麼？」

「上次那個連身服男的相關情報。」

「連身服？哦，那個礙事的傢伙。」

警方準備帶走市內北方泉區的危險分子時，突然冒出一名身分不明的男子，妨礙警方行動。那名男子穿著連身服。在場的幾個警察有幾名受傷，卻查不出對方用了什麼武器。警方極度恐懼警方以外的人擁有「力量」。因爲不曉得那股「力量」何時會把矛頭指向警方和國家。

警方不得不警戒擁有力量的對象。

肥後打開信封一看，裡面裝一大張照片。是市街的一區，應該是便利超商的停車場，有一輛速克達經過前方。想必是監視器拍到的畫面。

「就是這個人？」

「是在泉區的妨礙行動發生地點附近拍到的照片。不過車牌號碼無法辨識。」後進刑警取出另一張照片。「跟蒲生正義持有的速克達是同型機車。」

「同型？不是同一輛？」

「沒辦法斷定，車牌被遮起來了。」

這麼一說，再細看照片，騎士服男子的體型確實頗像蒲生。

審問重新開始，肥後刺探地說：「你似乎正義感很強，而且是錯誤的正義感。」嘴唇發青、縮著身體的蒲生看起來也像隻顫抖的雛鳥。肥後把照片放到桌上，笑道：「這是你吧？」

蒲生什麼也沒說，眼神游移。肥後瞪著他，兩人默默對峙半晌。審問的過程中，有時「不說話」也是一種武器。對方會心生不安，覺得除非自己主動開口，否則情勢將永遠僵持不下。

「不是，那不是我的速克達。」

「是同一輛機車吧？」

「不，我的機車好好地放在家裡。」

「分明就是你騎著那輛好好地放在家裡的機車，然後被拍到。」

「不是，那不是我。」

「不，這就是你。這個穿連身服的傢伙就是你。那時候幹的好事，你不後悔嗎？」

蒲生難受地吐氣，「什麼意思？」

「就是因爲你愛出鋒頭，草薙美良子才會逃跑，被警察開槍打死。以結果來說，那形同她當場承認自己就是危險分子，那件事你不後悔嗎？因爲你妨礙我們，害死了她。」

蒲生不回答，看上去很虛弱。

「當時你用了什麼武器？」肥後得到指示，必須弄清楚這一點。「那些武器你放在哪裡？」

「不，我什麼都不知道。」

這是老掉牙的一貫作業了，肥後聞言心想。他說「好，現在開始檢查物品」，站了起來。他向站在門口的制服警官使了個眼色。肥後把蒲生拖起來，脫掉他身上的衣物。把他剝個精光後，要他雙手扶在牆上，雙腳打開。一看就知道沒有藏任何武器，但肥後還是故意慢慢地摸遍他的全身，並要制服警官檢查他的耳洞和肛門。透過侮辱對方，剝奪對方抵抗的意志。

這天晚上也持續把冷氣調到最強，隔天蒲生全身僵硬，肥後一摸，整個冰透了。「完工了。」偵訊前，後進調查員跑來對肥後說。簡而言之，蒲生已變得百依百順，再也沒有力氣抵抗警方，只等著被送到刑場。這個時候，肥後不滿起來。以爲這傢伙頗有骨氣，原來只有這點程度嗎？自詡正義使者，等於嘲笑腳踏實地工作的警方。凌虐這樣的正義使者，實在痛快，沒想到對方這麼快就舉白旗投降，任憑處置，未免太沒意思。

「你打算說出用什麼武器了嗎？」

是，蒲生點點頭，但就這樣低垂著頭不動，也許腦袋凍壞了。

「喂！」肥後踹桌子，蒲生一驚，做出保護身體的姿勢。「眞是的，簡直就像嚇壞的小動物。喂，我說武器啦，武器。你用什麼武器？」

「是。」「像石頭的東西？」

「對，是石頭。」蒲生囁嚅著說：「是像石頭的東西。」

「是槍嗎？」「是槍。」

「到底是哪個？怎麼用？」

「呃……」蒲生不知其意。

「好！」肥後打氣似地輕拍一下蒲生的手，蒲生不安地看他。「現在是給蒲生先生的機會時間！」

肥後假惺惺地拍手。

這是在幹麼？蒲生露出這樣的表情盯著肥後。神情害怕，整張臉就寫滿「擔心」。

「你有母親吧？既然你都出生在世上了，當然有母親啦。她仍住在山口縣，一邊種田，一個人生活。哦，調查這些是我們的工作，不必問你也知道。」

蒲生的臉繃住，浮現異於先前的蒼白之色。

「父母永遠都是父母。令堂擔心蒲生先生，特地到仙台來了。」

「咦！」

「我們聯絡她，她得知獨子遭遇大難，就搭飛機到仙台機場來了。我們告訴她目前的狀況。令堂是個熱愛和平的市民，所以對兒子犯下妨礙警察的罪行，感到無比悲傷。她說「小犬怎會做出這麼不懂事的事情來，太對不起警方了」，一再向我們低頭陪罪。令堂那麼富有道德感，是那麼好的一個人，你怎會做出這種事情呢？然後，令堂接著拜託我們，說能不能讓兒子的刑罰輕一點？她深深向我們低頭拜託，所謂的頂禮膜拜，就像她那個樣子吧。我們看了眞的好心痛，也懇求她說『蒲田媽媽，請抬起頭來』，但她就是磕頭磕個不停。所有的調查員都拚命忍住淚水。」肥後就像在誦讀熟悉的宣傳詞般侃侃而談。實際上，這話他說慣了。視不同的情況，「令堂」會變成「令尊」或「令千金」、「令公子」。

蒲生死命地瞪著肥後。

「我們也不是沒血沒淚，很想設法讓令堂寬心，但法律就是法律，你犯的罪無法抹滅。」

「犯罪……」

「你是危險分子，但令堂向我們下跪，說想救你。我們也想實現令堂的願望。所以嘍。」肥後說著，視線轉向背後。身後的後進收到指示，站起來走近牆邊，打開掛在那裡的簾子。因爲和牆壁一樣是米色，蒲生一直沒注意到那裡有簾子，看得出他十分驚訝。

那裡有一扇液晶電視大小的窗戶，連接隔壁房間。

「從這裡看得到隔壁，但隔壁看不出是窗戶。這是所謂的單面鏡。」

肥後說明，蒲生一開始投以迷茫的視線，但很快就發出「喀噠」一聲，從椅子上站起。他好像發現了。不愧是母子情深，肥後想著調侃的話語，盯著他的動作。蒲生站到玻璃窗前，不禁張大嘴巴。肥後也站起來，靠近窗前。

隔壁房間有個年近花甲的嬌小婦人，廉價上衣的袖子捲了起來。

「喏，令堂接下來要爲你進行挑戰。」肥後呢喃似地對蒲生說。隔壁房間的一角擺著類似健身器材的物品，看起來也像是奧運競賽用的單槓。

「媽……」蒲生恍惚出聲，那表情彷彿看到幻影。

「只要令堂抓住那單槓，吊上三分鐘，你的刑罰就可以減輕。」

「咦！」

「我們這麼告訴令堂，她似乎躍躍欲試。」肥後實在忍不住要偷笑。刑罰不可能因體力測驗或運動測驗的結果而減輕，卻有人信以爲眞，躍躍欲試，實在教人發噱。

「不行。」蒲生顫抖著說：「不行。不可能的。」

「什麼叫不行？」

「我知道三分鐘很長，不是那麼容易就辦得到的。」

這時，肥後第一次感到佩服。他望向臉色蒼白的蒲生，只見蒲生的下巴周圍長出鬍碴，完全就像個骯髒怠惰的男人。「沒錯，聽到三分鐘，一般人都會覺得應該沒問題，或是輕而易舉，但實際吊在單槓上要撐三分鐘難如登天。」

說話時，隔壁房間的蒲生母親脫下鞋子，赤腳走向器材。三名制服警官包圍著她。

「讓她停下來！」蒲生說。「不要讓她做那種傻事！」

「傻事？令堂可是爲你拚了老命。」

「你們只是在玩弄她！」

「怎麼突然又威風起來啦？你就好好爲令堂加油吧。」

肥後帶著看戲的心情坐在旁邊。

制服警官從後方抱住蒲生母親的背，讓她抓住單槓。

母親以萬歲的姿勢掛在單槓上，嘴巴動著：「麻煩了。」

制服警官退後，一名調查員按下碼表。母親的臉一陣痙攣。抓住單槓的手，以及加諸在手臂上的自己體重之沉，恐怕都遠遠超出預期。被拉得長長的手臂應該也很痛。

她的眼神不安地飄動著。

蒲生貼在窗上。接著他瞪向肥後，幾乎是口沫橫飛地大吼：「讓她停下來！」那粗魯的口氣令肥後相當不爽，冷著臉回望，蒲生只得換成懇求的語氣：「請讓她停下來。」

「她撐得了三分鐘嗎？」

「不可能的。」

「不可能就要遭殃了。」

「遭殃？誰會遭殃？」

「你跟令堂呀。單槓機會是有規則的。如果撐過三分鐘，那麼恭喜，當兒子的你可以逃過刑罰。如果失敗，令堂也會一起被處刑。」

「咦！」

「令堂眞是女中豪傑啊。她說爲了兒子，絕對會撐上三分鐘，不管失敗了會怎樣都無所謂——」話還沒說完，蒲生就揪住肥後的領子。那依然銬著手銬的雙手用力勒緊。肥後並不驚訝，只說聲：「喂。」糟了，蒲生露出這樣的表情。那完全是害怕的眼神，肥後身爲支配者感到滿足，但沒有理會蒲生，望向隔壁房間。

三十秒過去了。

對她來說，那是不是接近永恆？手臂顫抖，身體搖晃，就要掉下來。

隔壁房間的制服警官正在對蒲生母親說話，內容不難想像。「要是這時候掉下來，令公子義正先生所受的刑罰會更慘。」

母親怒目而視，鼻翼翕張，手臂更加使勁。爲了兒子而忍受痛苦的那副模樣，肥後覺得滑稽到不行。在隔壁房間望著母親吊單槓秀的三名制服警官，臉上也明顯浮現笑容。

一之十四

窗戶另一頭的隔壁房間裡，母親掛在單槓上，表情痛苦。

蒲生義正實在無法接受眼前的現實。這幾天，落入和平警察手中，受到的偵訊，本身就是一場印象模糊的體驗。空調造成的寒冷地獄，讓他不只是肉體，連思考都變得遲鈍。此刻，他無法理解應該在山口的母親爲何會在仙台的警方機構內。還被一群男人包圍，像在接受軍事操練般掛在單槓上。

「媽，妳在幹麼？」他說出聲。可能是被冷氣凍僵了，嘴唇笨拙地開合。

「爲你努力啊。」旁邊的人說。這傢伙是誰啊？噢，和平警察。「你自詡爲正義使者，令堂才會落入那麼不堪的處境。你就不感到抱歉嗎？」

正義使者？誰啊？就連小時候，說出這個詞都會害臊。不，他有正義感。以前的女朋友不是說過嗎？「你的正義感很強，可是最好小心點。」最好小心點，確實如此。就是因爲自己太不小心，母親才會陷入這麼慘的處境。母親應該也料想不到，都踏入人生下半場，還得遭受這樣的屈辱和恐懼。

隔著玻璃窗看到的景象逐漸模糊。一會後，他發現自己在哭。

「救救她吧，全是我不好。」注意到時，他正緊抓著肥後哀求。

「救她？令堂是在為了救你而努力啊。」肥後的話聲中滲出笑意，但蒲生義正聽不出來。

「一起替她加油打氣。好好看著啊。如果令堂無法撐到三分鐘，從單槓上掉下來，到時候你們母子倆就要手牽手一塊被處刑嘍。」

蒲生義正覺得身體變得更冷。他抱住自己似地顫抖著。

「恐撐不下去了。瞧，令堂的腳在踢動。變成那樣的話，只剩下倒數計時了。」肥後指著玻璃。「你也好好看著啊。」

蒲生義正望向隔壁房間。確實，小個子的母親踢動雙腳，運用全身掙扎著，彷彿在祈禱。

「喏，看仔細。」肥後輕薄地笑著，抓住蒲生義正的頭，並用力固定住。

這時，玻璃窗另一頭的門打開。蒲生義正猜想是別的警官進來了。

然而，現身的是一身黑的男人。

自己視力模糊了嗎？還是，室內照明的角度形成黑影？要不然就是警方近乎駭人的強權，導致他產生漆黑的幻覺？總之，他看到一身黑的人。

頭上的鴨舌帽和衣服是黑的，面罩也是黑的。

隔壁房間傳來一道「啪」的金屬聲。連是不是實際上聽到的都不曉得，但看起來火花迸散。

三名制服警官同時望向身後的牆壁。一身黑的男人迅捷行動。他拿著像木刀的東西，轉眼就砍中三名警官的頭。警官全部蹲倒。

黑衣男接著走近單槓，抱住蒲生的母親。

然後，他看向這裡。

他目不轉睛地注視著應該是單面鏡的窗戶，而後拖著蒲生的母親離開。

不知不覺間，肥後從皮帶裡掏出手槍。蒲生義正第一次知道他在偵訊時帶槍。「喂！」肥後對室內另一名警官說。那名警官也拔出手槍，走向門口。

蒲生義正只是站在原地，一臉茫然。他連母親怎麼了、自己會怎麼樣都毫無頭緒。

門把旋轉，門開了。

肥後和警官的槍口都指著門，尚未開槍。不過已準備就緒，隨時都能擊發子彈。

有東西從門外滾進室內。那是高爾夫球大小的黑色物體。球發出硬質的聲響滾入室內，猶如手榴彈般跳動投進。會不會是爆裂物？蒲生一陣膽寒。肥後和警官的身體突然搖晃起來，正確瞄準的槍口竟被那黑球拉著跑，他們一陣踉蹌，緊接著黑球狠狠地衝撞桌腳。

黑衣男子進來了。沒看到蒲生的母親。

那名男子穿著連身服，戴著黑色皮手套，以及護目鏡。他旋轉手中的木刀，大步跨進，首先砍向警官的後腦勺。接著，他朝肥後揮下木刀，肥後閃開了，但顯然狼狽不堪。肥後站起來，舉起手槍。

連身服男的手放在腰際，緊接著身旁掉落數顆球狀物。很像高爾夫球。

「搞什麼鬼！」肥後試圖扣板機，但握著槍的手不住搖晃。「你以爲能全身而退嗎？」

黑衣男子默默無語。他戴著像滑雪面罩的東西，連嘴巴都看不見。他默默地從背後取出筒狀物，指向肥後。

蒲生不知那到底是什麼筒子。

該說是總算嗎？肥後開槍了。但身體還是傾斜著，子彈射進方向完全偏離的牆壁。

緊接著，傳來一道空氣破裂的聲響。筒口噴射出小球，肥後發出動物般的吼叫，當場蹲下來。下一瞬間，換成「噗咻」的噴射音，剛聽到聲響，整個房間已煙霧彌漫。是毒氣嗎？蒲生義正心生害怕，急忙摀住臉。無味無臭、不熱不冷的煙充斥四下。在幾乎什麼都看不到的視野中，他看見痛苦掙扎的肥後。肥後抓著胯下，液體從那裡擴散到地面。肥後失禁了嗎？蒲生義正暗想，但那是鮮血，他啞然失聲。

肥後的胯下流著血，蜷縮倒地。在蒲生義正的眼中，那就像生命不斷流失，但煙很快地將一切都掩蓋了。

第二部

「喂，二瓶，這邊。」

有人叫我，我應了聲，走向同樣隸屬宮城縣警的前輩三好達也。這裡是警方稱為「第二」的建築物後方。由於輪到本地成爲安全地區，改建成縣政府的共同辦公大樓，供和平警察進行搜查和偵訊使用，也用來拘留危險分子。

三好抓著半開門上的門把，望著裝在牆面的安全盒。「這東西壞了。」

「好像鬧得很大。」

「就是啊。聽說兩位和平先生被殺，超過十人受傷。」

「那麼慘？」

「應該是遭到出其不意的攻擊。通道上都是倒地的人。」

「第二」不光是正門入口，連後門也無法擅入。必須先拿身分證在掃描器上感應，再進行指紋認證，才能解開門鎖。這項安全功能似乎壞了。

「鎖不上嗎？」

「電子鎖壞了。」

「監視器沒拍到嗎？」大樓內外的通道和各房間都設有監視器，錄影畫面由監控室保管。

「好像壞掉了。似乎不是全部，但重要的地方，像是門口，還有被入侵的偵訊室，監視器都壞掉了。目前正在檢查其餘通道的監視器。」

鑑識人員在周圍進行採證作業，那模樣好似在摸索掉落的隱形眼鏡。

「部長整個人亂了套，對和平先生低頭賠罪，然後狠狠鞭笞我們。給上頭的人胡蘿蔔，給底下的人鞭子，這也算是一種胡蘿蔔與鞭子策略嗎？」

成為安全地區的地方，除了警察廳派遣的「和平先生」——和平警察的成員以外，還有從當地自治體縣警挑選出來的成員，也就是我和三好，作為游擊部隊從旁協助。和平警察就像巡迴表演的藝人——這樣說應該會被狠狠罵一頓——總是行腳全國各地，逮捕危險分子。基本上是來自警察廳的和平先生指揮我們，率先拘捕危險分子和審問。而身為縣警職員的我們聽從指揮，勤奮地做些基本雜務，不過警方的工作大半都是那類不起眼的工作，所以跟平常沒什麼兩樣。

之前的安全地區也發生過危險分子抓狂，攻擊調查員的狀況，但像這次和平警察的調查員死亡的例子是聞所未聞。縣警為這次出的紕漏慌了手腳。

對組織來說，最麻煩的就是沒有前例的問題。

為什麼呢？因為沒有可以參考的應變方法，高層的能力將面臨考驗。

「藥師寺警視長很生氣嗎？」

「他一向看不出表情，不過當然很生氣。」

聽到這話，回頭一看，矮個子、姿勢英挺且眼神銳利的藥師寺警視長正緩緩蹲下，混在鑑識人員裡行動。他是通過國家考試進來的菁英組，擁有警察廳刑事局和平警察課課長的頭銜，是和平警察組織中的大老。乍看就像個認眞的老師，卻散發出一種即使和人扭打起來也不動如山的氛圍。

在昨天的事件中死亡的，是負責進行偵訊的和平警察，肥後武男與加護英司。

「和平先生當中，這兩個人似乎特別受到信賴。」

有一次，下班回家途中，我在地下鐵車站碰到三好，三好壓低聲音說：「二瓶，我啊，也不是活得多清廉正直，深知自己有嚴重的虐待狂癖好，可是看著和平先生，就會覺得人外有人，天外有天。」

我有同感。對於潛伏在心中那種充滿惡意、冷漠的感情，我有所自覺。進入警察單位任職後，一般市民尊敬、畏懼、依賴我的事實，讓我有種難耐的快感。爲了社會治安，市民即使得忍受一些不便、痛苦，也是沒辦法的事——這樣的想法逐漸滲透我。但與和平警察共事，有時看到他們進行令人不忍卒睹的審問，還是忍不住會想：「做到這種地步未免太過分了吧？」並感受到正規和平警察部隊的可怕。

在這樣的和平警察當中，肥後和加護看起來是「格外優秀」的和平警察。這兩人慘遭在偵訊中出現的入侵者殺害，藥師寺警視長會不開心也是當然的。從他與鑑識人員一起蹲著採證的身影，也看得出他的復仇之心熊熊燃燒。

「第二大樓的通道上，也有幾個我們的同僚被打倒了。」

「歹徒是上次出現在黑松那裡的男人嗎？」我問道。大約半個月前，警方在泉區黑松正要帶走危險分子時，憑空冒出一名騎機車的男子，阻撓和平警察的行動。雖然引起一點騷動，但據說機車男逃之夭夭。三好當時也在現場。「可能性很高。那傢伙一樣穿著連身服。」三好皺起眉頭。

如果那名男子這次入侵了和平警察的大樓，可說是如假包換的反抗勢力。「不管怎樣，沒逮到歹徒，藥師寺警視長的面子就掛不住了。」

「藥師寺警視長是導入和平警察和安全地區制度的旗手，要是這時候發生重大問題，他的立場就岌岌可危了。」

「畢竟有反對派嘛。」三好說完後，把聲音壓得更低：「不過，藥師寺警視長的情況，等於身邊全是反對派。」

「是這樣嗎？」

「城府深沉，不曉得在想什麼的優秀人物，對高層來說是個威脅啊。在上頭的眼裡，藥師寺警視長徹頭徹尾就是個威脅。話雖如此，又不能排除他，頂多設法拉攏他。大概就是這樣。」

「不好意思，我們要檢查那個。」鑑識人員靠過來，指著三好正在看的認證裝置說道。

噢，抱歉。三好退到旁邊。

「肥後先生和加護先生都死得很慘嗎？」

「你沒聽說嗎？加護的腦門被劈開，肥後的胯下被搗爛後，頭部受創。」

「被槍擊嗎？」

「聽說是木刀。」

「那麼原始的武器？胯下？太慘了。」

就是說啊，三好點著頭。

「可是，你們平常幹的事也半斤八兩吧？」

旁邊傳來聲音，我嚇了一跳。是正在旁邊地面拉起封鎖線的鑑識班男子。他們總是默默蹲在地上，要不然就是臉貼在牆上低調地作業，對我們來說，宛如環境中的黑蟻，所以沒想到自己的對話會被聽見。不，就算被聽見，也不以爲意。

「這話是什麼意思？」三好立刻反問。

「和平警察的刑求。」那名男子在鑑識班中也是熟面孔的高齡職員。

「不是刑求，是偵訊。」

「刑求的手段慘無人道吧？我聽說被處刑反倒好多了。你們協助和平警察，雖然是被洗腦的，可是怎麼待人，就會怎麼還諸己身。」

「和平警察又不是喜歡採取粗暴的偵訊手段。揪出危險分子，有時也需要非常手段啊。」

「是嗎？」

「你是什麼意思？」

「昨天我在車站前的牛丼店吃早餐，有兩個和平先生就坐在我後頭，喜孜孜地討論怎麼凌虐危險分子。」

「我覺得和平警察不可能在外面的店談論那種事。」

「這表示他們的情感麻痺了吧。」

「要是被藥師寺警視長知道，他們就慘了。」

鑑識人員哼笑一聲。「在牛丼店的，就是那位藥師寺警視長。」

「原來如此。」三好答道。「那是爲了揪出危險分子吧。藥師寺警視長應該是認爲，如果牛丼店有危險分子，便會對他們的對話有所反應。」

高齡的鑑識人員苦笑：「總有解釋就是了。」

「二瓶是哪一個？」背後傳來聲音，回頭一看，是藥師寺警視長在叫人。旁邊的縣警刑事部長發現我，指著我說：「他在那裡。」

我嚇了一跳，隨即應聲跑過去：「有何吩咐？」

「你可以馬上去仙台車站嗎？」藥師寺警視長就像忘了眨眼似地瞪大雙眼，我當然點頭。幹這一行，上頭的疑問句等同於命令句。

「爲了這起事件，東京那邊特地派專家過來調查。」部長看我說。

「對方叫眞壁，是警察廳特別調查室的人。」

「特別調查？」

「主要是調查警察內部發生的事件，以及警察涉入的事件。包山包海。」

「警察……內部？」

「警方是被害者或加害者、不想讓外頭知道的事件，他是專門處理這些情況的調查官。」部長說明後，藥師寺警視長依然板著臉，接著憤憤地說：「是個不知何謂合群，以神探自居的傢伙。」

從藥師寺警視長的反應，我猜想那位調查官一定很惹人厭，同時一個疑問浮上心頭。基本上，警察組織不允許單獨行動。而且不討高層歡心的話，照理說應該會遭到排擠。然而，在這樣的緊急狀況中，從東京被召來，表示他受到器重嗎？爲什麼呢？理由可想而知。

因爲他很能幹？

我想這麼問，卻問不出口。可以詢問上司的機會幾乎沒有。

「這回在這個地區誘捕危險分子時，不是用了研討會的陷阱嗎？」部長看著我說。

「研討會的陷阱」是用來篩選危險分子的手段之一。召集對和平警察心懷不滿，可能會採取反抗行動的人，設下陷阱加以捕捉。因爲採取了人權派教授呼籲召集的形式，於是將誘捕到的人稱爲「研討生」。這回也是此一策略發揮功效，逮捕了潛入和平警察大樓安裝竊聽器的一夥人。

「提出這個方法的，好像就是眞壁調查官。」
「這樣啊。」
「不過，偵訊那些『研討生』時，有人入侵，引發事件，所以那個裝模作樣的眞壁也有責任。」藥師寺警視長表情不變，但口氣很粗魯。看來，他非常看不順眼眞壁調查官？
我們的刑事部長迎合藥師寺警視長似地附和著。對於其他部門，尤其是地方警察來說，警察廳的和平警察是上級組織，會變成像在向大聯盟選手討教的局面也是理所當然。
「眞壁調查官好像也在其他地方提出許多篩選危險分子的點子。」刑事部長對我說。對那邊是討好諂媚，對我則是不可一世，不停切換語氣一定很辛苦。
「要請他來調查這次的事件嗎？」我忍不住提出平常絕對不會說出口的問題。藥師寺警視長轉了一下頭，望著昨天部下遇害的大樓，「逼不得已。」那口氣等於承認了不願承認的事。
「二瓶，你擔任眞壁調查官的嚮導。」刑事部長說。「經我們判斷，你是合適的人選，所以向長官推薦你。」口氣像在叫我要知恩圖報。「你現在就去車站。」
我精神奕奕地應答後，折回三好那裡說明狀況。
「原來如此，你暫時要當貴賓的陪客啊。眞壁這名號我聽過。」三好語帶調侃。
「是嗎？」
「聽說他是個無法捉摸的人。」

喂，二瓶，不要拖拖拉拉！刑事部長的斥喝聲從背後傳來。三好失望地嘆道：「相較之下，我們部長在想些什麼是一清二楚。向地位比自己高的人阿諛諂媚，滿腦子只想明哲保身。」

「確實是簡單明瞭。」

「明明以前更有骨氣。」

「真的嗎？」我進宮城縣警的時候，部長已是對上哈腰鞠躬，對下大呼大叫的典型。配上那圓胖的體型，簡直就是一副窩囊相。

「充滿正義感又優秀。哎，會當警察的都是這樣。一開始每個人都懷著火熱的使命感。部長是看到同梯的人一個個升遷，急啦。如今部長只在乎上頭對他的觀感，奉行息事寧人主義。」

「各人自有生存之道。」我只能嘆氣。「那麼，我去去就回。」我說著，離開現場。

「二瓶，你是否想過，植物是無力的？植物不能自行移動，當然，葉子和莖會被風吹動，也有像含羞草那樣會合起葉子的植物，但基本上就像字面所形容的，動彈不得，即使遭遇攻擊，也無法保護自己。要是路過的人伸手一拔，無論情願與否，都會被連根拔起。若有昆蟲過來，要咬葉子就咬葉子，要吸花蜜就吸花蜜。當然，有一些花利用這一點，讓蜂類傳播花粉，但就算對自己有害，也無法保護自己。啊，多麼不設防啊！如此美麗又脆弱，比《憲法》第九條（註）的軍事防衛更加虛無飄渺。不覺得植物很可憐嗎？不過，有些植物擁有防衛的智慧，那就是——高麗菜。」

十幾分鐘前，我在仙台車站的新幹線驗票口前與眞壁鴻一郎會合了。從「被允許單槍匹馬行動、幹練的調查官」這樣的形容，我想像他是一個認眞嚴肅、眼神銳利的西裝刑警，具備傑出老手的第六感與直覺，然而現身的眞壁，徹底偏離我的想像。

我以為他會從驗票口另一邊的新幹線月台過來，於是乖乖等著，這時突然有人從背後叫我：

「你是縣警的人？」

從哪裡冒出來的？我一陣驚慌失措。

「我來得早了，在車站裡逛了逛。」來人體型修長纖瘦，雖然穿西裝，卻留著幾乎及肩的長髮，還燙得捲捲的，外表好似不曉得從哪裡跑來仙台的音樂家。

「眞壁調查官嗎？」我壓低聲音問。「我是宮城縣警的人員，敝姓二瓶。」

「二瓶啊，多多指教。」

「我會先帶您去縣警總部。」

註：日本《憲法》第九條規定日本放棄戰爭、武力及宣戰權，故被稱為「和平憲法」。

「不要。」「咦？」「反正也只是一堆寒暄廢話，什麼歡迎你來啊之類的。而且藥師寺先生在那裡吧？」

「警視長負責指揮和平警察。」

「他那種一板一眼的個性，我實在不會應付。而且他把我當成眼中釘。爲什麼呢？我又沒扯過他後腿。對了，雖然有點早，要不要先吃午餐？車站一樓新開了一家擔擔麵店。」

「有嗎？」

「今天開幕的。如果店沒開再去現場吧。是在哪裡？喏，那個好笑的現場。」

「好笑？」

「因爲你想嘛，正在進行偵訊的虐待狂刑警，被突然冒出來的男人搗爛腦袋和胯下死掉耶，這還不好笑嗎？」

我目不轉睛地端詳起眞壁鴻一郎。乍看還不覺得，但在近處一看，他比我高了些，必須抬頭仰望。

「好了，走吧。」眞壁鴻一郎說著，抬腿在車站建築物內前進。

後來，坐上停在東口的車子副駕駛座時，他唐突地說起植物的事來。植物無法保護自己，別說日本國《憲法》第九條了，根本是甘地的非暴力主義，但也並非全無防備。是這樣的內容。

「高麗菜的天敵是青蟲，也就是蝴蝶的幼蟲。這青蟲小朋友喜歡吃高麗菜，所以會埋頭大啃特啃。高麗菜怎麼受得了呢？所以，高麗菜呼叫了能消滅青蟲的寄生蜂。」

「寄生蜂？」

「會寄生在青蟲身上的蜂。簡而言之，就是青蟲的敵人，叫菜蝶絨繭蜂。高麗菜藉由讓這種蜂寄生在青蟲身上，來減少青蟲的數目。」

「高麗菜要怎麼叫來寄生蜂？」

「你說到重點了。」眞壁鴻一郎開心地說。我正在開車，只能瞥一眼副駕駛座，結果迎上他閃亮的目光。「高麗菜會發出ＳＯＳ信號。」

「高麗菜發出ＳＯＳ？」

「青蟲會咬高麗菜吧？這麼一來，青蟲唾液中的酵素，就會和高麗菜的成分混合在一起，變成揮發性的物質，散播到空中，召來青蟲的天敵。」

「原來如此。」我點點頭，但最感到納悶的是：青蟲也有口水嗎？

「在被咬的時候，發出防禦的信號，生物的世界實在太完美了。二瓶，你不這麼認爲嗎？」

「食物鏈、弱肉強食。」

不曉得是不是嫌我的反應太無聊，眞壁鴻一郎露出掃興的眼神。

「那種老套的字眼一點意思也沒有。說是弱肉強食，動物也不一定總是贏或輸，對吧？擬態的昆蟲不一定總是騙得過敵人，有時候會被吃，有時候能保住一命。雖然說弱肉強食，但實際情況曖昧許多。不過，我剛才說的高麗菜例子很有意思吧？這等於是青蟲自己召來天敵呢。站在高麗菜的立場，是利用對方的力量來打倒對方，就像合氣道那樣。」

「原來如此。」我早就習慣附和上級或前輩之類地位比自己高的人。「確實就像您說的。」

然而，眞壁鴻一郎似乎敏感地看透我有口無心的應和。即使以眼角餘光觀察，也能看出他又露出無趣的眼神。

「二瓶，這一點呢，跟和平警察有共通之處。」

「咦，高麗菜嗎？」

「沒錯。高麗菜相當於和平警察。然後，這次有那神祕入侵者跑來傷害警察。入侵者殺害偵訊中的刑警，哎呀，眞不得了。」嘴上這麼說，眞壁鴻一郎卻樂到不行地輕笑著。「要形容的話，那入侵者就是青蟲，而這起事件是ＳＯＳ訊號。我聽見這訊號——唔，雖然是不想聽見啦——就像這樣趕來了。爲了揪出這個青蟲凶犯。寄生蜂呢，就是我。一向如此。警察一出事就會呼叫我。有時候我會想，他們是不是想呼叫我，才故意鬧事？藥師寺先生是不是其實很想念我？」

「哦……」對於這番妄想般的言詞，我不小心做出眞實的反應，暗叫不妙，連忙斂容正色，眞壁鴻一郎卻開心地說：「二瓶，這就對啦，比起膚淺的附和，我更想聽眞心話。」

眞壁鴻一郎一進入大樓，便迅速深入內部。他跨進拉上黃色封鎖線的偵訊室，四處查看。案發現場的偵訊室裡還有鑑識班人員，正趴在地上採證。「這位是前來查案的眞壁調查官。」我打圓場似地介紹，但他們沒有反應，可能毫不關心。

眞壁望向牆壁，指著被刨挖的痕跡說：「這是彈痕呢。」

「似乎來自肥後先生的手槍。」

「這麼近的距離居然打偏了。是急慌了嗎？」眞壁鴻一郎像是在談論幼童犯下的小過錯。

「通道上也有幾個人開槍的痕跡，但全都沒有命中。」

「這樣啊。」眞壁鴻一郎站到嵌在房間牆上的玻璃前，問：「對面也是拷問房嗎？」

「眞壁先生，那種稱呼……」我慌了。「應該說是偵訊室。」

「二瓶，沒必要粉飾。對世人或許有必要粉飾，但對我不必。我們是一夥的嘛。」眞壁鴻一郎說著，進入偵訊室隔壁的小房間。從那裡無法看到偵訊室。「從這邊看，只是單純的鏡子。」

眞壁鴻一郎敲了敲映在牆上大鏡子裡的自己。「這眞的很有意思。一般單面鏡的方向應該要相反。從這裡偷看另一間偵訊室的嫌犯，請目擊者或被害者觀察嫌犯像不像歹徒。那叫指認是吧？

然而，這裡的鏡子方向卻相反。不，不光是這裡。和平警察的設施幾乎都是這樣。」

我明白他的言外之意。

和平警察的偵訊，基本上是要「蒙上危險分子嫌疑的人物」自白。為了達到這個目的，不擇手段。對於過度的「不擇手段」，一開始我也感到抗拒，但漸漸就習慣了。溫和的審問不可能讓眞正的危險分子吐實。聽到藥師寺警視長這麼說明，我恍然大悟。沒錯，危險分子不可能輕易招供，所以撼動偵訊中的嫌犯心理是絕對不可或缺的。比方說，在鄰室對嫌犯親密的朋友、家人等施加壓力十分有效，這單面鏡就是用來讓嫌犯觀看這些情景的道具。

「眞是低俗的興趣。」眞壁鴻一郎說，但感覺並沒有嘴上說的那麼嫌惡。「這是單槓健身器材嗎？」眞壁鴻一郎看著留在小房間內、拉長單槓般的健身器材，彷彿在觀察化成石像的高個兒，發出疑問，緊接著又自己否定：「不太可能呢。我大概可以猜出這裡發生了什麼事。以前我也看過，吊在上面撐幾分鐘就放人，但掉下來就完蛋。兩分鐘還是三分鐘嗎？感覺很短，其實很長，根本不可能撐得過。」

是的，我回答。「當時是蒲生義正的母親吊在上面。」

眞壁鴻一郎目瞪口呆。「母親？那就是在表演吊單槓秀的時候，」他回望通往走廊的門，「入侵者闖進來了是嗎？」

「是的。」

「門鎖呢？」
「這裡沒有鎖，可以自由進出。因爲可疑人士入侵這棟大樓的可能性很低。」
「爲什麼？」
「大樓本身有保全系統。進建築物的時候會核對身分，所以裡面的房間沒有特別上鎖。而且這次監視器也被破壞了。」
「全部？」
「啊，不，聽說不是全部。」
「偵訊室的錄影檔怎麼樣了？偵訊期間的影像。」
「咦？」
「和平警察會把偵訊的過程錄下來吧？我覺得留下拷問的影像有風險，不過還是會保存。」
「眞壁先生，恕我直言，和平警察的嚴格審問，是揪出危險分子的必要手段。」情急之下，我反射性地回嘴。自己的工作受到批判，當然會想辯駁幾句。我們也是有使命感的。「再說，如果民眾覺得偵訊可怕，對危險分子應該也會有遏阻效果。」
眞壁鴻一郎直盯著我，「二瓶，你說這話是眞心的嗎？」
「當然是眞心的。」
眞壁鴻一郎高高挑起眉毛，攤開雙手。「你眞是個模範刑警呢。總之，和平警察保存了偵訊的錄影畫面。就算昨天事發時，偵訊室的監視器被破壞了，應該還是有留下檔案才對。」眞壁鴻一郎說著，已走向管理監視器的監控室。明明初來乍到，腦袋裡卻彷彿裝了平面圖，他毫不猶豫地前進，打開一樓的後門——我們剛才進來的入口——旁邊的門。

「這裡本來要驗證指紋才能進去吧。」他指著門旁的認證裝置說。

「被破壞了嗎？」

「不，這裡沒事。」眞壁鴻一郎說著，用自己的卡片解鎖。

監控室牆上並排著許多小螢幕，並且設有一台巨大的終端伺服器。這個房間裡全是機器，毫無人味，與調查員大呼小叫的偵訊室是兩個極端。透過螢幕看到的偵訊場面，也因沒有聲音而失去眞實性，像在觀看循規蹈矩的電視劇。現在所有的螢幕電源都關掉了。

這裡也有一名鑑識人員趴在地上尋找證據。

「錄影資料被拿走了多少？」眞壁鴻一郎問。鑑識人員站起來，看到陌生的臉孔，有些不知所措，但聽到我介紹後，立刻挺直了背，答道：「還不清楚。」

「等系統管理員調查紀錄檔後，狀況應該會明朗些，可是二瓶——」

「是。」突然被叫到名字，我嚇了一跳。

「這下有趣了。」

「什麼意思？」

「進來這個房間需要驗證指紋，而且刪除監視器資料、竊取錄影資料，也需要登入系統。」

「還不清楚歹徒做了些什麼、做到什麼程度。」

「這樣的話……」「這樣的話？」

「表示對手相當難纏。這不是很好玩嗎？」

我不知該如何反應，一旁的鑑識人員也困惑不已，彷彿不小心聽到不該聽的話。

「這並不好玩。」我說。

「會嗎？我非常興奮耶。」不知不覺間，眞壁鴻一郎趴在地上。

「如果有人進入這房間，只要調出最後的認證資料，就知道是誰了吧？」

「這點痕跡，歹徒應該會刪除，或是毀壞吧？」眞壁鴻一郎仔細觀察地面，就像嬰兒在地上爬，或是拿著透明的模型火車在地上跑。

「我大致看過一遍了，調查官沒必要做到這種程度。」鑑識人員的臉色有點蒼白。

「啊，這樣。」眞壁鴻一郎站起來，拍掉身上的灰塵。「採指紋和腳印的人員來過了嗎？」

「採證已結束。」

「有找到什麼嗎？有什麼特別的發現嗎？」

「沒有。」鑑識人員說著，拿起幾個裝在塑膠袋裡的東西。「疑似遺留品的只有這張牛丼店的票根而已。」

確實，那裡有一張代替收據的牛丼票根。根本是垃圾，卻被愼重其事地裝進袋子裡保存，感覺實在滑稽。「日期是昨天，也許是這裡的負責人掉的。」

「或者是歹徒掉的。」眞壁鴻一郎若無其事地說。

「咦？」

「牛丼店的票根是重要證物。」

他有什麼根據這樣說？我不禁納悶，但眞壁鴻一郎只是得意地點點頭。

離開房間，走出大樓，後門有幾個刑警留在那裡。三好已不在。遠處的兩名制服警官站著交談，頻頻瞄向這裡，也許是對從東京來的眞壁鴻一郎感到好奇。眞壁鴻一郎仔細研究卡片和指紋認證用的安全盒後，觀察起門。他開關幾次，觸摸門板。不曉得是不是對鑑識班的工作感興趣，他接著漫不經心地看著他們工作。這時，從大樓出來的鑑識班人員經過我們前面。

「啊，你等一下。」眞壁鴻一郎叫住其中一人。

「你先不要動。」眞壁鴻一郎繞到鑑識人員的背後蹲下。到底怎麼了？我正在疑惑，只見眞壁鴻一郎湊近男人搭在肩上的腰包。

是，鑑識人員一臉緊張地回頭。「有什麼事嗎？」

「別動。」他嘀咕著，伸出手指。

「怎麼了？」

「哦，上面沾了點東西。」眞壁鴻一郎試著用右手手指捏起什麼。他費了一番工夫，與其說是捏起來，更像是抹下那東西。

「那是什麼?」

「是什麼呢?看著像鐵屑。」

本來好像黏在腰包的金屬零件上，我十分佩服他能注意到那種小細節。

「很小呢。」

「是碎屑嗎?」鑑識人員似乎嫌麻煩。

「或許是爆炸物的碎片。」

「有爆炸物嗎?」

「不，還不清楚。也不能說沒有。」眞壁鴻一郎把鐵屑交給鑑識人員。「這是證據之一，請妥善保管。」

我的手機響起，是刑事部長打來的。眞壁鴻一郎主張「很麻煩，沒必要接」，但我沒那種膽量，還是按下通話鍵。

「二瓶，總之先把眞壁調查官帶到總部。」部長不容分說的強硬聲音扎上耳。

您就是眞壁調查官嗎？幸會、幸會。

眞壁鴻一郎一露臉，刑事部長便恭恭敬敬地寒暄。那副隨時都會拿起吉他彈奏藍調的外貌，似乎讓部長嚇了一跳。另一方面，部長也顧忌著等在後方的藥師寺警視長。畢竟總是無面表情、毫無感情的藥師寺警視長，竟然近乎露骨地表現出對眞壁鴻一郎的侮蔑與嫌惡，因此刑事部長展現了夾在對立宗教的信徒之間，同時取悅雙方的高難度技巧。直屬上司阿諛諂媚的態度，甚至令我欽佩。然後部長不曉得是不是承受不了自己的八面玲瓏，用一種反彈壓抑的氣勢，斥責我：

「二瓶，你沒有冒犯到長官吧？」

是，我回答。

「沒有冒犯。二瓶很認眞，他的接待無可挑剔。」眞壁鴻一郎伶牙俐齒地說，和部長握手。

「上司調教得好啊。」

「哪裡、哪裡。」部長張大鼻翼。

「喂，眞壁。」藥師寺警視長走近，「這是你提出的點子招來的禍事。」

「藥師寺先生，這話是什麼意思？」

「這次在偵訊中被帶走的就是那些『研討生』。是採用你的提議，藉由教授設下的陷阱抓到的人。也就是說……」

「就算是這樣，直接把正義使者的登場歸咎於我，未免太不近人情了。真要追究，如果藥師寺先生沒有推動和平警察制度，根本不會發生這種事。」

「這是什麼蠢話？」

「同樣的道理，這跟我也無關啊。要追本溯源到哪裡？那我也可以說：『一切的犯罪，都起因於人類降生於這個世界！』那麼，該被制裁的是誰？啊，眞是太不敬了。利用那個叫什麼的教授來揪出反抗軍的點子，確實是我想到的，但我只是說『可以試試，也許滿有意思』而已。就算沒有設下『研討生』的陷阱，或許歹徒還是會入侵，而且也不曉得有多大效果。更何況，『研討生』計畫，在群馬和奈良運作得十分順利，只是這次不巧在宮城出問題而已。也就是碰巧在宮城縣地區有正義使者罷了。原因出在別的地方嘛。」

藥師寺警視長沉下臉。「什麼正義使者，這是哪門子稱呼？那我們是邪惡的一方嗎？」

「怎麼會呢？世上沒有邪惡這種東西，甚至可以說一切都是正義的。就像世上沒有害蟲一樣。因爲站在昆蟲的立場來看，自己就是益蟲。不過，藥師寺先生，和平警察的危險之處，在於他們只把一般市民當成螞蟻看待。」

「我們並沒有把市民視爲螻蟻。」

「眞的嗎？藥師寺先生，我可是聽說和平警察的調查員誤殺計程車司機的事嘍。」眞壁鴻一郎的語氣變得有些挑釁。「而且殺了兩名目擊者吧？眞能幹。聽說還棄屍……」

眞壁鴻一郎指的是哪件事，我立刻就想到了。和平警察的調查員深夜搭乘計程車，與司機發生口角，衝動地射殺司機。現場有兩名男子目擊，調查員把那兩人也射殺了。藥師寺警視長接到聯絡趕到現場時，調查員已將目擊者之一棄屍大海。

「所以，藥師寺先生宣稱計程車司機是危險分子吧？說射殺司機是和平警察在執行調查任務中發生的事，因此是適當的處置。」

「眞壁，你還是老樣子，思考方式這麼扭曲。你就不能坦率地接受事實嗎？計程車司機確實就是危險分子，調查員是爲了自保才開槍。」

「不過，我聽到這樣的說法：計程車司機被誣陷爲危險分子，目擊者的屍體被偷偷處理掉了。」

「偷偷處理掉？誰能做到這種事？」

眞壁鴻一郎聞言，微微噘起嘴，聳了聳肩。「這對和平警察來說，不是易如反掌嗎？」

藥師寺警視長沒有回答，反倒是一旁的刑事部長顯然慌了，眼神亂飄，活像個可疑人物。

「我還聽說刑事部長負責處理屍體，或許早就處理掉了，對吧？」眞壁鴻一郎輕鬆地問，刑事部長差點順著他的話回答「唔，是啊」，連忙否認：「不，怎麼可能。」

只要是署裡的人，或至少是參與和平警察工作的人，對這件事早已知之甚詳：調查員不小心製造出多餘的屍體，都由刑事部長暫時藏匿。

「啊，對了，先把屍體保管起來，等到哪天哪裡出了重大交通意外，再偷偷混進那些屍體裡，是嗎？」眞壁鴻一郎接著說。

「什麼意思？」

「不小心忘了拿出去丟的垃圾，等到下一個收垃圾的日子，再混進去一起丟就行了。這不是和平警察的慣用手法嗎？在拷問中誤殺的人，就混進類似事故或災害現場的屍體。聽說還有專門用來保管屍體的大型冷凍室不是嗎？」

「眞壁，你適可而止。現在沒空聽你的妄想。計程車司機是危險分子，事實就是這樣。」

「藥師寺先生果然把一般市民當成螻蟻嘛。啊，不過螞蟻是最可怕的昆蟲之一。有些蟲子甚至會擬態成螞蟻。擬蟻螽斯的幼蟲、蟻蛛、擬紅蟻點蜂緣椿的幼蟲，都長得跟螞蟻一模一樣。擬態有幾種，這種情況是貝氏擬態，藉由讓外表肖似強者、模仿強者，來嚇退敵人，這代表螞蟻的強大，甚至會讓人想要假裝成牠們。如果不小心招惹螞蟻，只因傷害了一隻，卻引來大軍壓境，也是有可能的事。」是早就習慣眞壁鴻一郎的饒舌嗎？藥師寺警視長滿臉厭煩，充耳不聞。「螞蟻是失去翅膀，改成在地上爬行，才會變得那樣繁盛。藥師寺先生，不覺得這很有意思嗎？生物呢，是有各自的生存之道的。」

「呃，眞壁調查官，關於往後的調查方針……」刑事部長像要調解似地改變話題。

「蒲生義正他們在哪裡？」眞壁鴻一郎噘起嘴。「正義使者救了人以後，怎麼樣了？」

「現在還不清楚他們的下落。」藥師寺警視長說。

「聽你這口氣，很快就會查到了？」

「其實我們接到聯絡。」刑事部長急忙補充說明。

「誰的聯絡？」眞壁鴻一郎不是看刑事部長，而是看著藥師寺警視長。

雖然很細微，但藥師寺警視長微微撐大了鼻翼。

「歹徒。歹徒傳電子郵件到和平警察的宮城縣總部來了。」

「咦，居然寄那種東西來？」眞壁鴻一郎展現好奇心。他像個孩子般把感情都寫在臉上，表情變化多端，與藥師寺警視長形成對比。「信上說『抱歉昨天驚擾大家了』嗎？還是，『如果想知道事件的眞相，請按以下連結』？絕對不可以按喔，藥師寺先生，可能會連到賣威而鋼的網站。而且很遺憾的，就算想要買威而鋼，那個網站恐怕買不到。」

爲了得到有關危險分子的情報，除了電話，和平警察也公開了電子信箱。由於收到的信件數量龐大，警方人員很難立刻全部讀完。一開始會先粗略篩選，針對主旨、內文關鍵字及文法進行機械檢核，依可信度分類，比方說廣告郵件被歸入最低等級，並加以整理、保存。我不清楚負責管理的是哪個部門，但這麼聽說過。

昨晚疑似歹徒寄來的郵件中，因爲內文含有「蒲生義正」、「水野善一」這些名字，被視爲最重要的郵件，立即呈給負責人。「這兩人已在審訊階段，因此名字成了過濾的關鍵字。」刑事部長解釋。郵件內文大概是提到「我救出了蒲生義正和他的母親公子，以及水野善一」。由於含有歹徒才知道的資訊，確定就是歹徒本人或相關人士寄來的。

「對方提出什麼要求？」

「你怎麼知道有要求？」

「都特地寄信來了，當然會有要求或願望吧。」

藥師寺警視長慵懶地嘆了口氣，「歹徒希望讓蒲生他們回家。」

「想回就回啊。」我忍不住插話。雖然很不甘心，但警方還沒追蹤到逃亡後的蒲生等人。

「二瓶，你聽著，如果他們回家，馬上就會被和平警察抓住，再次遭到審訊。然後正義使者會把他們救出來，放回家，他們又再次被捕。救出再逮捕、救出再逮捕，或許可以像傻瓜只知道做一件事那樣、像行星自轉那樣，永遠循環下去啦——唔，累犯和警察機關的關係十分接近這種模式。先不管這一點，雖然把人救出來了，但要放回去就難了呢。我以爲歹徒找了塊安全的土地，讓他們在那裡安居樂業。」

「日本沒有任何地方可以逃過警察的監控，悠哉過活。」

「逃也沒用，愈逃就愈接近。Four Leaves（註）的歌不也這麼唱嗎？地球是圓的。唔，如果眞的要逃，只能搬去火星了。」

「歹徒的要求，簡而言之就是『我想讓蒲生他們回家，但警察不許再捕逮他們、騷擾他們』。歹徒還要求警方向世人說明『蒲生他們不是危險分子』。」

「總之，就是恢復逮捕前的狀態。」

「蒲生他們不會洩漏警方過火的審問內容，和平警察不會受到輿論抨擊。歹徒用這樣的交換條件提出交易。」

「藥師寺先生，這要求可以答應吧？警方沒什麼損失。簡而言之，那傢伙只是想讓蒲生義正和水野善一回歸日常生活。」

藥師寺警視長用我看了都要胃痛的淩厲視線，瞪向眞壁鴻一郎。「哪有那麼簡單。」

「對方手中有什麼把柄？總不會兩手空空就要求我們答應吧。歹徒拿什麼交易？」

「錄影資料。他手上有蒲生他們的審問錄影畫面。他說要是蒲生他們再次被逮捕，或者即使不到逮捕的程度，一旦警方騷擾蒲生和水野的家人，就會立刻公開錄影畫面。那封郵件還親切地附上了一部分影片，可以確定不是虛晃一招。」

「一清二楚地拍到殘酷審問的影片啊。不過，我們警方也沒那麼好心，光憑這一點就答應對方的要求。」眞壁鴻一郎說。

「什麼意思？」

「就算審問影片被公開，應該只有放上網站這一招，那樣的話，總有辦法蒙混過去。可以主張那是『加工過的假影片』，也可以搬出危險分子相關法令，從搜尋引擎中移除。根本不痛不癢嘛。只要公開背景資料，證明蒲生義正這號人物有多危險——當然用捏造的也行，還是可以讓一般市民相信『這點程度的嚴格審問也是沒辦法』。這才是和平警察的拿手好戲吧？」

藥師寺警視長沒有回答這個問題。「目前我們的方針是，接受對方的要求。」

「是這樣嗎？」驚訝反問的是我。「那麼，要讓蒲生義正他們回家嗎？」

二瓶，謹守你的分際。刑事部長以幾乎是呢喃的聲音責備道，我赫然回神，閉上嘴巴。

「就像眞壁說的，只要我們有那個意思，偵訊室的影片檔案怎麼樣都有辦法處理。即使被公開，應對的方法也多得是。」

「現在警察廳的劇本部門，正在製作記者會用的澄清劇本。」

「原來有這種部門嗎？」我問，但現場沒人理我。

註：Four Leaves，日本男性偶像團體，隸屬於傑尼斯事務所。成立於一九六七年，一九七八年解散。

「總之，眞壁，如同你說的，即使審問影片被公開，我們也不會受到多大的傷害。雖然不能說毫無影響，但算不上什麼重大威脅。不過，我們的首要之務是揪出歹徒，爲了達成這個目的，我們判斷必須答應對方的要求。」

「放長線釣大魚。」我說。

「沒錯。如果那傢伙眞的讓蒲生他們回家，這也算是一條線索。現在順著對方的意才是上策。所以，眞壁，你不要詢問蒲生他們的家人。這是對方的要求，懂了嗎？」

眞壁鴻一郎聳聳肩，「關於歹徒，有沒有什麼情報？」

「有影片。」這時刑警部長挺胸說道：「門口和偵訊室的監視器被破壞了，但樓梯和走廊上的都沒事。大概是沒時間全部破壞吧。」

「我現在就要看。」眞壁鴻一郎開心地說：「哎呀，好期待。正義使者是怎樣的人呢？超興奮的。」

我和眞壁鴻一郎前往縣警大樓另一個房間——情報分析部，查看監視器影片。連接電腦的液晶螢幕前，坐著駝背的大塊頭五島，他正在操作滑鼠。這是幾年前正式成立的部門，負責情報蒐集與匯整，還有資訊發布及操作。雖然是爲了平時的偵查活動而設立的部門，但自從和平警察來了以後更是大展長才。

眞壁鴻一郎站在五島後面，探頭窺看螢幕。「比方說這個。」五島有一張圓臉，體格壯碩，爲人溫和，對比他小的我說話也十分有禮貌。他依序播放昨天第二大樓內的幾段影像。一開始出現的，是有人從大樓內通道的另一頭朝這裡走來的畫面。雖然是黑白的，但畫質不錯。

一名一身黑的男子快步走來，很快地消失在畫面下方。

五島迅速操作倒轉，讓影像暫停。

「噢！」眞壁鴻一郎開心地拍手。「這就是那位反抗和平警察的正義使者同學啊。」姿勢被強制定格在畫面中的男人，身材中等，偏高。穿著黑色或深藍色，也可能是深綠色的連身服。

「是機車騎士穿的那種衣服嗎？」

「應該沒錯。是所謂的騎士服、賽車服。不清楚廠牌，但應該是舊的。」

「材質呢？」

「一般是皮革。」

「唔……」

雖然並不期待監視器拍到臉，但果然看不到臉。那人戴著鴨舌帽、護目鏡，嘴部用一塊布從鼻子蓋到下巴。我覺得那是滑雪用的面罩，五島說明「大概是騎機車用的防風面罩」。

「像是有特徵，又像沒特徵。」眞壁鴻一郎並沒有特別困擾的樣子。

「不管是從外觀，或是骨骼分析的結果來看，除非有什麼特例，應該是男性沒錯。」

「其他影片呢？」

「還有這個。」接著播放的是歹徒從右往左走的影片。角度是從上方俯瞰T字路，直線路段有監視器，監視器左右搖擺的時候，拍到橫向路段。歹徒動作十分敏捷，一晃眼就通過了，但人影不只一個。五島倒帶，暫停。「這是大樓內的通道。他正把水野善一帶走。」

連身服男走在前面，而個子較矮的男子就像被他拖著走，以搖晃不穩的腳步跟上去。

「歹徒先把拘留所的水野善一帶出來。他在前往拘留所的路上打倒了幾名警官，把水野善一帶出來後，才前往蒲生義正等人所在的偵訊室。這就是那時候的影像。」

「拘留所的獨房應該有上鎖吧？還是，只有水野那一間忘了鎖？」

「不，有電子鎖，但被破壞了。」

「大樓後門也是呢。到底是怎麼開鎖的？」我問。

對於我這個後進插嘴提問，五島沒有不悅的樣子，開口解釋：「後門和水野被拘留的獨房門口附近的監視器都被破壞了，沒拍到最關鍵的部分。不過，讀取磁卡的機器好像失靈了，應該就是這個歹徒破壞的吧。電子鎖很方便，但讀取磁卡資料的機器出錯，就派不上用場了。有時候物理性的堅固門閂意外地更實用。」

「五島這番話眞有道理。你說的沒錯，有時候門閂比電子鎖更牢固。」

五島接著播放了幾段監視器影像，都比剛才那兩段模糊。

「沒有他其他影像了嗎？」

「連身服男的嗎？」五島說。

「比方說，昨晚那棟大樓周圍的影像。就算是這位神通廣大的連身服同學，也不可能是突然從地上冒出來的，他一定是利用某些方法移動過來的。有可能被途中的便利超商或其他建築物的監視器拍到。」

「下達指示了，現在應該正在調閱畫面。」

「這個人是用什麼打扮來到大樓？從家裡就穿著這樣的連身服嗎？還是在哪裡換過？」

「也是。」我同樣納悶不已。「這種程度的變裝，從家裡一路穿來並不是那麼醒目。」

「是啊。動手前再戴上護目鏡和面罩嗎？連身服也是，套件夾克就看不到了。」是在整理思緒嗎？半晌之間，眞壁鴻一郎交抱雙臂，表情像作曲中的音樂家，以全副精神捕捉在空中稍縱即逝的旋律。一會後，他猛地起身。「啊，這麼說來，連身服同學以前也大顯身手過不是嗎？」

「大顯身手？」

「我收到的資料裡，」眞壁鴻一郎取出自己的平板電腦，打開電源後，用手指點了幾個地方。「對對對，就是這個。在縣警的偵訊檔案裡。懂得預習的小孩果然會有收穫。幸好我向來認眞向學。這是蒲生義正的偵訊備忘錄，上面寫著半個月前，在泉區黑松的住宅區，警方要帶走危險分子嫌犯時，出現妨礙者。當時的速克達很像是蒲生義正的，所以妨礙者是蒲生義正的可能性很大。」

「確實有這件事。」我點點頭。警方前往泉區的住宅區，正要帶走嫌犯時，一輛速克達冒出來停在附近。騎士下車，開始妨礙和平警察的行動。「兩名警官被類似木刀的東西毆打受傷。」

「備忘錄寫著警方朝他舉槍，他就逃走了。結果這女的怎麼了？這個危險分子嫌犯，呃……」眞壁鴻一郎瀏覽平板電腦上的文件，視線從左至右順暢地移動。「哎呀，死掉啦。當場死亡。」

那口氣彷彿在談論小蟲子的死，毫無感情，而且加了句「不愧是和平警察」，聽不出是在讚賞還是嘲諷，我和五島一時都不知該如何反應。

「因爲嫌犯有逃亡之虞，加上事態緊急，考慮到危險性，調查員予以射殺了。」

「有當時的影片嗎？這住宅區附近的超商沒有監視器嗎？也許這個人曾騎速克達去超商。」

「其實這一帶的監視器影片的確認工作慢了一步。」

「爲什麼？」

「您可能聽說了，和平警察的調查員把計程車司機……」

「啊，那件事啊！剛才提過了，對吧？」眞壁鴻一郎看起來十分開心。「殺死計程車司機的事件。連目擊者也一起滅口。」

這時，我想起眞壁鴻一郎的專門領域，是負責調查警方職員是被害者或加害者的事件。也許與他的專業有關，他才會關心計程車司機殺害事件。

「不必對我撒謊。這又怎麼了呢？」

「計程車司機住在泉區的黑松。」

「原來如此，要是拍到什麼不妙的畫面就糟了，所以回收了是嗎？」

「和一般的回收檔案分開處理，所以去確認時晚了一步，也無法立刻找出拍到蒲生的速克達的監視器影片。不過，我們找到這樣的畫面。」

那是一段彩色影片。畫面中出現住家庭院，拍到院子外面的馬路。

「剛好對面有一戶人家裝了監視器。」五島說明。

由於是隔著庭院向外拍，拍到和平警察的成員包圍馬路對面右邊人家的情景。速克達從左邊靠近，停在鏡頭前正面圍牆的邊緣。下車的男人穿著連身服，頭上依然戴著安全帽。

「錯不了，這就是昨天襲擊偵訊室的男人。那麼，這個時候他想要搭救的——唔，雖然還不清楚目的是不是救人——有他搭救對象的資訊嗎？」

有的，五島敲了敲鍵盤。附近的列表機啓動，吐出紙張。是這個女人，五島說著遞過來的紙上寫有名字「草薙美良子」。四十五歲，是老人安養院的員工。

「她有念小六和小五的兒子呢。」

「丈夫是餐廳廚師。」

「唔……」眞壁鴻一郎看了那份像履歷表的資料一會。他把紙張拿到半空中，像要讓紙張透光似地看著。「人選是怎麼挑的？」

「咦？」

「這位正義使者同學，是依據怎樣的基準，來挑選搭救的對象？」

「他的目的是妨礙和平警察的工作，所以應該是單純想救助危險分子吧？」我回答。「雖然以結果來說，那一次沒有成功。」

「連身服男想必很沮喪吧，造成了反效果。可是，昨天那棟大樓裡，除了蒲生義正和水野善一以外，還有別人吧？其他被拘留的嫌犯，像是跟蒲生他們一起落入研討會陷阱的，呃……」眞壁鴻一郎觸摸平板，「有個叫田原彥一的年輕人也在拘留所。除此之外，還有三名左右的嫌犯被拘留在那裡。」

看到平板螢幕顯示的名單，我點了點頭。

「可是，被救出的只有這兩人和蒲生義正的母親。而半個月前，他也試圖救助草薙美良子。至少這三人，加上蒲生義正的母親，總共四人，有什麼共通點嗎？」

五島忙碌地敲打電腦鍵盤，像是在調出四人的情報。「年紀和住址沒有共通之處。」

「這樣啊。不過，這很有意思呢，二瓶。」

「哪裡有意思？」

「發生連環命案的時候，警方都會尋找被害人的共通點。既然A、B和C被殺，肯定有什麼共通的理由。可以透過這一點鎖定凶手。這次則是反過來。不是被害人，而是有必要找出『獲救的人』的共通點。不是揪出凶手，而是要揪出正義使者。對了，五島，如果方便，能在網路上蒐集一下『正義使者』的目擊情報嗎？」眞壁鴻一郎開朗地對五島說。

「目擊情報？」五島被叫到，突然起立，龐大的身軀搖晃了一下。

「也許這位正義使者同學以前在別的地方活躍過。」

「爲了搭救危險分子？」

「不曉得。不過，就算是正義使者，還是需要那個吧。」

「需要哪個？」

「練習啊。凡事最好都先預習過幾遍。在突然與和平警察對決之前，他可能會先利用鎮上的小混混試試自己的斤兩，對吧？所以，不要表明警察的身分，在網路上徵求這類人物的情報，也許民眾會親切地提供資訊。」

「不表明警察的身分？」

「這樣才能蒐集到更多情報。碰到警察，大部分的人都會緊張。若有人提供情報，再亮出警察身分，強勢問出詳情就行。這交給五島你判斷啦。搗麻糬就得交給賣麻糬的（註）嘛。」

五島雖然困惑，仍挺直背脊應道：「好的。」接著他又說：「呃，調查官。」

「嗯，什麼事？」

「你怎麼知道我家是開麻糬店的？」

眞壁鴻一郎瞥我一眼，眉毛紋風不動，反倒顯得更加一本正經。他丟出招牌台詞似的一句：

「別小看我的調查能力。」

「去這裡看看好了。」上車後，我發動引擎，副駕駛座上的眞壁鴻一郎拿平板電腦上的地圖給我看。他的語氣輕鬆，就像拿著旅遊導覽書，正在決定約會的目的地。螢幕畫面的中心顯示「宮城縣立雙葉高等學校」。「是學校嗎？」

「水野善一的女兒好像是這所學校。」他從平板電腦上的列表點出有關水野善一的詳細情報。「上面寫著她讀高二。」

「要去做什麼呢？」剛剛說過歹徒在郵件中要求警方，不得接近蒲生義正和水野善一的家人。「在學校和水野玲奈子接觸恐怕不太好吧？」

「如果是像藥師寺先生那樣，一副『本官就是刑警』的人去當然糟糕，但其他人應該不會露餡。尤其不是和水野玲奈子本人接觸，而是向她同學打聽，身分不會曝光的。」

確實，以眞壁鴻一郎的氣質，即使掏出警察手冊也只會招來懷疑：「你眞的是警察？」

我開車前進。

「我在來仙台的新幹線列車上查了一下。畢竟移動的時候也沒事做。我在網路上搜尋了這次獲救的蒲生義正、水野善一，還有他們的家人。」

「結果呢？」我嘴上發問，但也猜得出來。至今爲止，已有幾份統計和報告，說明和平警察的活動及引發的各地區反應。報告中寫著，一旦有人被通報爲危險分子，被和平警察帶走，就會有各種情報在網路上流傳。那個人其實有多危險、過去的不法行爲和傳聞等等，會像洪流潰堤般傾瀉而出。當然，很多都是半帶著好玩的心態、爲了抒發壓力、凌虐弱者而發布的假流言，但我認爲他們畢竟是危險分子，受到某種程度的抹黑也是沒辦法的事，屬於咎由自取的範圍。

關於蒲生和水野的批判性情報，應該也充斥在網路上，多到無法取捨鑑別。

「所以我首先調查的，是和平警察逮捕他們之前的情報。」眞壁鴻一郎的身體隨著我駕駛的車子左轉傾斜。

註：日文諺語，意思是「術業有專攻」。

「原來如此，逮捕之前的情報啊。」也就是在搶搭打落水狗熱潮、真假不明的情報氾濫之前。那樣的話，範圍或許會縮小不少。

「然後，我發現一件有趣的事。不是有學校的地下論壇嗎？雖然正確來說是公開留言版。」

「啊，是。」

學校的地下論壇從以前就被視為問題。那是學校學生可以自由留言的網路論壇，由於有許多助長霸凌的發言，或是危險的對話，經常成為話題。麻煩的是，這類論壇的網址不會公開，處於大人的監視之外，無法檢閱或應對。即使被大人發現，學生也會換個地方繼續開設，所以才叫地下論壇。不過，很久以前，大人們就採取了反其道而行的策略。也就是大人準備一個乍看像地下論壇的網路空間。看起來就像藏身於隱密的地下，是大人管不到的廢墟，其實公開到不行。雖然受到管理員的監控，但孩子們渾然不覺，在那裡任意交換情報。

當然，監視者對大部分的事都是睜一隻眼閉一隻眼。這是要讓孩子們以為，那裡是擁有「治外法權」之地。不過，一旦出現什麼有關重大問題或重大事件的情報，就能加以應對。類似孫悟空自以為無所不能，盡情在空中飛翔，其實一直都在釋迦牟尼佛的掌握中。

「我看到雙葉高中的地下論壇。有意思的是，水野玲奈子不久前被同學排擠。大家都偷偷寫她的壞話。內容大概是她好像被哪裡的大學生攻擊了、被輪姦了，真可憐之類的。」

「哦……」

「這還算好的，大部分都是換句話說。很多流言說她跟一堆大學生上床，是個淫蕩小貓咪。大家起鬨叫她淫亂寶貝、浪蕩女孩。還有，指責她是僞善者的批評也不斷出現。」

「僞善者？」

「很耐人尋味吧？既然被貶低爲僞善者，表示她在表面上做了好事。那究竟是什麼事呢？」

「從她父親被捕以前就是這樣嗎？」

「從以前就是這樣。她父親被捕之後，身爲危險分子的家人，受到抨擊是家常便飯。人們就像隨口道『早安！』，胡亂PO文造謠。」

「若從以前就是這樣的話，代表水野家在道德上果然有問題，是反社會的證據。」

「也是啦。」眞壁鴻一郎點點頭，接著說：「不過，關於那些壞話，可以進行一些分析。比方說『那傢伙上次居然放我鴿子』、『那傢伙向老師打我們的小報告』，說出這類壞話的動機顯而易見。」

「動機？」

「這些屬於正義告發，源自於守護社群的意識，是在警告：『那傢伙不守規矩！』爲了保護他們自己的規範，維護同伴默契的正義。不過，這上面寫的『那傢伙是蕩婦』、『人盡可騎』之類的壞話，是不一樣的。」

「不一樣嗎？」

「對，大部分。」「大部分？」

「大部分出於嫉妒和怨恨的單純侮辱。散播這種情報對社群也不會有什麼益處。」

「也許是出於規範意識。如果做出那類不檢點的行爲，會破壞社群的和諧。」

「那樣的話，批判的語意應該會更強烈。就算指稱對方是蕩婦，也沒有警告作用。」

前方號誌轉紅，我慢慢踩下煞車，讓車子完全停下，並暗自咀嚼眞壁鴻一郎的話。可是，我還是不太懂。「那麼，這是怎麼回事呢？」

「這種模式很可能純粹是在霸凌。」原來如此，確實沒錯。高中的時候，班上的不良少年也會用流涎般的表情，賊笑著說「那女的是個騷貨」。當然，他們說這話只是樂在其中，而非出於指正「淫蕩的行爲是不對的」的心態。

「霸凌嗎？水野玲奈子受到霸凌？這樣的話，是有什麼原因嘍？」

「如果水野玲奈子遭到霸凌……」眞壁鴻一郎看著我。

號誌轉綠，我發動車子前進。「是。」

「也許正義使者救過她，你不這麼認爲嗎？」

從雙葉高等學校到最近的在來線車站之間的通學路附近，眞壁鴻一郎和我一起坐在長椅上，望著放學的學生隊伍，一發現適合的女學生——當然，我不曉得他如何判斷「適合」——便叫住她們問：「妳知道水野玲奈子同學現下在哪裡嗎？」或是「有沒有水野玲奈子同學的朋友？」

依照預定，我們沒有表明警察的身分。

然後，一問到水野玲奈子的同學，或是知道水野玲奈子的學生，他就指著我說：「其實很久以前，我這個朋友在英國搖滾樂團來日本的演唱會上，認識水野玲奈子同學。那個時候約好要給她偷錄的音樂檔案，可是後來聯絡不上她。」

這是在謊言上繼續塗抹謊言的顏料，搞到分不清該從哪裡刮掉錯誤的顏色。但不用說否定，我甚至懶得提問或確認，只是告訴自己「這是工作」，擺出嚴肅的表情，「嗯、嗯」點頭。

不分年級，我們搭訕的學生都知道「水野玲奈子」。應該是因爲她的父親是危險分子吧，校內肯定也爲此鬧得沸沸揚揚。大部分的學生都說「我不清楚」，強調自己與她無關便離開。我們問出她從父親被捕的第三天就沒有來學校了。我們在學生當中找到一個嬌小的制服女生，圓臉、看上去很活潑，一聽到水野玲奈子的名字，表情便有些陰沉。這跟其他學生一樣，但從她試圖掩飾的態度，感覺得到一絲尷尬。

「玲奈子沒來學校。」她別開目光，卻又想掩藏別開目光的事實，於是望向眞壁鴻一郎。然後她瞥了我一眼，目光落在鞋子上。

「只能去她家才能找到她了嗎？」

「大概吧。」她無力地低語。

「這樣啊。欸，我剛才聽到奇怪的流言，水野玲奈子同學她……呃，從以前就有什麼不好的傳聞嗎？」

「咦？」

「喏，這實在很難啓齒，可是有一些很沒品的傳聞。就是她跟年輕的學生亂搞，呃，做一些不規矩的事。」

「不規矩的事？」

「妳沒有聽說嗎？」眞壁鴻一郎問，只見那女生明顯變得面無血色，一開始她還搖頭否認「不，我沒有聽說」，但說到一半就噤聲。到了這時候，我的心態已不是在詢問女高中生，而是回到訊問危險分子、身爲和平警察的自己了。

「就是妳吧？」眞壁鴻一郎說。他一定是在套口風。「就是妳散播那種謠言吧？」人會想隱瞞自己的罪行，同時也會想「處理掉內疚感」，不然就不需要懺悔和告解了。

女學生一下子淚如泉湧，當場摀住臉。我一看旁邊，只見眞壁鴻一郎豎起大拇指，臉上是滿滿的成就感，但只有唇角微微揚起，彷彿在說：跨出一步了！

那名女學生承認是她散播貶損水野玲奈子的謠言，還說她跟水野玲奈子的關係近似兒時玩件。

「爲什麼要散播謠言呢？妳們鬧翻了嗎？」

「不，二瓶，不是的。如果是那樣，她就不會有這麼深的罪惡感了。應該不是吵架。」

女學生的表情就像在恭聽諮商心理師發表高見。她的眼睛紅紅的，但淚水止住了。

「如果不是吵架……」

「嫉妒，不然就是爲了自保。」本人就在眼前，眞壁鴻一郎卻滿不在乎地斷言。

「嫉妒、自保……」我看向旁邊的女生。這是正確答案嗎？我宛如猜謎節目的參賽者，觀察著主持人的反應，並把這種心情化成疑問句：「……是嗎？」

女學生沉默一會。她瞪著半空，好似在看飄浮不定的事物。據我分析，那應該是拚命在解讀「嫉妒」與「自保」的意義，但接著眼神就定住了。她又哭了起來，這次哭得有點做作，我們等待她哭完。眞壁鴻一郎一樣豎起拇指，微微表露再度破了遊戲關卡般的喜悅。

女學生所說的內容和我的猜想有些不一樣，十分耐人尋味。

首先，有個道德敗壞的大學生社團。

市內一所私立大學的少爺們不斷綁架女高中生，做出恐嚇她們的野蠻行爲。他們把人擄走後，首先逼迫女學生回答：「想要我們抓走誰？」要人出賣朋友，以保住自己。介紹別人的人，就當場釋放，而拒絕背叛的人——拒絕把手中的接力棒交出去的人，他們會聯手輪姦。那個社團似乎是採取這樣的手段。

「沒有強姦每一個綁走的人，還算有良心。」眞壁鴻一郎說完，緊接著補上一句：「唔，我是不會這麼說啦。眞惡劣呢。二瓶，對吧？」

「是啊。」

「不過，這類摧殘他人心靈的伎倆，是和平警察最拿手的。」

這一點我實在不能苟同，於是曖昧地應聲。

「我彷彿能清楚看見十幾歲的女生們，因疑神疑鬼和罪惡感而苦惱的樣子。」他誇張地發出悲嘆。坐在我旁邊的女學生一直低垂著頭。「妳跟水野玲奈子同學，曾落入那幫下流惡徒的手中吧？那麼，直覺告訴我，妳說出了某人的名字，當成獻祭的羔羊，對嗎？不過，水野玲奈子同學並沒有這麼做，是吧？」

「你怎能這麼說？」我問。

「因爲對這女生而言，這種情況最屈辱啊。自己無法克服的考驗，身邊的朋友卻輕輕鬆鬆——唔，輕不輕鬆我是不知道啦，總之朋友若是克服了，她不是會心懷尊敬，就是會感到屈辱。爲了取得內心的平衡，當然會想要散播一下水野玲奈子同學的謠言。是惡魔在對她耳語：『那個女生沒有出賣朋友，她被那群學生玩過了。喏，那樣不是更糟糕嗎？還想一個人裝聖潔，眞是僞善。妳來把這個事實告訴大家吧！』」

女學生的反應並不那麼易懂。她想說什麼，發出短促的聲音，隨即又閉上嘴巴。她想要否定，還是想告白一切？不清不楚。

「怎麼樣？」我用曖昧的語句問她。我想驗證眞壁鴻一郎是不是猜對了。

「有點……」她說。「有點不一樣。」

「咦，不對嗎？」準備豎起大拇指的眞壁鴻一郎，打從心底驚訝地叫道。直覺居然落空，他大感意外，氣憤地說：「哪裡不一樣？」

「不，我想她沒有說出朋友的名字是眞的，但她好像沒有被那群學生玷汙。」

「什麼意思？」

水野玲奈子難得請假沒來社團練習的那天，同班同學的她立刻察覺出事了。她猜測水野玲奈子八成是被那群可恨的大學生擄走。水野玲奈子和我一樣，說了誰的名字嗎？還是奮勇抵抗，吃足了苦頭？她好奇得不得了，卻不能積極探問，只能傳簡訊簡單刺探：「妳怎麼沒來？」

「我只收到曖昧的回信，之後玲奈子來上學的時候，變得有點奇怪，態度頗爲生疏。」

「大概是懷疑妳供出她的名字吧。」眞壁鴻一郎沒神經地說。「『妳出賣了我嗎？』」

女學生只說聲「對」，並沒有生氣。「可是，我還是跟她聊一下，然後玲奈子告訴我了。」

「告訴妳什麼？」

「『胡桃，我想那些傢伙不會再動手了。』」

「不會再動手？那些傢伙，是指那群大學生嗎？」

「玲奈子說有人救了她，還說那個人消滅了他們。」

眞壁鴻一郎的手指清脆地一彈，幾乎要迸出火花。「出現啦！是正義使者！」

我遲遲沒發現有幾個人跟在後面。若有人因此批評我是不及格的刑警也沒辦法。

我們正在逼問大學生——隸屬橄欖球隊的社會系二年級生小暮大輝。

開著箱形車，在夜晚的市區徘徊，威脅女高中生，並且不斷犯下集體暴力行爲——這個低俗惡質的團體算是很容易就找到。我們從水野玲奈子的同學的話語中，查出那群年輕人就讀的大學，也得到他們組成「I DO社團」的情報，接下來便前往大學校園，若無其事地從學生們口中打探出情報。當然，這也是眞壁鴻一郎自然的態度發揮效果，我們很快就掌握到幾名社團成員。

我們在校園裡進行訪查的時候，找到叫小暮大輝的男生。他好像骨折了，左臂吊著三角巾。

「你是小暮同學嗎？」

「是又怎樣？」

「我們好想見你呢。有美女在等你，可以跟我們來一下嗎？」

我以為這種可疑的說詞，不會有人上鉤，但不曉得是不是「美女」太有吸引力，小暮大輝雖然心存警戒，仍跟上來。我們在緊鄰校園、一處類似小公園的場地的長椅坐下。

眞壁鴻一郎拍手。「其實呢，小暮同學，我們想向在襲擊女高中生方面技術爐火純青的你們，請教一些問題。」

咦，要幹麼？小暮左手纏著繃帶，右手插在夾克口袋裡，雙手都無法動彈。他脹紅臉，生氣地想要站起。秀出警察手冊可能會比較輕鬆，我正這麼想時，背後傳來幾個人的腳步聲。回頭一看，後面站著兩名服裝不同的學生。相貌並不特別凶惡，要形容的話，像時髦的年輕人或認眞向學的學生。但他們手上抓著金屬球棒。

「要打棒球？可是，沒看到球呢。」眞壁鴻一郎也從長椅上站起。他看著那兩名學生。「小暮同學，你是用口袋裡的手機把他們叫來的吧？我都知道。」

「你們到底要幹麼？」尾隨而來的男生說。他有著一頭柔順的頭髮。「喂，大輝，就是他們弄瞎恭二眼睛的嗎？」

「不曉得。」小暮大輝搖搖頭。

「恭二同學的眼睛被弄瞎啦？哎呀，其實我們就是想深入瞭解這件事。」眞壁鴻一郎挺胸說道。

幾名年輕人的火氣明顯上升，充滿敵意。我的身體也緊繃起來，有種著火的感覺。簡而言之，我切換成身爲和平警察調查員的自己了。

「喏，就是穿連身服的傢伙啊。小暮同學，你是被那傢伙打成這樣的吧？」

小暮大輝粗重喘著氣，像冒煙的火車頭。「那個連身服王八蛋，我絕對饒不了他。不是你嗎？」

「不是我。我就是想請教這件事的詳情啊。」

尾隨在後的兩個男人，同時揮舞球棒撲上來。

我行動了。腳朝斜前方踏出一步，身體打橫，閃過第一根球棒的攻擊。同時收住腋下，就這樣用力拉扯球棒。明明趕快放手就好了，但可能是不願意失去武器，對方緊抓著球棒不放，導致身體傾倒，另一人的球棒正好打在他身上。不管是痛得蜷起身體的年輕人，還是誤打同伴而手足無措的年輕人，他們的動作都遲鈍到教我看不下去，直想嘆氣。

我知道如何迅速解決這種情況。我走近倒地的年輕人，扭過他的手腕。抓住手指，手法俐落——說自己手法俐落實在不好意思，總之，我把他的手指關節朝無法驅動的方向彎折。

年輕人尖叫起來。我緊接著折斷下一根手指。不需要留情或猶豫。這是我開始協助和平警察的工作以後，學到的技巧之一。想要讓一大票敵人安分下來，只需要徹底凌虐其中一人就行了。採取輕易、方便、看起來痛得要命的殘忍手段即可。讓恐懼剝奪其他同夥的反抗心。

我轉向其餘的兩個年輕人說：「我會折斷全部的手指，包括你們的。」我並不特別緊張。起初我專注在追蹤球棒揮舞的軌道，但接下來就看出這群年輕人是只靠人數和武器取勝的草包集團。

「統統不許動。」眞壁鴻一郎拍手，彷彿在說：好，看過來。「隨便亂動，這位小哥眞的會折斷十根手指喔。他看著像個乖乖牌，其實很殘忍。」

年輕人遠遠圍著我們，站著不動。他們面面相覷，不知該怎麼做。

「小暮同學，請你告訴我。」眞壁鴻一郎重新轉向吊著左臂、一看就是傷患的橄欖球員。

「幹麼？」小暮大輝帶著反抗的神情回嘴，隨即面露怯色，重說了一次：「什麼事？」

「關於打倒你們的正義使者。」

「你們不是那傢伙的同夥？」

「不是同夥耶。眞要說的話，反倒是敵人。從敵人的敵人就是自己人的這個道理來看，小暮同學跟我們是同一陣線。」

小暮大輝露出思索的神情。他正拚命打算盤，思考怎麼做才是上策、才能將損害降到最少。因爲手中的資源、情報有限，能導出來的答案也有限，但他仍拚命尋找生存之道。我觀察對方的反應，感覺內心快樂的嫩芽正吵吵鬧鬧地冒出頭。對方愈是拚命，折磨起來就愈有勁。

一道踩過沙礫的緊繃聲音響起。回頭一看，穿夾克的年輕人轉身跑了出去。

我立刻行動。這些狀況我都透過大量訓練，習得應有的反應了。

逃跑的人，非追不可。

穿夾克的年輕人可能慌了，跑得不成樣子，腳似乎也不聽使喚，兩三下就追到了，一點意思也沒有。我從後方一踢，橫掃對方的右腳。結果對方自己踢到另一腳，往前撲倒，在沙地上跌了個狗吃屎。我蹲下去，把對方的右臂扭到身後，一樣把關節朝無法驅動的方向折。傳來一道清脆的聲響，接著是悅耳的慘叫聲。

我拉扯著鬼吼鬼叫的年輕人回到原處，其他人的臉都嚇白了。

「幹麼那麼吃驚啊？你們不是在對女高中生做類似的事嗎？」真壁鴻一郎悠哉地說：「而且你們是以多欺少，而我們呢，瞧，人數比你們少。哪一邊比較公平，不言可喻。小暮同學，把那晚的事全告訴我們。是怎樣的人突然跑過來？他是怎樣的打扮，又是怎樣把你們撂倒？」

小暮大輝點頭如搗蒜。「是。」他挺直上身，忽然變得殷勤有禮。「是騎速克達來的。」

「速克達？」真壁鴻一郎看著我。

「穿著連身服。」

「像這樣對吧？」眞壁鴻一郎把平板電腦轉向小暮大輝。讓他看在泉區黑松現身於和平警察面前的速克達男子的照片。

「沒錯，就是他！他只有一個人，丟出像小石頭的東西。」

「石頭？」

「然後我們的身體就無法自由行動，會跌跌撞撞。就在那時候被打了。」

「耐人尋味啊。說得詳細一點吧。還有，下次你們再對女孩子動手，我們會再來喔。」

「二瓶，世上最淒涼的，莫過於倒閉的店鋪。」下車後，眞壁鴻一郎看著玻璃破裂、裡頭空蕩蕩的便利超商說。

這家便利商店位在沿著產業道路往東行，途中轉彎後的十字路口，應該是預期會有長途貨運車停下來休息，偌大的停車場包圍著店鋪。據小暮大輝等人說，他們用箱形車把水野玲奈子載到這座停車場後，連身服男子就現身了。

眞壁鴻一郎在停車場走來走去。手插在夾克口袋裡，脖子有些往前伸，比起鑑識人員趴在地面細細搜尋的做法，顯得偷懶許多，看起來只是在閒晃。我也一樣，往與眞壁鴻一郎相反的方向去尋找停車場有沒有掉落疑似證據的物品或痕跡。

「那個人大概一七〇公分高。」在大學問話的時候，小暮大輝說。我們正要拿鐵管衝上去，結果對方丟出的球狠狠撞上來，重量讓我們失去平衡。恭二突然看不見了，也許是小石頭的碎片插進眼睛裡了。他到現在還有一隻眼睛睜不開。醫院？沒有去醫院。沒錯，萬一事情曝光就糟了啊。恭二很想去醫院，可是大家一起……怎麼說？勸他不要去。

「他是用類似高爾夫球的東西當武器嗎？」眞壁鴻一郎用鞋子撥開柱子根部的雜草。那本來是超商招牌的支柱。「二瓶，他是個怎樣的人呢？」

「咦？」

「我說那位正義使者。是正義感的化身，或者是出於好玩的心態才這麼做？」

「要說正義，我們警方才是正義。」

「嗯，表面上啦。」眞壁鴻一郎把下唇往前頂，配合我似地說。「這麼說來，你知道蛾嗎？蛾靜止不動時，翅膀不是打開的嗎？然後有保護色。爲了避免被鳥發現，是土黃色的。」

「啊，這個我知道。」

眞壁鴻一郎沿著支柱往上看似地望著天空，我跟著仰頭，一隻老鷹在天上盤旋。

「不過，隨著工業發達，工廠開始排放黑煙。空氣被汙染，牆壁也被煙熏成了黑色，所以蛾的顏色也愈來愈黑。」

「保護色起變化了是嗎？」

「沒錯。據說是因爲環境中的牆壁變黑的緣故，其實不是這樣的。」

「不是嗎？」

「其實蛾本來就有兩種，土黃色的蛾和偏黑色的蛾。以前因爲牆壁接近土黃色，黑色的蛾比較容易被鳥吃掉。但牆壁漸漸變髒，這下子變成土黃色的蛾比較顯眼，所以常被吃掉。只是這樣罷了，並不是蛾配合環境進化了。」

「眞壁調查官對擬態有研究嗎？」

「擬態現象眞的很耐人尋味。現在常聽說的，打電話給老人家、假冒孫子詐騙的手法，也算是一種擬態啊。」眞壁鴻一郎說完，又補上一句：「你們那裡的鑑識班也有。」

「鑑識？也有什麼？」話題未免太跳躍了。

「裝出一副老實人的樣子，其實背地裡和上級的老婆偷情。」

「咦！」眞壁鴻一郎說得理所當然，但是我初次耳聞，十分困惑。「這是在說誰？」

「那也是一種擬態。」眞壁鴻一郎在來到這裡之前，就調查過本地的警官和調查員了。我發現這個事實。他看似悠哉地赴任，其實已做好萬全準備。「再說，你們那裡不是有個部長嗎？刑事部長。」

「部長怎麼了嗎？」

「他也很有意思。」

哪裡有意思？我差點反射性地問，改口應道：「確實，那種對上頭哈腰奉承的態度很有意思。」

眞壁鴻一郎笑了。「才見上那麼一會，我就感受到他的那種能力了。哈腰鞠躬力強大到無法掩飾。」

「他對下屬很嚴格。」

「是典型的廢材上司。雖然以前或許是個認眞的人。」

「我這麼聽說過。」

「我查了一下，他也搞過外遇。」

「那不是更差勁了嗎？」我回答。

「就是啊，廢材外遇男。對方也是已婚，所以，那叫雙重外遇嗎？」

「這到底是……」

「本來在講擬態，卻講到外遇去了。不過，外遇在欺騙周遭的意義上，也像是一種擬態吧。雖然比起人類，昆蟲更高招。」

頂多只是讓翅膀的顏色變得跟環境一樣，不然就是形成類似其他昆蟲的花紋而已吧，我猜想。「蛾的翅膀上有像眼珠的花紋，那也是擬態的一種嗎？」

「是啊。對了，最令我驚訝的，是一種叫芫菁的甲蟲。棲息在加州莫哈韋沙漠的種類，尤其耐人尋味。」

「莫哈韋沙漠？」

「那裡的芫菁幼蟲，嗯，是一種很小的蟲，會偷偷寄生在蜜蜂身上。它們會引來雄蜂，偷偷攀在雄蜂的毛上，然後趁著雄蜂和雌蜂交配的時候悄悄爬出來，寄生到雌蜂身上。」

「原來如此，很有意思。」

「不，二瓶，這沒什麼特別的。有意思的是牠們引誘公蜂過來的方法。芫菁幼蟲長得像小號蚯蚓，很細小，它們會先在植物上面聚成一團，遠遠看著就像一隻雌蜂。」

「像一隻雌蜂？什麼意思？」

「一堆幼蟲聚在一起，像做團體操那樣，集體擬態成雌蜂。幾十隻重疊在一起，形成另一種昆蟲的外貌。」

我的腦中浮現學生聚在學校操場，一起排成文字，從空中攝影的場面。我說了出來，眞壁鴻一郎的口氣變得十分雀躍：「就是那樣！而且，聚在一起的幼蟲會散發出雌蜂的荷爾蒙，所以雄蜂會受騙，被吸引過來。當然，即使靠上去，那也不是雌蜂，無法交配。不過，幼蟲就趁機爬到雄蜂身上了。」眞壁鴻一郎笑容滿面。

「啊，是。」

「有時候我會想像，」他在停車場空地仰望天空，「我們人類不是像這樣建造建築物，鋪設道路嗎？有時候是公共機關，有時候是商業設施，或是民宅，蓋了又拆，拆了又蓋。每個人出於不同的理由和利害關係來建造城鎮。不過也許從天上俯瞰，會形成某種形狀。」

「像納斯卡線（註）那樣嗎？」

「納斯卡線是刻意畫出來的圖案。我想說的是，眾人依據本能和欲望，恣意行動，結果卻構成了傳達給另一個次元的對象的訊息。如果眞的是那樣，不覺得很有趣嗎？某個生物在某個時刻，看到人類打造的城鎮而前來。或許人類的城鎮長得就像它的雌性。如果我們的文明和經濟活動，其實是傳達給外星人的訊息，也很有意思。」

我詞窮了，只能應道：「眞壁調查官眞的很喜歡昆蟲呢。」

「是啊。」他滿不在乎地說。「我好想變成昆蟲。如果我死掉了，希望讓我就那樣躺在大地上。我想被螞蟻分解，搬回牠們的巢穴。」

「哦……」

「啊，二瓶，找到了。」不知何時蹲在停車場招牌的支柱旁的眞壁鴻一郎說道。我靠上去，跟眞壁鴻一郎一樣蹲下，發現他指的前方有塊黑色小碎片。就黏在支柱的不鏽鋼部分。

「這是什麼？」

「完全摳不下來。」碎片小到連指頭都捏不起來，也無從施力吧。「是磁鐵。瞧，剛才偵訊室所在的大樓，鑑識人員腰包的金屬零件上也沾有類似的石片。或許那也是磁鐵。是磁鐵碎片。」

眞壁鴻一郎捏起那東西時，我也看到了。是更小的碎片，但顏色很類似。

「跟磁鐵有什麼關係嗎？」

「大概是拿磁鐵當武器吧。」

「拿磁鐵當武器？磁鐵有那種力量嗎？」

「天知道。」眞壁鴻一郎站起來。

「可以從這裡追蹤到歹徒嗎？」「不曉得。」「不曉得嗎？」「當然不曉得啦。不過，我想瞭解一下磁鐵。我連怎麼製造磁鐵都不知道。好，二瓶，你可以幫我安排嗎？有沒有哪個大學教授是在研究磁鐵的？找來請教一下吧。」

「爲了調查嗎？」

「唔，是爲了滿足我的好奇心，不過對調查應該也有幫助吧。」

上了車後，首先依照眞壁鴻一郎的要求開往市區，但途中我放在駕駛座飲料架上的手機響了。我正在開車，眞壁鴻一郎沒問一聲，直接抓起我的手機，放到耳邊接聽。「喂？哦，我啦。

註：祕魯納斯卡沙漠上的巨大地面圖形。由於圖像過於巨大，必須從空中才能看出圖案。其由來仍是個謎團。

二瓶在開車。」咦，是喔，眞的很有意思，這樣啊——副駕駛座上的眞壁鴻一郎像在聆聽朋友近況似地應和著，最後肉麻兮兮地道別：「拜嘍，五島，晚點見。」

「二瓶，情報分析部立刻爲我們著手調查了。好像還有別人被搭救。」

「咦？」

「這表示正義使者在其他地方活躍過。太讚了！」

理髮廳的監視器捕捉室內景象。店門面對四號街，監視器就在東側的牆上，呈半球狀，裡面的鏡頭會定期轉動，掌握理髮廳內的狀況。

牆上的月曆翻到三月。

三張並排的理容椅中，只有最裡面一張坐著客人。

「永久磁鐵的發明，日本人居功厥偉。」那名學生戴著理髮圍巾。麥克風收錄到他邊理髮邊說話的聲音。

「磁鐵是人類發明的嗎？」理髮師規律地動著手中的剪刀，問道。

「是啊。比方說，這一百年之間，永久磁鐵的磁力增強了六十倍，但那並非研磨特定材質，使其進化的緣故。我們大學的學校之光——本多光太郎老師製造的KS磁鋼，還有後來的新KS磁鋼、釤鈷磁鐵、釹鐵硼磁鐵（也就是所謂的釹磁鐵），都是不同的物質，製法也不一樣。雖然都擁有磁性，但更像是完全不同的東西。」

「我記得釹磁鐵是最強的？」

「發明釹磁鐵的佐川先生，也是我們研究所的博士。」

「鷗外同學眞是熱愛母校。所以你們的研究室才會依循這個傳統，開發新的磁鐵嗎？」

「唔，是啊。」

「可是，你之前不是說有美軍來洽詢嗎？那件事後來怎麼樣了？」

「你是指吸收電波的材質吧？」

「咦，鷗外同學，怎麼提到美軍呀？」

「原來老闆娘在啊。」

「歡迎光臨。你們在聊不方便被人聽見的話題？」

「好像有美軍打電話詢問，鷗外同學那裡的教授在研究的材質。」

「我也嚇了一跳。原來美國軍方會留意那類技術啊。我們一發表實驗結果，立刻就接到聯絡。可是，我們教授嚇到了。」

「嚇到？」

「聽說對方是來詢問能不能做出特定的機器。大概是要改良成軍事用。」

「感覺應該會出很高的價錢。」

「教授有點心動。因爲我們研究室老是爲了預算而頭痛。不過，最後還是拒絕了。」

「眞可惜。」「好可惜呢。」

「我們教授並不想一夕致富嘛。」

「人還是老老實實最好。」

「隔壁研究室的教授完全相反，滿腦子只想著一夕爆富。傳聞他們私底下會做一些不能放上檯面的研究來賺錢。」

「鷗外同學乾脆也如法炮製怎麼樣？磁鐵那麼沒需求嗎？」

「如果能發明出軍方會想要的磁鐵就好了。不過，磁鐵帶來的影響很大的。」

「影響？」

「不能小看磁鐵。比方說，現在我們國家的電力，有一半都拿來運作馬達。然後呢，馬達要運作，不可或缺的就是——」

「磁鐵？」「沒錯。」「噢，別動。」剪刀移到耳朵附近，理髮師說道。細碎的開合聲響起。

「如果能製造出夠強大的永久磁鐵，就算體積小，也能發揮威力。」

「原來如此。」

「這麼一來，馬達就可以小型化。」

「就可以節省電力？」

「沒錯。只要減少消耗電力，就能達到環保的目的，還能克服風力發電的問題。現今的風力發電，葉片是用齒輪轉動的，有噪音和齒輪磨損之類的問題。」

透過正面的鏡子，可以看見理髮師的妻子聞言忽然微笑。「難道那也可以利用磁鐵來解決？」

「若利用強力磁鐵，讓葉片不靠齒輪就能運轉，可以同時解決噪音和磨損問題。比起陸風，海風更強、更穩定，日本又四面環海，要是製作出海上風力發電用的無齒輪葉片……」

「要是有哪個邪惡的國家在海上蓋一堵高牆，不讓風吹到日本，那就糟糕了。」

「跟大規模毀滅性武器和生化武器比起來，這種紛爭未免太幼稚了吧。」

「不過，鷗外同學很認眞在研究呢。」

「什麼意思？」

「我還以爲你是個只會騎機車去藏王兜風的學生。」

理完頭，修容並洗髮後，用吹風機吹乾。好一段時間，麥克風持續收錄著那人工風噴出來的轟隆聲響。那名學生回去的時候，鏡頭捕捉到店門打開，穿制服的郵局人員遞出盒子說「送貨」。理髮師簽收的時候，學生露臉，但鏡頭剛好轉到反方向，沒有錄到。

三天後，這段影像依據錄影裝置的設定被刪除了。

我們回到縣警總部，原本想立刻前往五島所在的情報分析部辦公室，但一進大樓，就碰上刑事部長。「二瓶，你待會過來總部會議室，要整理情報。」剛才眞壁鴻一郎說的話掠過我的腦海。對下屬擺臭架子，對上級哈腰諂媚，甚至搞外遇，眞不知該說是窩囊還是不像話。

「啊，請等一下。」眞壁鴻一郎替我回答。「我們要去找五島問點事。」

「好的，沒問題。」刑事部長用截然不同的迎合口氣應道。

進到五島的辦公室時，五島像立了大功的孩子般眼睛閃閃發亮，搖晃著龐大的身軀報告：

「查到超乎預期的好情報。」。

五島和情報分析部的成員依據眞壁鴻一郎的指示，在網路上徵求「正義使者」的情報。好像是以週刊雜誌記者在尋找連身服男子目擊證詞等情報的形式，放出消息來募集，也沒忘了暗示有酬勞可拿。徵求啓事甚至傳遍上班族和主婦喜愛的網路論壇，以及國高中生的社群網站。

「然後就得到迴響了嗎？」眞壁鴻一郎看起來很開心。

「不，沒有那麼快。」

「咦，什麼意思？」

「其實呢，是從另一個途徑得到的情報。我搜尋了一下縣警內部過去的調查報告書，結果找到令人好奇的情報。」

「太棒了，五島。你不只是完成我交代的事，你居然能獨立評估，進行調查。」

「是高中生在路上打架的事件。看來是學長欺負學弟，恐嚇說要折斷手指什麼的。」

「二瓶才剛折斷了別人的手指。」

五島聞言，覷了我一眼，我默默站著。

「接著有人來到打架現場，對身爲加害者的學長施加暴力。然後，警方接到報案。」

「有人懲治了耍威風的學長是嗎？」

「學弟對警察說『是一個像蝙蝠俠還是假面騎士的英雄救了我』。當然，警方只把這段話當成胡言亂語，但負責的警官還是記錄下來。學長並未報案受害。」

「英雄啊？確實令人好奇。可以聯絡到那名高中生嗎？」

「有留下資料，隨時都可以聯絡對方。」

「二瓶，那明天去他就讀的高中看看好了。如果表明警察的身分，他恐怕會起戒心溜走，能不能用雜誌採訪之類的名義約他？」

「要撒謊嗎？」

「五島，我對你寄予厚望喔。」眞壁鴻一郎開心地說。

接著，我們照著刑事部長的吩咐前往會議室。眞壁鴻一郎一直耍賴說不想去，我幾乎是連拖帶拉地把他送過去。進會議室一看，會議桌旁坐著藥師寺警視長和部長。其他還有約五名和平警察的班長級人物，和情報分析部的調查員坐在電腦前。

「眞壁，有什麼收穫嗎？」藥師寺警視長的表情依舊冷淡。

「唔，還好。不過，容我先保密。」

聽到眞壁鴻一郎的回答，藥師寺警視長只是臭著臉沉默，對坐在電腦前的年輕眼鏡男下指令。那人比我年輕，是情報分析部的專業人員。電腦正面連接了一座大螢幕，顯示出電腦畫面。上面列著蒲生義正、蒲生公子、水野善一、水野玲奈子、草薙美良子的名字，以及類似履歷表的情報一覽表。

「這點資訊我也有。」眞壁鴻一郎舉起平板電腦說。

「資訊誰都有，重要的是怎麼分類、建立體系。你那種行爲，就像看到工地組裝前的材料，炫耀說『看，這個我也有』。不能用那些木材蓋出房子，就沒有意義。聽好，歹徒救了這邊列舉的人。有兩種看法。一，歹徒只是看我們警方不順眼，所以進行抵抗，目的是妨礙和平警察，救助的對象不管是誰都無所謂。」

「或者是從眾多的危險分子當中，挑選出這些人營救？」眞壁鴻一郎說。

「調查官認爲是哪一種？」部長看著眞壁鴻一郎，就像一聽到問題就說「老師，快點告訴我答案」，迫不急待地翻解答頁的小孩。

「還沒辦法說是哪一種呢。不過我認爲是後者，打算朝這個方向偵查。理由有三點。第一，昨天的事件中，連身服男沒有救田原彥一。或許是時間上來不及，但看起來也像是經過篩選。啊，這麼說來，田原彥一現在怎麼了？他會不會知道什麼？」

隸屬和平警察的人員就像戴著面具，表情看起來和上司藥師寺警視長一個模樣，但他們沒有別開臉，而是默默地盯著眞壁鴻一郎。宛如一堵平滑的牆壁，這種反應本身就是回答。

田原彥一恐怕從今早開始，又重新受到審問，正被逼問搭救蒲生和水野的人是誰吧。

「反正一定又想用拷問逼出答案了吧。」眞壁鴻一郎的口氣與其說是批評，更像是受不了或膩了。「我說啊，藥師寺先生，那是沒用的。」

「沒用的？什麼意思？」

「如果是要逼田原承認他就是危險分子，拷問是有用的。只要讓他說出承認的話就行了。但就算問他歹徒是誰，不知道的事情就是回答不出來。當然，如果他明明知道，卻故意包庇，拷問也是有效的。然而，如果田原眞的不知道，無論怎麼折磨他，一樣問不出任何答案。就算問出來了，只會是假情報。不管再怎麼拷問，都不會有收穫。」

藥師寺警視長紋風不動地聽著。至於刑事部長，他慌得手足無措。

「我知道你們很憤怒、很激動，但拷問、虐待一般市民，最起碼應該有個底線吧。」眞壁鴻一郎的表情扭曲，「市民可不是玩具。」

「這輪不到你多嘴。回到正題。」

「是是是。呃，說到爲什麼我認爲歹徒挑選過要搭救的人，對吧？第一點是，歹徒沒有救田原。第二點是，如果歹徒是隨機救人，應該會有更多類似的事件才對。像是第一次公開處刑，就算歹徒現身阻撓也不奇怪。半個月前，歹徒在黑松想要救助草薙美良子。而這半個月之間，還有其他人接受審訊——因爲蒙上危險分子的罪嫌。但直到昨天歹徒救出蒲生等人爲止，都毫無動靜。如果歹徒只是想要妨礙警方，半個月都按兵不動，實在說不過去。」

「會不會是他每半個月只能行動一次？」和平警察的調查員說。

「這個讚！」眞壁鴻一郎開心地指著對方。「這點子有趣。可能是他的武器充電需要半個月。如果不是，就應該推測他是特地來救蒲生和水野的。不過，藥師寺先生也是這麼想，對吧？不是隨機，而是經過挑選，所以才會像這樣尋找蒲生等被救助者的共通之處。」他用下巴示意螢幕。

「兩種可能性都不排除。我們朝兩邊都有可能的方向偵辦。」藥師寺警視長說，對電腦前的負責人打信號。「看著，這是目前歹徒救助的人的資料。」

螢幕上列出各種資料，大頭照、年齡、戶籍地、住址、血型、出生年月日。連住家電話號碼、手機號碼、手機電信公司、使用的網路公司都有。

「有什麼共通點嗎？」眞壁鴻一郎的口氣近似於「露一手讓我瞧瞧啊」。

「在廣泛的區分上，當然有幾個共通點。」電腦前的負責人像機器人般發言。

「廣泛的區分？」

「這五個人都是日本國籍，年齡在十五歲以上、未滿七十歲。」

刑事部長忍不住笑了。「唔，確實是一樣。」

「啊，或許可以一戶爲單位。」眞壁鴻一郎說。

「以一戶爲單位？」

「對。比方說，歹徒依據某個條件，決定救助蒲生義正。雖然也救了他的母親，但或許只是因爲她是蒲生義正的母親。蒲生公子呢，是救蒲生義正時，順便一起救的。」

「那麼，水野玲奈子……」情報分析部的人伸長脖子看這裡。

「或許因爲她是水野善一的女兒才獲救的。當然也有可能是反過來，譬如水野善一是水野玲奈子的附屬。這麼一來，共通點搞不好會增加。只要是一家人，哪一個都無所謂的話，瞧，除了蒲生公子以外，大家都住在仙台。比方說，先集中分析水野善一、蒲生義正、草薙美良子這三個人如何？」

負責人迅速操作電腦。

「三個人血型都是A型。」

「過去在這個地區被視爲危險分子、接受調查的人當中，還有更多是A型的吧。」藥師寺警視長說。「這不太可能是歹徒援救的條件。」

「可以顯示一下這三個人居住的地點嗎？」眞壁鴻一郎問。一會後，螢幕上出現仙台市的地圖，有三個紅點閃爍著。

「水野和蒲生住在青葉區，草薙住在泉區。」

「也不能說不近……」眞壁鴻一郎交抱起雙臂。如果以仙台車站爲中心，畫出十字座標，三個紅點都在橫軸左邊、縱軸上方的範圍內。話雖如此，彼此距離差異頗大，水野和蒲生住在附近，但草薙家相當遠。「啊，或許……」

他突然看向我。「咦？」

「搞不好從上空俯瞰他們的住處，會呈現某種圖形？」眞壁鴻一郎看起來很開心。「二瓶，搞不好就像我剛才說的，也許是畫了給外星人的訊息。」不過這似乎是個玩笑，他接著指示：「可以把這半年內，被視爲危險分子、受到審問的人的住處，標出來看看嗎？」

「好。」負責人敲打鍵盤的喀噠聲持續了一陣子。

螢幕上的紅點增加了。在剛才三個點的範圍內，追加了十幾個閃爍點。唔……雙手抱胸的眞壁鴻一郎遺憾地低吟。「也沒出現圖形或圖案哪。而且，其他紅點的危險分子沒有獲救嘛。」

「畢業學校呢？」藥師寺警視長說。

「啊，這不錯。或許會有意外的關聯。」

「水野善一出生在仙台西邊的愛子地區。從愛子第一小學升上愛子南中學校，高中讀仙台市內的仙台二高，然後進入東北大學。蒲生義正是山口縣人，小學的時候搬到仙台市內。從東二番丁小學升上東二番丁中學，再從私立廣瀨高中進入教育大學。」搜尋資訊的調查員敲打著電腦鍵盤，每次按鍵，螢幕上就顯示校名或校舍遠景。「草薙美良子……」我們盯著畫面上的資料，但從結論來說，他們的學歷並沒有特別的共通之處。這時，調查員靈機一動，開始列出資料：「假設歹徒的目標是草薙美良子的丈夫——草薙桂，他出生於福島縣郡山。」

但全員依然沒有任何共通要素。

「二瓶，關於可以串連所有人的共通點，你有沒有什麼靈感？」

「啊，是。」我應了聲，腦袋卻一片空白。如果有可以從資料上看出來的特徵，應該早就被發現了。「從這個意義來看，比方說，會不會是上同一所補習班……」

「哦，或許不錯。不過他們十幾歲的時候，住的地方搞不好離得很遠。」眞壁鴻一郎說，但不是批判的口吻。「這是很棒的觀點。警方也沒有詳細到查出他們上過的補習班。」他反倒稱讚我。「喏，有沒有相同的嗜好，可能也是個盲點。」

「不。」調查員當場回答。「這部分的資訊已建檔。從他們的網路通訊紀錄中，蒐集他們搜尋的關鍵字和瀏覽紀錄，在某種程度上分類出他們的興趣和嗜好。水野善一似乎對美術和古董有興趣，還有飛蠅釣。蒲生義正喜歡機車、爵士樂。草薙美良子……」

「好了，不必說了。結論是沒有共通點，對吧？」

「目前是這樣。接下來，我們會調查各別家人的組合。」

「應該會查到他們喜歡的AV女優全都是巨乳之類的結果吧？」眞壁鴻一郎語帶諷刺。「要是拿到成人網站搜尋結果的話。」

「當然，這類資訊我們也已掌握。」調查員一板一眼地回答。

眞壁鴻一郎看著我，聳了聳肩。「警方的情搜能力眞是太可怕了。」

「對了，眞壁，你的第三點是什麼？」藥師寺警視長說。

「第三點？」

「你認爲歹徒是選擇性救人的理由。你不是說有三點嗎？」

哦，眞壁鴻一郎，臉上堆起滿滿的笑容，彷彿在掩飾害羞。「純粹是這樣調查起來比較好玩。找出共通點，鎖定歹徒，這樣不是比較有趣嗎？」

藥師寺警視長沒有表現出驚訝或憤怒。

「啊，對了，藥師寺先生，還有一個方法，不必鎖定調查範圍喔。」

「什麼方法？」

「繼續大量逮捕市民，加以拷問。」

「那不是拷問。」

「啊，偵訊是吧。只要不斷進行偵訊，或許會再度中獎，引歹徒現身。」

「中獎？」

「抽中歹徒想救的人。如此一來，歹徒又會來救人。」

藥師寺警視長離開座位，慢慢地踩出一道道腳步聲，走到我們的座位。然後，他站到眞壁鴻一郎前面，開口：「用不著你說，我也打算這麼做。」

好可怕喔，眞壁鴻一郎抱住自己的肩膀，做出顫抖的動作。「話說回來，藥師寺先生，蒲生義正他們現下到底在什麼地方呢？」

「什麼意思？」

「就是字面上的意思啊。歹徒帶著蒲生母子和水野善一從這裡消失了，還說不久後就要讓他們回家。我想他們應該躲在某個祕密基地吧。」

「祕密基地？」藥師寺警視長露出嫌惡的表情，彷彿要嚼碎這幾個字。「人一定就在某處。不是在有好幾個房間的公寓就是民宅，旅館和飯店也有可能，我們正在進行地毯式搜索。」

「人海戰術就交給藥師寺先生你們，我和二瓶會用不同的方法調查。」

高中生名叫佐藤誠人，一年級，穿著學生服，手指纏著繃帶。他沒被多田國男弄到骨折，但還是受了什麼傷嗎？旁邊的多田好像是二年級，但與佐藤誠人的體格差距，不是只差一歲的水準。多田胸膛厚實，手臂粗壯，看起來很魁梧，如果比賽擒抱，感覺可以輕易撞倒大人。但多田似乎也受了傷，動作僵硬，像在護著半邊身子。

「條子？」多田板起臉，爲受騙而生氣。

「抱歉，沒有說清楚。」眞壁鴻一郎雲淡風輕地說。

「我們聽說是採訪才來的，結果是條子？」多田稍微仰起鼻子喘氣，猶如一頭猛牛。旁邊的佐藤扭扭捏捏，彷彿很害怕。這裡是距離他們就讀的高中不遠的小馬路。馬路對面是個人經營的麵包店、貼著桌球選手海報的運動用品店，還有洗衣店。

「你們打架的時候，有個像正義使者的人現身，把你打倒，警方掌握了這樣的情報。我們想知道那時候發生的事。」

二瓶聯絡多田和佐藤誠人，假裝是「週刊記者」，說「我們想採訪一下，可以見個面嗎」，他們便傻傻地前來赴約了。想必是多田興沖沖地硬把佐藤誠人拖過來的。幸好當天學校似乎要準備什麼活動，課程上午就結束了。

「關於那個連身服男……」眞壁鴻一郎手扶下巴，整理狀況似地說。他先指著多田：「對你來說，他是個礙事的傢伙。」然後，他指向佐藤：「對佐藤同學來說，則是正義使者，對吧？」

「咦？是的。」佐藤誠人戰戰兢兢地回答。

「你知道那個人是誰嗎？」

「不，呃，我沒有看得很清楚。」

「臉嗎？」「對。」

「那傢伙有帶武器吧？」

「沒錯，那可惡的傢伙，我絕對饒不了他。」多田插話。他按住肩膀，彷彿想起當時的情況。「不過，不曉得他用的是什麼鬼玩意。」

「像高爾夫球的東西？」眞壁鴻一郎說道。「啊，對。」佐藤誠人立刻點頭，「那東西滾過來，突然『咚』的一聲黏在護欄上。」

「果然是磁鐵。」眞壁鴻一郎看向我。

「是磁鐵嗎？」佐藤誠人睜大眼睛，「有一種被拉扯的感覺。」

「磁鐵？所以我的皮帶被扯過去嗎？聽你在放屁，那磁鐵是有多強啦？」多田把弄著腰上那條有許多金屬零件的皮帶說道。

眞壁鴻一郎對兩名高中生說：「可以重現一下當時的情況嗎？」對於顯然不情願的他們，他用懇求來包裝逼迫。

看來，即使是正値反抗期的高中生，也難以違抗警方執拗的要求，雖然老大不情願，他們還是動了起來，就像用慢動作重現武打片的場面。這次由佐藤誠人扮演多田國男，多田國男重現正義使者的動作。多田國男一邊演著，似乎是想起當時的疼痛和恐懼，漸漸激動起來，踢踹佐藤誠人，把他弄得尖叫連連。

不用即興演出啦，眞壁鴻一郎笑道。兩人表演完，他拍手說「哇，演得太好了」，完全把自己當成觀眾了。最後，眞壁鴻一郎把平板電腦拿到他們面前問：「這裡面有沒有你們認識的人？」是蒲生義正等人的一覽表，水野善一、草薙美良子的大頭照和名字也在其中。

「如果有，應該是佐藤同學認識的人吧。」

「咦？」

「我們在尋找正義使者搭救的人之間的共通點。」

如果說得太多，蒲生他們從警方偵訊室逃走的事會曝光，我的內心七上八下，但兩個高中生好像沒有餘裕想到那麼深，一本正經地盯著平板電腦的螢幕。

「怎麼樣？有認識的人嗎？」

「喂，佐藤，怎麼樣？」多田語帶怒意。

「沒有，」佐藤誠人歪起頭，回答：「都不認識。啊，可是……」

「可是？」

佐藤誠人指著草薙美良子的照片，「或許我在哪裡看過這個人。」聽起來很勉強，像是硬擠出來的感想。如果這裡是偵訊室，我早就逼他「給我說清楚」了。

「想不起來是在哪裡看到的。」

眞壁鴻一郎露出溫和的眼神，「嗯、嗯」應聲，彷彿十分憐惜青春期的少年，卻帶有專注觀察的銳利。他在分辨對方是否撒謊。

「如果你想起來，就打電話給我吧。喏，二瓶，把電話號碼告訴他。」

這時，佐藤誠人指向眞壁鴻一郎就要收起來的平板電腦說：「提到共通點……」

「想起來了？」

「不是，我是指剛才那些人的名字。」

「名字？」

「都有正面意義的漢字。」

「正面意義？」

「像是『善』、『義』。」

我望向平板電腦的螢幕畫面，上頭列著蒲生義正、水野善一、草薙美良子的資料。佐藤誠人看到的是剔除蒲生的母親蒲生公子、水野的女兒水野玲奈子的名單。「義」、「善」、「良」，確實都是有「正面意義」的漢字。

「原來如此。」眞壁鴻一郎像孩子般雙眼發亮，開心極了。哎呀，這見解眞是不錯！「而且佐藤同學，你的名字中有『誠』，這也是具有『正面意義』的漢字呢。原來如此，正義使者是以這個爲印記來挑選嗎？」

我看著眞壁鴻一郎，拚命克制避免露出目瞪口呆的表情。你該不會是認眞的吧？這句話都來到嘴邊了。取名本來就不會用負面的字。說到有「良」、「義」的名字，肯定多到數不清。

「所以他才會救我嗎？」

「或許吧。那麼，你得感謝你的父母呢。」眞壁鴻一郎把平板電腦收進皮包裡，「再見了。有事再聯絡。」他舉起手，而後離開現場。我正要跟上去，他忽然停步，回頭望向體格魁梧的多田，一派輕鬆地說：「啊，還有你，就算遇到不爽的事，最好也不要訴諸暴力。」

「爲啥？」

那是對大人、對警察說話的口氣嗎？我差點就要一拳揮過去。

「因爲碰上比你更強的對手時，就沒辦法解決問題啦。比方說，一個國家如果只能靠戰爭解決外交問題，豈不是遭透了嗎？老師用暴力逼迫學生服從、父母用拳頭制裁小孩，也一樣沒有意義。等到對方長大，就沒有效果了。簡而言之，碰到武力比自己更強大的敵人時，就無從對抗了。說穿了，最重要的是知道如何不靠武力來牽制對方，假裝要動手嚇唬對方也就罷了，要是眞的動手，可就完了。學聰明一點吧。」

多田擺出臭臉，嘴裡嘟囔著，彷彿有話想說。

「不過，你們的關係也眞妙。」我說。

「妙？」多田蹙起眉頭。

「佐藤同學遭到多田同學霸凌，受到暴力攻擊。現下你們卻像哥兒們般在一起。」

佐藤誠人板起臉說：「不，我們才不是什麼哥兒們。」果然是被硬拖來的吧，我正這麼想，多田也粗魯地說：「是我硬把他拖來的。」

「啊，可是……」佐藤誠人接著說：「現在雖然是這種關係，可是我們從小就認識。」

「哦？」

「以前他都會陪我玩。」佐藤誠人的口氣不是在辯解或討好，像是在懷念少年時代。

多田面露困惑，有些難爲情地看著佐藤誠人。

眞壁鴻一郎溫和地說：「好好相處吧。人生苦短，緣分難得啊。」

理髮廳的監視器捕捉室內景象。店門面對四號街，監視器就在東側的牆上，呈半球狀，裡面的鏡頭會定期轉動，掌握理髮廳內的狀況。

牆上的月曆翻到五月。

三張並排的理容椅中，監視器拍到正中央和裡面的座位上有客人。

「我老是在想，爲什麼每次西部片出現理髮廳的場面，都一定是在刮鬍子呢？」裡面座位的男人說，聲音被攝影機內藏的麥克風收錄。

「確實是這樣。」理髮師說。

「很少看到剪頭髮的場面。」正中央座位的男子加入話題。「刮鬍子比較有緊張感嗎？」

「純粹是因爲不能剪頭髮吧。」拿著剃刀爲正中央男客刮後頸的女人——理髮師之妻說：「剪演員的頭髮，萬一剪失敗就糟了。而且動剪刀也需要技術，演起來很困難。」

「有道理。」

「這麼說來，社長，上次那件事怎麼了？」

「哪件事？」

「你不是說要宣傳煎餅，在一個巨大的捲軸上寫商品名稱，找來好幾十個人在廣瀨川的岸邊打開嗎？」

「哦，做是做了啊，但只惹來公所人員一頓罵。」

麥克風收錄到滿室的笑聲。

「虧社長找得到那麼多人。」

「只要出些車馬費，世上很多人會為了湊熱鬧而參加。瞭解到這一點就算是有收穫了。年輕人當中有不少這樣的人。」

「這種宣傳手法，訣竅也許是不亮出商品名稱。」坐在中央的男子說。

「怎麼說？」

「發生了一件不可思議的怪事，等到引發話題，大家都在談論那到底是怎麼一回事的時候，再揭開謎底，說其實是如何如何，會更有效果。如果一開始就知道是宣傳，會削弱大家的興致。」

「原來如此啊。」

「社長真是不拘小節。」理髮師之妻笑道。「以前也曾買下公寓，說要用來當員工宿舍，對吧？可是……」

「離公司太遠，派不上用場。因為位在市外嘛。」

「那在買的時候就知道了吧？」理髮師苦笑。

監視器附近的門開了。

「歡迎光臨。啊，鷗外同學，好久不見。」

「好久不見。」進來的客人說。那是個穿開襟衫，拿著背包的年輕人。理髮師之妻走上前，接過他的背包。「可以等一下嗎？」

「沒關係。」

「還在忙實驗什麼的嗎？」

「嗯，是啊。」

「身體不舒服嗎？你的臉色看起來有點糟。」

「我沒事。」

監視器繼續拍攝理髮廳內眾人閒話家常的景象，但一會後，對話停了。麥克風只接收到剪刀的聲音，還有洗頭的水聲。理髮完畢的男子從中間那張椅子上站起來。理髮師之妻拿刷筆般的東西拂掉他夾克上的頭髮。監視器拍到他結完帳，離開店裡的身影。

「這麼說來，一年三次的話，第一次差不多快到了吧？分別是第四個月、第八個月、第十二個月，好像驗車喔。」

請坐。年輕人聽到理髮師之妻的招呼，在中間的椅子坐下。

「好像抓到一個人了，聽說是醫生。學校裡都在傳。」
「我覺得仙台應該不會有什麼危險分子啊。」
「每個地區在最初的四個月內，都抓不到什麼危險分子。」
「鷗外同學，那是什麼意思？」
「不管在哪個地區，最初都在觀望，和平警察主要也都是在蒐集情報吧。當地居民一開始搞不清狀況，不敢提供情報。」
「這樣啊。」
「通常到了第六個月左右，就會陸續抓到危險分子嫌犯，但也只有一、兩個人。從那個時候起，就會急速增加。」
「增加？什麼東西增加？」
「告密的人數。」
以理髮師爲首，在場所有人都默默望向鏡子，像在窺探監視器的臉色。
「這一帶有那麼壞的人嗎？啊，還是來做這樣的宣傳好了？『吃本牌煎餅的人，保證不會是危險分子』。」
「搞不好社長會被捕。」
「要是這樣，能帶來宣傳效果就好了。」

「那種煎餅太可怕了，我才不敢吃。」

「太太，妳眞難伺候啊。」

監視器繼續拍攝理髮廳室內眾人的閒聊，但不一會，話聲停歇。剪刀和吹風機的聲響傳入麥克風。

「鷗外同學，你氣色眞的不太好，沒事吧？你瞇一下沒關係，不過用剃刀的時候得小心。」

「我沒事，只是最近打工多了點。」

透過鏡子，年輕人咬緊牙關般緊繃的表情映入監視器鏡頭。在場沒有人留意到那副表情。

三天後，這段影像依據錄影裝置的設定被刪除了。

「目前永久磁鐵中，磁力最強的是釹磁鐵，它是用釹鐵硼這種物質製作，但遇上高溫，保磁力就會下降。因此添加鏑這種物質，就是所謂的稀土元素、稀土金屬，產地有限。」

眼前的白幡教授，態度比我想像中更謙虛溫和。與其說是因爲面對警察，毋寧說他原本就是這種性格。「永久磁鐵和環境及能源問題密切相關。」他像個少年般熱切述說。

「稀土啊。這麼說來，之前中國限制出口的時候，曾經鬧得沸沸揚揚呢，二瓶。」眞壁鴻一郎把自己當成工學院的學生了嗎？表情像是忘了辦案這個目的。

「中國生產許多稀土。如果無法從中國進口，也會影響到釹磁鐵的生產。釹磁鐵運用在馬達上，所以會對混合動力車的生產有重大影響。」

「磁鐵的力量眞是不容小覷。」眞壁鴻一郎佩服地說，教授眼神溫和地點點頭。

「不過，並不是完全沒有方法。在我們也參與的研究計畫中，已成功大幅減少製造釹磁鐵時所需的鏑量了。成功刪減四成。」

「四成！那不是很棒嗎？」

「釹磁鐵被稱爲燒結磁鐵，簡而言之，就是將原料的合金磨碎，加熱凝固而成，而原料的合金磨得愈細，磁鐵的磁力就愈強。能提升耐熱度和保磁力。」教授不曉得是不是把我們跟學生還是記者搞混了，興致勃勃地解釋著，但內容逐漸進入我們無法理解的領域。「不過，研磨的時間太久，就會開始氧化，而且粒子表面積愈大，氮的量也會增加。因此我們使用噴射氮的噴射研磨機，成功減少了鏑的使用量。」

「換句話說，只要讓那種方法進化，就可以做出更強力的磁鐵嗎？」

「是啊。只要改良奈米排序和奈米單位的連結，理論上磁性會變得更強。」

我們一見到白幡教授就開門見山地問，磁鐵是否可能用來當武器？我們含糊地說明是辦案需要，但也暗示情況緊急，詢問能否利用磁力使人跌倒、失去平衡。白幡教授的回答模稜兩可。

「憑現在市面上的磁鐵很困難」，「但磁鐵愈大，磁力愈強，若是不限定尺寸也並非做不到」，「話雖如此，製造強力磁鐵是重要的發明，這也是我正在從事的研究」，他先是溫柔地說明。「磁鐵是馬達不可或缺的零件，與電力問題也息息相關」，「如果能用小型馬達旋轉葉片，就能解決環境問題」，最後還說到這裡來了。「除了透過研磨來製造高保磁力磁鐵的方法，還有另一個方法，就是控制晶體結構來製造全新的強力磁鐵。」

「晶體結構？」

「簡而言之，就是改變磁鐵的鐵和鈷的晶體結構、原子排列。理論上，怎樣的排列和結構可以增強磁性，我們已有一定程度的認識。所以，接下來只要讓結構產生變化就行了。」

「要怎麼做？」

「就是不知道怎麼做。」白幡教授笑了開來。「不知道該使用什麼樣的力量、如何施力，才能改變結構。比如說有一棟公寓，我們都知道鋼筋結構如何排列，就能變得更堅固，卻不知道該如何施力，才能使公寓變成那樣。這需要強大的力量，但胡亂施壓也沒有意義。」

「如果辦得到，就能製造出更強的磁鐵？」

「是啊，沒錯。」

「二瓶，你那麼凶惡地詢問，會把老師嚇到的。對吧？」眞壁鴻一郎在旁邊笑著。「老師，如果是強力磁鐵，可以打開電子鎖嗎？」

我想起遭到連身服男攻擊的大樓後門。必須感應入館證件才能開啓的門成了目標。當時，認證用的感應器被破壞了。

「要看狀況，不過磁紀錄當然會因磁力而損毀。」

「就是說嘛。」眞壁鴻一郎一副滿足的樣子。

「呃，歹徒是怎樣的人呢？」白幡教授問道。

眞壁鴻一郎轉向我。「現在還不確定，但現場找到疑似磁鐵的物品，所以我們才想學習基本知識。」他解釋道。

「這樣啊。」白幡教授的聲音沉了下來，視線飄移著。

「老師，謝謝你這番非常有意思的談話。」眞壁鴻一郎說完後站起。我跟著起身。

「對了，」眞壁鴻一郎忽然想到似地說：「關於安全地區與和平警察，老師有什麼看法？」

「咦？」教授愣了一下，感到十分意外，於是反問：「從與磁鐵有關的角度嗎？」

「跟磁鐵無關。」眞壁鴻一郎笑了。「和平警察賴在這座城市，揪出危險分子加以處刑的制度，老師有何看法？我純粹是想要瞭解一下一般市民的心聲。」

「磁鐵……」

「跟磁鐵無關也無所謂。」眞壁鴻一郎愉悅地說。

「這樣說自己很怪，但我不是危險分子，身邊也沒有這樣的人。我只覺得大家互相交換資訊，找出危險分子加以懲罰也不壞，或者說這是必要的事。」

「哦，這樣啊。」真壁鴻一郎「嗯、嗯」點頭。

聽著教授的回答，我不禁心生同情。我看過太多主張「我不是危險分子」的人，被當成危險分子處刑的例子。因爲他們在毫無自覺的情況下，參加危險組織的陰謀計畫，或是協助支援危險分子的生活，於是被捕，受到我們的審問。我不否認有些例子是徹底受到冤枉，或是遭人密告而被當成危險分子。所以白幡教授說「與我無關」，完全是過於樂觀導致輕忽大意。更別說如果連身服男確定是拿「磁鐵」當武器，教授就會是當事人中的當事人了。

「把磁鐵綁成一束，拿來……比方說吸迴紋針好了。像這樣S極與S極、N極與N極朝同一個方向綁起來，」白幡教授抓起桌上的鉛筆當成棒狀磁鐵，「或將S極對N極、N極對S極綁起來，你們覺得哪一邊磁力比較強？」

「當然是同一個方向的。」

「沒錯。S極與S極相同一個方向的磁力比較強。所以製作強力磁鐵時，會把原料磨細，統一方向。不過，方向不統一會比較穩定。」

「穩定？」

「磁力會變弱，但比較容易捆起來，在能量上也是穩定的。因此在自然界，磁鐵是以穩定的狀態存在。」

「原來如此。」

「所以我認爲社會上眾人的想法，不統一的狀態才是自然的。雖然整體力量會變弱，卻比較穩定。」

「換句話說，老師認爲和平警察壓抑國民，也許會讓國家的力量更強大，卻是不自然、不穩定的狀態。」眞壁鴻一郎說。

「只是忽然這麼想到而已。」白幡教授八成忘了我們是警方人員，語氣很悠哉。

「不過，老師，和平警察並不是想把民眾朝同一個方向束起來。只是想剔除掉危險物質，好讓民眾能夠以各別不同的穩定狀態過生活。」眞壁鴻一郎反駁，教授恍然大悟：「啊，這麼一說，的確是呢。」

道別之後，我們關上白幡研究室的門，回到上課大樓的通道，來到電梯前。

「沒什麼特別的線索。」「老師是不是在隱瞞什麼？」我的話和眞壁鴻一郎的話撞在一起。

「有那種跡象嗎？」我問。

「談論磁鐵的時候，他興致勃勃，滔滔不絕，但說到一半，不是忽然問起『歹徒是怎樣的人』嗎？雖然他裝成若無其事的樣子，但態度有些嚴肅，就像是不小心把擔憂的事情說出來了。喏，我們請教他磁鐵的事，卻根本沒有詢問關於『歹徒』的事啊。強力磁鐵的事也一樣，他說得像是假設，卻很實際。搞不好早就發明出來了。」

「哦……」我轉過身。因爲我覺得必須立刻折回研究室，把白幡教授抓去警署。

「二瓶，不必慌。那個老師應該不會跑掉。」

「白幡教授不可能是連身服男本人嗎？」

「有這個可能。」

「咦！」眞壁鴻一郎回答得太乾脆，我嚇了一跳。「那樣的話——」

「橫豎也不能怎麼辦。」

「什麼意思？」

「假設那個老師就是連身服男，也不會明天就突然不見，暫時應該不會來攻擊我們，所以丟著不管也沒差。」

「是這樣嗎？」

我無法信服，但電梯門正好開了，我便跟著眞壁鴻一郎進電梯。門就要關上的時候，眞壁鴻一郎幫一個小跑步過來的女學生按開門。電梯下降的途中，那個女學生開口問我：「你是警察，對嗎？」話聲緊張，卻滲透出好奇，我忍不住揣想，她追上來，是不是爲了找我們說話？

「是啊。」眞壁鴻一郎回答。

「咦，大哥也是警察嗎？」女學生目不轉睛地看著眞壁鴻一郎。

這時，電梯到了一樓，我們三人來到通道上。

「呃，還沒有查到鷗外同學的下落嗎？」

「鷗外同學？」這初次耳聞的名字讓我愣住，但眞壁鴻一郎不慌不忙。「是啊，還沒有消息。」他應道。「呃，妳是鷗外同學的朋友？」

事後確認，眞壁鴻一郎好像完全不曉得「鷗外同學」，但聽女學生的口氣猜出「鷗外同學下落不明」、「鷗外同學和教授的研究室有關」，所以配合她的話，想要探聽情報。

「我也是白幡研究室的學生。」

「鷗外同學到底跑去哪裡？他沒有回去公寓住處。」

「就是啊。他好像也沒回老家。看到有警察來，我還以爲鷗外同學被捲入什麼犯罪。」

眞壁鴻一郎看著我，聳聳肩說：「還不清楚是不是呢。」當然，我一頭霧水。「但也不能說完全沒這種可能。」

「這樣啊。」女學生毫不掩飾擔心的神情。

「妳是知道什麼會將鷗外同學捲入犯罪的事嗎？」

「啊，不。」

「就算是不值一提的小事，只要有任何疑點，可以告訴我們嗎？最後很可能就是靠著這樣細微的線索累積，找到鷗外同學。」

「是這樣嗎？」

「調查就是這樣啊。對了，鷗外同學喜歡哪種音樂？」事後眞壁鴻一郎說，他這個問題沒什麼意義。隨便什麼都行，只要提問，對方就會比較好開口。簡而言之，就類似暖場，他說。

「鷗外同學喜歡爵士樂、藍調那類陰沉的音樂。」

「爵士和藍調並不陰沉啊。難道他跟妳說了比莉．哈樂黛（註）的故事？」

這個問題是刻意瞄準的一記好球。兩人獨處時，眞壁鴻一郎滿意地向我解釋。你知道比莉．哈樂黛那首有名的〈奇異的果實〉吧？

「你好清楚。鷗外同學也告訴過我那首曲子的事，說那是一首把遭受私刑、吊在樹上的黑人比喻爲奇異的果實的歌。」

「果然。」

「果然？」

「鷗外同學應該是無法原諒那種事，而且正義感十足的人。」

「沒錯。鷗外同學老是在思考正義、僞善這些事。之前有一次，一個郵差騎車在積雪的馬路上打滑跌倒，他也幫了人家。」

「這樣啊。」

那些話眞是大斬獲，眞壁鴻一郎在回程的車上開心地說。就我看來，我覺得他接下來提出的問題才是直指核心。

「鷗外同學有沒有連身的衣服？」眞壁鴻一郎像是順帶一問。

「連身服？哦，有啊。鷗外同學騎機車，遠行的時候會穿。」

「哦？」

「不過，他好像把機車賣掉了。」

眞壁鴻一郎的雙眼閃閃發亮。「對了，白幡教授會騎機車嗎？」

「不，老師別說是機車了，連汽車駕照都沒有。」

所謂的資料探勘，即data mining，從字義上來說，就是從大量的數據資料中挖掘出礦脈。是採礦啊，二瓶。

註：Billie Holiday（一九一五～一九五九），美國爵士樂歌手。被認爲是二十世紀最重要的爵士樂歌手之一。

回到縣警大樓，來到會議室，藥師寺警視長等人正在將各種情報投放在大螢幕上，並顯示分類。一看就知道，他們正在尋找蒲生義正等連身服男救助的人的共通點。換句話說，和眞壁鴻一郎的方針一樣。這時，明明我什麼也沒問，他卻突然解說起「何謂資料探勘」。

「以前得踏破鐵鞋才能鎖定嫌犯的警察，現在都坐在桌子前敲鍵盤蒐集資料。不過，找資料誰都會，重要的是以什麼觀點分類取捨。」

「現在調查員還是會四處訪查，尋找能揪出嫌犯的證據。」藥師寺警視長抬頭說道。

「那麼，藥師寺先生，有什麼成果了嗎？」眞壁鴻一郎坐到最角落的位子。我不是他的經紀人，跟他也不是哥倆好，只是負責嚮導的司機，所以沒必要跟在他的身邊。但我反倒被當成眞壁鴻一郎的華生，感覺會吃虧，所以我想移動到遠處，卻不知為何被強制坐在他的旁邊。

看看大螢幕上的資料，除了住址、戶籍、學歷以外，又加上了治療中的牙科診所、使用的信用卡資料等，密密麻麻一大串。

「健保的使用狀況、手機和網路的使用紀錄、信用卡的消費資訊，和平警察都查得到，比在路邊撿拾橡果更輕而易舉。」在我旁邊的眞壁鴻一郎嘀咕著。「有什麼共通點嗎？」

「蒲生義正和草薙美良子在同一個文具網站買過東西，而且次數頻繁。」藥師寺警視長的旁邊和後面，一樣有調查員在喀喀噠噠地敲打鍵盤，其中一人答道。大螢幕顯示那個網站。

「就算兩人在同一個網站買過東西又怎樣？何況，水野善一又沒買過。」眞壁鴻一郎說。

「這麼說的你，又查到什麼情報了嗎？」爲了讓大螢幕上的資料更清晰，室內光線調暗，連藥師寺警視長的表情都看不清楚，只有聲音從幽暗中像顆透明的子彈飛射過來。

「怎麼辦？要說出那個叫鷗外的學生嗎？」我壓低聲音問。我們連鷗外同學的姓氏都還沒有調查，不能算是得到了具體的線索。

眞壁鴻一郎舉手，「藥師寺先生，我想到一個。」

「想到什麼？」

「共通點啊。蒲生義正、水野善一、草薙美良子，他們有個共通點。」

難不成他要把那個高中生的意見就這樣報告上去？我心想。

「他們三人的名字裡，都有正面意義的漢字。」眞壁鴻一郎口齒清晰地接著說。

那一瞬間，藥師寺警視長和正在操作電腦的職員都沉默了。不是驚訝，顯然是因爲他們噴發出來的「目瞪口呆」情緒吸收了所有聲音。

藥師寺警視長大嘆一口氣，問：「你是認眞的嗎？」接著，他向身後的職員下達某些指令。

螢幕上出現地圖，而後顯示有顏色的點。雖然不到大量，但仙台市內有幾處發出亮光。

「這是和平警察進行偵訊的危險分子嫌犯住址，名字裡有『義』、『善』、『良』漢字的人，還有這麼多。」藥師寺警視長指著螢幕。現在地圖上的光點，是針對偵訊對象的名字進行搜尋的結果。

「如果連身服男是依據名字來決定救人，爲什麼他沒有救這些危險分子？他們受到審問，但連身服男沒來救他們。」

眞壁鴻一郎沒有逞強，搖了搖手。「哎呀，我也是這麼想，只是今天去見的高中生提出了這樣的推理，實在難得，所以我拿出來發表一下罷了。」

藥師寺警視長不禁失笑。「還得靠高中生提供情報，你也不用混了。」

「唔，就是說啊。」眞壁鴻一郎老神在在。他是爲了更有效果地向藥師寺警視長揭示下一個情報，才故意提出高中生的推理。「藥師寺先生，其實那名高中生說他曾被正義使者搭救，所以我們才會去找他。」

一陣椅子移動、桌子磨擦地板的聲響，接著是腳步聲，下一秒，藥師寺警視長已站在眼前，逼問一副沒事人的模樣的眞壁鴻一郎。

「喂，眞壁，你說什麼？哪裡的高中生？」

「啊，你想知道？」

該說不愧是警察機關嗎？一旦鎖定目標，情報一下子就蒐集齊全。彷彿不小心從樹枝上掉下

來的幼蟲，遭螞蟻一擁而上，不是剝光全身衣物，而是撕下全身皮肉搬走。轉眼之間，會議室的大螢幕上就出現佐藤誠人的住址、家庭組成、從健保系統查到的就醫紀錄。和其他危險分子不同，因爲不是嫌犯，尚未取得電話和網路通訊紀錄，但這也太快了。

「簡而言之，這名高中生在歹徒的『救助名單』上嗎？」

「應該吧。啊，我知道藥師寺先生在想什麼，但最好別這麼做。」這時，眞壁鴻一郎站了起來。「二瓶，差不多該走了，我們去進行踏破鐵鞋的快樂調查。」他對我耳語。他還不打算說出白幡教授和鷗外同學的事。原來如此，我心想。眞壁鴻一郎任何時候都會對藥師寺警視長和總部隱瞞一、兩個情報。爲了占得優勢，留一手只有自己才知道的情報，是這樣的方針。所以他判斷，既然已得到白幡教授的資訊，丟掉高中生佐藤誠人的情報也無所謂。

「別這麼做？做什麼？」

「你想把佐藤誠人同學抓過來審問，對吧？你認爲這樣一來，正義使者應該就會來救他。」

「正義使者？不許這樣稱呼歹徒。」

「和平警察沒有權力制裁高中生。明明不是危險分子，卻強制把人帶走訊問，這要留著當最後的手段。」

「佐藤誠人可能是危險分子。」藥師寺警視長一字一句冷酷地說。「歹徒會想要救他，就是最好的證據。」

「有道理，但因爲這樣就把人帶走，太亂來了。」眞壁鴻一郎說著，嘴角卻帶著一絲愉悅的笑意。「不過我也知道放在和平警察身上，那種亂來就會變成正義。不過，如果要帶人，帶走父親怎麼樣？」

「父親？」

「正義使者救了蒲生義正的母親，和水野善一的女兒，算是贈品嗎？當然，有可能是反過來，因爲蒲生義正是蒲生公子的兒子才能得救。同樣地，也許因爲水野善一是水野玲奈子的父親，所以獲救。也就是在家庭優惠的適用範圍內，不知道哪一個才是主要人物。總之，我覺得他可能是以家庭單位在救人。所以佐藤誠人會獲救，是……呃，他父親叫什麼名字？」

我望向大螢幕，「佐藤誠一，母親名叫佐藤友里惠。」

「也可能是因爲他是佐藤誠一的兒子。與其帶走未成年人的佐藤誠人，審問佐藤誠一還比較像話。」眞壁鴻一郎聳聳肩，「而且，最好事先放出佐藤誠一疑似危險分子的流言。像是和平警察很快就會來把他帶走的消息。」

「要是那麼做，佐藤誠一可能會逃亡。」

「逃不到哪裡去的。比起人跑掉，更重要的是，讓正義使者知道佐藤誠一要被帶走了，不然他就沒辦法來救人了。雖然前天才剛襲擊偵訊室，救了蒲生他們，但他恐怕沒膽再闖一次和平警察的根據地。所以，如果事前聽到佐藤誠一可能被帶走的消息，他很可能會像去救草薙美良子那樣，趁著和平警察到家裡帶走人的時候，前來搭救。」

藥師寺警視長頓時沉默。他不想對眞壁鴻一郎的話照單全收，但或許是感到有理。

資料處理員在後方呼喚藥師寺警視長。「什麼事？」他回頭問。

「我們在細查佐藤誠人的情報時，找到他和蒲生義正及草薙美良子之間的共通點了。」資料處理員像是在回答老師問題的學生。

「不包括水野嗎？」

「是的。我們調查三人從自家到公司、學校的路線，他們可能利用特定的公車路線。」

「通勤公車？」

「佐藤誠人是通學。」

「哦？」眞壁鴻一郎發出歡喜的聲音。「有點意思。」

大螢幕上顯示出市內地圖，疑似三者自家的地點標出圓點，然後拉出上色的線，應該是通勤和通學路線。依據最短路徑來推測，這三條線在途中重疊了。

「是市營公車，從櫻丘中央站到仙台車站的路線。三人可能搭乘這條線的公車。」

「歹徒也搭乘這條線的公車嗎？」無意識地脫口而出，藥師寺警視長問了眞壁鴻一郎。

「可能只是巧合。再說，那班公車的乘客多得是吧。」

這時我想到，或許蒲生義正他們總是搭乘同一班公車，在公車上熟悉了彼此的臉孔，而連身服男私下對這些熟面孔懷有同伴意識。我戰戰兢兢地提出這個想法。

藥師寺警視長沒有稱讚我的意見，但也沒有嗤之以鼻。「就算是這樣，也沒有義務去救助同一班通勤公車的乘客吧。是有什麼讓他甘願負起與我們為敵的風險嗎？」

「什麼是指什麼？」

「情義，或是……」

「或是什麼？」我問。

「如果不救他們，歹徒就麻煩了。比如說，歹徒借錢給他們。」

「藥師寺先生，也可以反過來想啊。」眞壁鴻一郎說。

「反過來想？」

「『沒辦法拯救所有的人』的問題。」

「那是什麼？」

「『英雄必須救助每一個看到的不幸之人嗎？』這個問題。」眞壁鴻一郎嘴角浮現嘲諷的笑。他似乎很開心。「救了那個人，卻對這個人見死不救，畢竟教人難以接受。不，當然有許多人可以切割得很清楚，但那種人本來就不會去救人。總之，會不求回報地救人，表示那人本來就是老好人，所以才會苦惱。我救了A，可以不救B嗎？但又沒辦法救到每一個人。對我來說，那根本是毫無意義的煩惱，然而會煩惱的人就是會煩惱。畢竟在這個世上，愈善良的人就活得愈辛苦。從這個意義來說，藥師寺先生跟我們從來不識辛苦滋味呢。」

「你到底想說什麼？」

「也許正義使者做了決定。」

「決定什麼？」

「只救助跟他搭同一班公車的人，其他的放棄。所以，其實不是有非救蒲生他們不可的理由，而是相反，因爲沒辦法救全部的人，至少要救蒲生義正他們吧。」

「你想說公車司機就是歹徒嗎？」

「這種可能性並非完全沒有。」不曉得眞壁鴻一郎究竟有幾分認眞。「不過，如果水野父女都沒有搭那班公車，就不算共通點了。」

「眞壁調查官認爲往後該如何調查？」聽到這討好的聲音，我才發現刑事部長也在場。

「我想再和二瓶調查一下有疑慮的部分。」眞壁鴻一郎還是不打算透露白幡教授和那名叫鷗外的學生的事。

「藥師寺警視長。」操作終端機的一名資料處理員開口。他在黑暗中舉手。

「什麼？」

「我用從櫻丘中央站發車，前往仙台車站的公車行經地區的住址搜尋，發現去年十一月，車站附近發生過事故。」

「這怎麼了嗎？」「哦？有意思。」

「公車在等紅綠燈的時候，被後方的郵務車追撞了。郵務車司機疲勞駕駛，追撞的衝擊力把駕駛座整個壓扁了。」

大螢幕顯示郵局人員的大頭照。是個眼神陰沉的眼鏡男。貝塚萬龜男，五十二歲。

「『萬』和『龜』這些漢字，不曉得符不符合連身服男的喜好呢。」眞壁鴻一郎打趣地說。

「那傢伙死於車禍嗎？」

「不，發生車禍的時候，公車乘客將貝塚萬龜男從郵務車的駕駛座拉出來，進行人工呼吸，所以他奇蹟似地獲救。」

聽到這裡，眞壁鴻一郎站起。「知道救出司機的公車乘客是哪些人嗎？」職員應聲「是」，立刻搜尋資料。「好像沒有官方資料。司機名叫高橋大河，三十三歲，男性，但幫忙救人的乘客不明。」

「去問高橋大河，也許可以問到。」聽到藥師寺警視長的話，站在牆邊的調查員立刻反應，開門出去了。他是要前往客運公司進行調查。

「協助救人的乘客裡，或許會有蒲生義正和草薙美良子。然後那天水野善一或水野玲奈子可能剛好在車上。」

「那會怎麼樣？」

「還不清楚，不過獲救的郵局人員小龜，爲了報恩而營救蒲生他們，這也不奇怪。」

我看見藥師寺警視長的額頭抽搐了一下。室溫感覺上升幾度。幾名調查員聽從指示衝了出去。

我和眞壁鴻一郎坐在速食店最裡面的四人座。

「剛才命中核心了嗎？」我說。

和我並坐在一起的眞壁鴻一郎，把薯條丟進口中，然後問：「什麼東西？」

「歹徒和蒲生等人的關係。就像眞壁先生說的，他們搭乘同班公車時發生郵務車追撞事故。這就是連結他們的因素。」儘管如此，我還是無法理解到速食店向女大生打聽事情的意義。

「難說哪。唔，有百分之二十的機率吧。」

「咦？」

「二瓶，能相信你嗎？」

「提出和郵務車事故有關看法的，不是眞壁先生嗎？」

「那是——哎喲，會議上不負責任的意見啦。那種場合，想到什麼就要直接說出來啊。」

「是這樣嗎？」

「當然，我不認爲絕對不可能。這部分藥師寺先生他們馬上就會調查清楚。比起那件事，我對這邊的事更有興趣嘛。研究磁鐵的學生，鷗外同學。」

「他似乎有什麼內幕。」

我在縣警大樓打了兩、三通電話，就得到東北大學工學院白幡研究室的學生名單。大森鷗外是碩班二年級，來自岩手縣的男學生，住在太白區八木山動物公園附近的住宅區出租公寓。

我們立刻拜訪他的公寓住處。眞壁鴻一郎本來就不期待在那裡見到大森鷗外，按了三下門鈴就轉動門把，確定門鎖著。我本來要說「我打電話給管理公司」，但他直接步向走廊上、房門對面的滅火器，說「學生時代，我都把備份鑰匙放這裡」，摸了摸滅火器底部，還眞的找到用膠帶貼在底下的鑰匙。他毫不猶豫地開門入內。

脫鞋處散落些從門上信箱掉落的郵件。幾乎都是廣告信，眞壁鴻一郎撿起來，一一檢視。房間是木板地，三坪大，沒隔間，並不特別整潔，但也不至於亂到連站的地方都沒有。

「有一種認眞向學的感覺。」眞壁鴻一郎看著房間角落的書架，翻閱記錄課堂內容的筆記。

「沒有電腦嗎？」

可以從網站瀏覽紀錄看出他感興趣的事物，但如果是筆電，有可能隨身帶著走。或者，用行動電話或智慧型手機上網就夠了？「晚點要調查一下大森鷗外的通訊紀錄嗎？」我問。

「是啊。」眞壁鴻一郎不曉得是不是沒興趣，含糊地應著，環顧室內。「若是幾年以前，房間裡會放滿喜歡的音樂和電影吧，像是CD、DVD之類的。」

現在幾乎都能在網路上購買，直接下載到播放裝置。除非檢查智慧型手機和電腦，否則連音樂的喜好都無法掌握。

「二瓶，你知道害蟲有幾種嗎？」

「咦？」又要講蟲了？我隱藏自己的厭倦。

「蟑螂和蒼蠅是衛生害蟲。簡而言之，就是它們很髒，很討厭！不過，幾乎不會有人因蟑螂或蒼蠅而死掉。椿象、馬陸則是連毒性都沒有，只是看上去很噁心的噁心害蟲。」

「是，這怎麼了嗎？」

「也就是說，雖然都叫害蟲，其實有一些種類根本沒什麼害處。哇，好噁心！人類只是因爲這樣，就把它們趕盡殺絕。我不是要說這樣很自私，總之就是對人類而言，算不算妨礙，其實是相當任意的。相反地，也有眞的很麻煩的害蟲。就是會對農作物造成不良影響的昆蟲。唔，即使如此，昆蟲應該也沒有惡意，但它們造成了明顯可見的損害。你知道以前的人爲了驅逐這些害蟲，都怎麼做嗎？」

「沒有農藥的時代嗎？」我檢查衣櫃。衣架上掛的衣服都是些便宜貨，色調款式相近。是個對時尚漠不關心的學生吧。

「有一種叫『送蟲』的方法，是利用祈禱來驅蟲。」

「祈禱？有效嗎？」

「在神社裡祈禱後，舉著火把，鏘鏘咚咚地敲鑼打鼓，在田裡繞來繞去，藉此驅蟲的策略，當然是毫無根據。不過，這表示古人只有這種方法。到了江戶時代，好像會把油倒進田裡，用油膜悶死昆蟲。昆蟲很小，又很機靈，相當棘手。」

「幸好有發明農藥。」

「就是說啊。總之，安全地區政策與和平警察的成立，也是同樣的事。」

「什麼意思？」

「這樣就容易消滅棘手的礙事者了，對吧？不過，與其說是用農藥，和平警察更接近利用天敵來驅逐吧。」眞壁鴻一郎聳聳肩。然後，他拉開電視櫃旁邊的抽屜，取出某些東西。

「那是什麼？」

「不用的卡片嗎？門診卡之類的。」他把用橡皮筋束起來的一疊卡片，朝這裡甩了甩。我望著書架上成排的書背，有比莉·哈樂黛的傳記，旁邊有幾本關於人種歧視和貧富差距的叢書。

「就像妳說的，鷗外同學似乎對人種歧視這類世上的不公不義很感興趣。」

眞壁鴻一郎坐在速食店的座位上，對現身的女大學生——之前在大學的電梯前叫住我們的女生說道。

「你們見到鷗外同學了嗎?」

「妳是鷗外同學的女朋友嗎?」我問。她臉紅到連我看了都不好意思,然後扭扭捏捏地說不是。我是他同一個研究室的學妹,她回答。「我們沒見到他,不過看了一下他住的公寓。半個月前的郵件堆在門口,他好像一直沒回來。如果他沒去學校,是回老家了嗎?他是岩手縣盛岡人吧?」

「是的,沒錯。」她垂下頭。她有著瞞不住事情,對我們來說非常方便的個性。「妳聽他提過老家的事嗎?」我追問。「啊,是。」她猶豫了一下。

「若能告訴我們,會很有幫助,況且要找出鷗外同學,也得先有線索才行。」

「我也不太清楚……」她再三聲明之後,說明大森鷗外和老家的父母關係不好,幾乎是以離家出走的形式升學。因此他不僅要打工賺學費和生活費,還得挪出時間做研究,相當忙碌。「但他沒有撐不住的樣子,總是很開朗、很積極,也不會發牢騷,所以身邊很少有人注意到他的處境。可是不久前,他的表情忽然變得好陰沉,我不禁納悶他怎麼了。」

「他怎麼了?」眞壁鴻一郎把薯條丟進嘴裡,用聆聽戀愛煩惱的口氣問。

「好像是家人忽然聯絡他。他父母借了一大筆錢,家裡陷入困境。」

他們是自作自受——她描述大森鷗外不屑地這麼說,所以我猜想應該不是經營事業失敗、意外事故、身不由己的疾病之類的原因，而是本來在金錢方面就操守不佳，沉迷賭博、肆意揮霍所造成。

「鷗外同學還有個妹妹，雖然我沒有明確聽他說過。」

「嗯。」

「一生下來似乎就有殘缺。」

「這樣啊。」眞壁鴻一郎說，我瞥了一眼他的側臉。身爲和平警察，就會對目標人物的家庭成員十分敏感。因爲要逼對方承認自己是危險分子時，如果有可以當成把柄的親人，這項情報會是個利器。雖然不知道大森鷗外的妹妹有著怎樣的先天障礙，但肯定是一項有利的情報，我以爲眞壁鴻一郎會雙眼發亮，然而我料錯了，他表情不變，不甚關心地說：「鷗外同學擔心父母欠債，對心愛的妹妹會有不好的影響吧。」

「你怎麼知道？警察好厲害。」

「不，一般人都想得到吧？」眞壁鴻一郎有點困惑地皺著臉。

「所以鷗外同學想設法還債。」

「他可能涉入什麼危險的事，是嗎？」

「咦？」她說著，嘴巴抿成一字形，像是在煩惱。沒有立刻否定，形同已承認。我覺得有收穫，重新坐正。「也許大森同學就是被捲入那類事情，才會下落不明啊。」

實際上，有這個可能。輪到我發揮在這半年之間培養出來、逐漸成爲拿手項目的審問技術了。我委婉地威脅、撩撥危機感，說出類似「只要妳提供情報，全世界都能得救」的話。我提出幾個問題。身爲專家，對付一個普通女大生，誰勝誰負不言可喻。

「白幡老師有提到磁鐵的事嗎？」她提心吊膽、顫抖著問。

眞壁鴻一郎不愧是行家，總是搶先對方一步。「哦，那好像很糟糕。白幡老師相當困擾。」當然，這只是在曖昧地套話，我們根本毫無頭緒。不過她稍稍鬆了一口氣，想辯護似地急忙補了句：「可是，偷走磁鐵的又不一定就是鷗外同學。」

「被偷走多少呢？」

「剛完成的樣品一箱，還有幾塊板子。」

那個教授果然成功開發出新的磁鐵嗎？

眞壁鴻一郎眉頭皺也不皺一下，「總不可能是鷗外同學偷的。」

「是的。」

「但白幡老師也說了，」眞壁鴻一郎淡淡地繼續撒謊：「被偷走的又不是槍械或毒藥，鷗外同學一定會善加利用吧。」

「太好了。」她徹底放下心，「因爲我曾看見鷗外同學在跟別的教授交談……」

「這是什麼意思？」我探出上身。

「我們的白幡教授非常認真，很喜歡做研究，但隔壁研究室的教授就不是這樣了。」

「那個教授不認真嗎？」

她詞窮了，但困窘的反應等於肯定。「聽說他會拿研究成果，向民間企業兜售。」

「這樣啊。」

「我是不清楚啦，不過好像有很多可以兜售商品的對象。」說到這裡，她掩住嘴巴，自責不該對警方亂說。

「妳是在擔心鷗外同學可能和另一個教授在計畫什麼吧。放心，鷗外同學不會做出那種事。要我打賭也行。」

反正下注的籌碼是假的，愛賭多少都行。

理髮廳的監視器捕捉室內景象。店門面對四號街，監視器就在東側的牆上，呈半球狀，裡面的鏡頭會定期轉動，掌握理髮廳內的狀況。

牆上的月曆翻到六月。

三張並排的理容椅中，只有中央那張有客人。

「鷗外同學，前陣子下暴雨，你那邊有沒有怎麼樣？」穿著時髦開襟衫的理髮師，邊動剪刀邊說。他的妻子在後面整理毛巾。

「那天我去打工，幫人搬家，所以感覺有點可怕，不過沒事。」鏡中倒映出一張打哈欠的臉。

「鷗外同學，你有好好睡覺嗎？臉色很差耶。」

「啊，是。聽說關西那裡比較嚴重。」

「什麼？」

「剛才你說的暴雨。有些地區因大雨而被孤立了。我在新聞上看到，遠征來參賽的高中棒球隊聯手幫忙清掃淹水的人家。然後，有個男性偶像團體送物資過去，被炮轟是在作秀。」

「哦，人家說他們僞善。」

「我實在搞不懂。」

「搞不懂？」

「不管是捐錢還是做什麼，比如說援助缺錢的人，就會被罵成是僞善不是嗎？至少也會被說成有點僞善。」

「那是炫耀自己提供許多援助，其實要求回報的情況吧？爲有難的人做事，反倒造成對方困擾的情形。」

「可是，現在不是這樣，卻被說成想藉由做好事來賣名。打個比方，有人看到小孩子掉進河裡，心想『這時救了小孩子，我也許可以變成英雄』，然後跳進河裡救人，這算僞善嗎？」

「鷗外同學怎麼會想這麼複雜的事呢？不過，那算是勇敢的義舉吧，就算因爲這樣被捧成英雄也沒問題啊。硬要說的話，只有別人在看的時候才對老人好，平常卻虐待老人，這種雙面人才叫僞善吧。」

「不是有資源回收嗎？說什麼可以爲環保盡心力。我老家的盛岡鎮裡有個熱衷環保的阿姨，會努力回收保特瓶。不過，我聽說資源回收其實很多都會造成反效果。」

「以前也有客人說過呢。重新利用保特瓶會耗掉大量石油還是電力，成本很高，反而更浪費能源。」

「我覺得實際上是有可能的。所以有人批評那個阿姨，說她白費工夫，反倒破壞環境。」

「這樣啊，也有這種人。」

「像我爸就是。當然，他的批評也沒錯，所以我不是要責怪我爸。只是，就算眞的出現什麼對環保有幫助的回收方法……」

「先不論是什麼方法？」

「即使眞的有一天，發明出那種回收方法，我爸還是什麼都不會做的。絕對。而那個阿姨還是會協助回收。我無法斷定哪一邊才是對的，但我就是覺得那種沒神經地說『你自以爲是在做對的事，其實根本是在白費工夫』的人，只是想要找理由來正當化自己的怠惰罷了。」

「鷗外同學，你眞的很愛思考複雜的事。」

「我聽說回收玻璃瓶是有意義的。如果我爸的立場是『保特瓶回收沒用，所以我不做，但我會回收玻璃瓶』，我就能接受。因爲這符合邏輯。可是我爸……」

「說到底，什麼都不做。」

「對。我覺得叫囂著『僞善！僞善！』的人，只是覺得那些在做『好像是對的事』的人很煩。」

「畢竟實際上眞的有些人滿煩的。因爲我媽也是那種人。」理髮師之妻說。

「是喔？」

「聽到有人迷路，就拿著地圖衝過去。聽到地下鐵有視障人士，就跑去幫忙引導。聽到街頭有遊民冷得發抖，就買便宜的毛絨外套送過去。」

「眞是個好人。」

「會嗎？我覺得那是一種自我滿足。因爲沒辦法照顧那個遊民一輩子，如果眞的想幫人，應該先幫那個遊民找到工作才對吧？」

「那是國家的職責啊。」

「不過，如果沒收到毛絨外套，也許他會耐不住寒冷，努力找工作。對於不怎麼親近的陌生人是不可以隨便幫忙的。」

「頂多只能幫助身邊的人嗎？」

「唔，只要有錢拿，不管是什麼人，我都會幫忙剪頭髮啦。」理髮師說。

「理髮師對人的好處直接明瞭，真的很棒。」

「鷗外同學你才厲害。研究強力磁鐵，可以造福社會。」

「不，不是那樣的。」

「鷗外同學，你還好嗎？你看起來很累耶。」「有點……」「有點？」「沒事。」學生說完後，頻頻掃視四周，像在擔心監視器鏡頭的位置。他的臉上冒出黑眼圈，面頰瘦削。

三天後，這段影像依據錄影裝置的設定被刪除了。

「是大森鷗外嗎？」我握著方向盤說。

「你是指正義使者的眞實身分？」

「對。」如果歹徒以磁鐵當武器，研究強力磁鐵的學生就很可疑了。「他偷了樣品，銷聲匿跡，我覺得應該就是他。他可能和隔壁研究室的教授合作，利用磁鐵製造武器。」

「要是能查出他在哪裡就好了。」眞壁雙手按住後腦勺，「根據這種情況的常規做法……」

「是。」

「首先要調查鷗外同學的行蹤。最後見到他的是誰？剛才那女生說，她最後一次看到鷗外同學，是一個半月前看到鷗外同學離開研究室。要確定那個日期，可以向他的朋友打聽嗎？還是更直截了當地把他逼出來、引誘出來？」

「這是指……？」

「放出消息，說鷗外同學是危險分子，他就難以在社會上生存了。就像在山上放火，動物會耐不住熱而現身。或是準備對方會想主動現身的陷阱或誘餌，守株待兔。唔，不管哪一種，應該都不難。」

「等一下回署裡，要向藥師寺警視長報告大森鷗外的事嗎？」

「眞沒辦法，我本來還不想說的。」「這樣啊。」

「你知道開會和進行簡報時，絕對不可以做的是什麼事嗎？最不該做的，就是把準備的資料全部發表光光。」

「這樣不行嗎？」

「這麼一來，就沒有東西能在問答時間拿來講了。討論感想的時候也是，如果全部說光了，接下來就沒有東西可以說了。而且比起主動發表，在別人提問的時候毫不猶豫地回答，別人才會覺得你厲害。」眞壁鴻一郎說，不曉得有幾分認眞。「先不管這個，從我過去的經驗來看，回去的時候，藥師寺先生應該已使出強硬的手段。」

「強硬的手段？」

「把高中生佐藤誠人同學當成危險分子逮捕，要不然就是發布即將逮捕他的消息。他期待這麼一來，正義使者連身服男就會來營救佐藤同學。如果他肯聽我的建議，也許會抓來父親。唔，那樣也是可以啦，但我認爲再稍微布下陷阱，等歹徒上鉤，才是聰明的做法。」

「聰明的做法？」我想了一下，問道：「比如說，像金子教授的研討會陷阱？」

聽說以厭惡和平警察的金子教授爲中心，號召反抗軍，藉此揪出危險分子的策略，是眞壁鴻一郎提出來的，因此我認爲他聽到這個答案會開心，沒想到他的喜悅遠超出我的預期。

「啊，好答案！」他點點頭。「沒錯，正是需要那樣的巧思。不過，藥師寺先生很單純，就算沒把佐藤同學抓來，至少會把那個郵局人員帶來吧。他要抓過來審問。二瓶，你也知道吧？和平警察一旦鎖定對象，會做的事情只有一件。痛整對方，逼對方吐出需要的情報。不過，這次的情況有點麻煩，沒用。」

「沒用？爲什麼？」這半年來，身爲和平警察的一員，我進行審訊工作，很清楚審問的力量有多強大。「連身服男很堅強，難以讓他開口嗎？」

「相反。審訊力會造成反效果。」

什麼意思？我正想追問，車子已抵達縣警大樓。我將車子開到後門附近，先讓眞壁鴻一郎下車。他打開副駕駛座的車門，「啊，二瓶，你可以查一下這個嗎？」他從口袋掏出一疊卡片，將最上面兩張遞過來。「鷗外同學房裡的東西，拿給五島，看看能不能從戶頭查出什麼眉目。」

那是兩張提款卡，都銀和地方銀行的。我把車子停到停車場，進入大樓後，首先前往情報分析部。沒看到五島，所以我請其他調查員調查提款卡的資訊。

「把佐藤誠人帶過來。」我到會議室時，藥師寺警視長正在向眞壁鴻一郎宣布。不是商量，而是告知。部長和其他人都坐著，神情疲憊不堪。他們大概一早就在蒐集情報，從各種角度過濾蒲生義正和水野善一等人的資料，尋找共通點，因此累壞了。大螢幕上顯示了一些地圖和大頭照，與其說是篩選有所助益的資訊，更像是陳列所有資料後，卻一無所獲，只好丟在那裡。

「我再強調一次，對方是高中生。」眞壁鴻一郎面對藥師寺警視長時，依舊指出這一點。不曉得從哪裡拿來的，他握著一顆柔軟的皮球，也許是某人辦公桌上的東西。他緊緊捏住，像在享受觸感。

「那是小問題，以前也審問過未成年人。」

沒錯。我訊問過十幾歲的不良少年。對於那些裝模作樣、瞧不起大人的不良少年，我並不排斥在精神上摧殘他們、讓他們屈服，反倒是過去受到《少年法》的限制，飽受奈何不了他們的焦躁，因此就像累積的壓力爆發一般，同僚們都興高采烈地做著這份差事。但爲了釣出連身服男而審問佐藤誠人，我覺得情況有點不一樣。

然而，藥師寺警視長說明「不需要實際審問他，這完全是爲了引出歹徒」，我便接受了。

佐藤誠人被連身服男搭救。那個叫多田的高中生已親身證實。而且很可能像泉區黑松的草薙美良子之例，連身服男會在警方把人帶走的場面現身。以誘餌來說，佐藤誠人是恰當人選。

「我們會事先放出帶走佐藤誠人的風聲。」

「那是我的點子。」

「眞壁，你也知道，我們和平警察最擅長的——」

哼，藥師寺警視長的鼻子噴出一口氣，瞪著眞壁鴻一郎。「是情報控管，還有流言操作。」

「是虐待狂的調查方式。」

「確實是你們的拿手好戲。」

網路論壇、學校地下論壇、理髮廳、美容院、醫院、居酒屋——和平警察有時會像觀測氣球那樣，在這些地方放出風聲來觀察風向，有時也會爲了孤立特定人物而散播流言。和平警察有這樣的技術，並且透過實踐與分析，精確度與效率每天都在提升。前輩三好一開始戲謔地說「就像不管到哪裡，都能提供一模一樣服務內容的連鎖店員工訓練。要不要來份和平警察的調查手冊啊？」不過，當和平警察以遊擊隊的身分加入警方，確實帶來大量高效率、高成效的技術，令人咋舌。

「下星期。」藥師寺警視長斬釘截鐵地說：「和平警察手中有將縣內危險分子一網打盡的參考名單。下星期會一口氣帶走其中幾名。」

「是嗎？」

「我們會放出這樣的風聲。而且，不是沒有名單。在這宮城地區，告發危險分子的情報增加不少，其中包括佐藤誠人。」藥師寺警視長說。「我們會把這項情報散播到市內。不出一星期，市內只要是認識佐藤誠人的人，都會得知這件事。」

「佐藤誠人本人一定很難熬吧。消息當然也會傳進他的耳裡。他會很害怕……啊，對了，之前不是也有過類似的情況嗎？你們放出情報說要偵訊一個十幾歲的女高中生，結果害得人家自殺了。」

「那是胡說八道，我們跟她的自殺無關。」

「藥師寺先生，你就是那種口氣，上頭的人才會怕你。毫不反省，又那麼強勢。」眞壁鴻一郎在手上扔著皮球。瞬間，我們部長嚇得渾身顫抖：「這是什麼話！」藥師寺警視長板起臉孔。

「藥師寺先生，總之，不曉得佐藤誠人會採取怎樣的行動——不，可以預測到幾種可能性，但還是得考慮一下最糟糕的情況。」

「最糟糕的情況是，一直抓不到連身服男。眞壁，你拿宮城縣警寶貴的人力當地陪，在城裡轉了很久，有什麼收穫嗎？」藥師寺警視長依舊神情冰冷地說，但我察覺他的這種口氣不全然是在挖苦、諷刺、撂狠話，而是帶有披上鎧甲的戒心。或許藥師寺警視長比在場任何一個人都清楚眞壁鴻一郎的調查能力和敏銳直覺。

「藥師寺先生，我有個請求。」眞壁鴻一郎抓準了時機嗎？他稍微改變語氣。「一如以往，這是我的任性。」

藥師寺警視長的表情驟變。眞壁鴻一郎那句「我的任性」八成是招牌台詞，就像推理小說裡，偵探環顧齊聚一堂的嫌犯說著「好了，各位」，然後發表推理那樣。「什麼？」

「可以將東北大學工學院的白幡教授也列入逮捕名單嗎？」眞壁手中的球又飛到半空。

室內瞬間鴉雀無聲。緊接著，傳來敲打鍵盤聲。眾人急忙搜尋大學教授白幡是何許人物。換句話說，他們甚至還沒查到歹徒與磁鐵的關聯。

「那傢伙是誰？」藥師寺警視長問。

「他在工學院研究永久磁鐵。說到磁鐵，自然就得提到日本人。」

「磁鐵？」

「如果發明強力磁鐵，會對全世界造成多大的影響，這說來話長，我就割愛好了。藥師寺先生，你知道嗎？磁鐵和環保問題也有關係。總之，那名連身服男的武器應該是磁鐵，所以嘍。」

藥師寺警視長用力抿緊嘴巴，像在忍耐，不能由衷佩服地說「原來那是磁鐵啊」。「白幡教授就是歹徒嗎？」

「就實際見到的感覺，十之八九——不是。他連汽車駕照都沒有。不過，就算沒有駕照，應該也會騎速克達吧。」

「那他跟這件事有什麼關係？」

「他的研究室裡，有個碩班的學生失蹤了。」

「碩班的學生？那傢伙很可疑嗎？」

「他叫大森鷗外，是盛岡人，但有一陣子沒回去租屋處了，實在令人擔心。」

「為什麼不早說？」「說什麼？」「大森這個人。」「我剛剛不就說了嗎？」「我是說要更早。那是一到這裡就要立刻報告的事。」

「這要看立刻的定義嘍。」

「為什麼要逮捕教授？教授知道那個學生的下落嗎？」

「藥師寺先生，你的直覺變遲鈍了嗎？不是的。就跟佐藤誠人一樣。」

「意思是……？」不知不覺間，刑事部長站到我的旁邊。

「如果大森鷗外同學是連身服男，他就會現身營救教授。」

「等一下。」藥師寺警視長蹙眉，「你是說，他不會救佐藤誠人？跟公車路線，還有郵務車追撞事故的關聯呢？教授也搭那班公車嗎？」

後方操作電腦的調查員已陸續查到白幡教授的資料了，傳來報告聲：「沒有。」

白幡教授好像住在八木山南郊，即使搭公車上班，路線也完全不同。

「你要否定公車路線的可能性嗎？」

「不，藥師寺先生，這是『兩面聽』啊。」眞壁鴻一郎把皮球從右手丟到左手，再丟回右手，擲來擲去。「藥師寺先生自己不也說了嗎？兩面戒備。我也不曉得哪一邊才對。兩邊都有可能。當然，佐藤誠人被救過一次，所以連身服男來救他的可能性很高，但如果大森鷗外跟這件事有關，他不救白幡教授就很怪了。難以確定是哪一邊，所以兩邊都下注就行啦。又沒規定只能賭一邊。」

藥師寺警視長沉默不語，直盯著眞壁鴻一郎。「調查大學教授白幡的資料。」他對眾職員說。

「他叫白幡和夫。」後面傳來話聲。不愧是負責情報蒐集的調查員，動作神速。

「當天要分散人員，監視可能的人物嗎？」刑事部長哈腰奉承，口氣聽不出是商量還是建議。

「藥師寺先生，這麼說來，郵務車的司機怎麼了？」眞壁鴻一郎問藥師寺警視長。

「什麼叫怎麼了？」

「那個郵局人員，你們應該抓來了吧？審問之後得到情報了嗎？」

「人才剛帶來。」雖然這麼說，但藥師寺警視長的表情不太好看，顯然是被戳到痛處了。

「要是你們認眞起來，會搞到得不償失的。千萬別做過頭啦。」

「你想說什麼？」

「凡事最重要的就是平衡。動物和昆蟲也因爲有許多種類，才能相處融洽。天敵和擬態的問題也是，如果系統中只有一方永遠都能贏，那就會失衡。如果獅子永遠都能吃到斑馬，世上早就沒有斑馬了。就是有贏有輸，才能維持平衡。」

藥師寺警視長臭著臉應道：「別在那裡扯些不相干的廢話。」

「大有關係啊。總之，我去看看郵局人員怎麼了。」

眞壁鴻一郎聳聳肩，同時身體猛地一動。

只見他上半身扭轉，手中的皮球已扔向藥師寺警視長。

由於事發突然，我連叫都叫不出。

高速球好似命中藥師寺警視長的胸口，但實際上沒有。千鈞一髮之際，藥師寺警視長把旁邊的刑事部長拖到自己身前。球打在被拿來當盾的刑事部長肥碩的身體上，「咚」一聲彈開。

「藥師寺先生眞厲害。」眞壁鴻一郎揚眉，佩服地說。離開會議室後，「最好別待在藥師寺先生附近。」眞壁鴻一郎對我笑道：「那個人爲了保護自己，什麼事都幹得出來。」

我想起藥師寺警視長曾拿部下擋子彈的傳聞，再次暗想：原來傳聞所言不虛。

眞壁鴻一郎帶著前往職場休息室的輕鬆態度跑到偵訊室。也就是進行郵局人員——貝塚萬龜

男的審問房間。靠近門口時，三好正巧從裡面走出，說道：「噢，二瓶。」

「貝塚怎麼了？」「啊，唔。」三好含糊地蹙起眉頭，「不曉得那傢伙是不是歹徒。」

「你逼他自白了？」眞壁鴻一郎從旁插話。

三好露出不爽的樣子，但還知道要冷靜，沒有頂撞警視廳派來的優秀調查官。

開門一看，有張桌子。和平警察的調查員坐在那裡，他注意到眞壁鴻一郎，立刻站起。貝塚萬龜男低頭縮肩。頭髮有些稀薄，大概五十多歲。戴著一副方框眼鏡，臉頰渾圓。

「小龜，初次見面，我叫眞壁。」眞壁鴻一郎發出乒乒乓乓的聲響，坐到椅子上。

瞬間，貝塚萬龜男深深垂下頭，開始道歉：「是我幹的，請原諒我。」他的身體在發抖。但眞壁鴻一郎完全不以為意，「呃，可以一題一題來嗎？」他用幾乎要勾肩搭背的親熱態度說：「半年前，你在開車的時候撞到公車，這是眞的嗎？」

「啊，是，對的，沒錯。」

「公車上的乘客把你救出來，是眞的嗎？」

「啊，是，沒錯。」

「是這上面的人嗎？」桌上擺著蒲生義正和草薙美良子的照片。想必是從證件資料庫拿到的吧。角度都一樣，是正面照。

「我剛才也回答過了。」貝塚萬龜男提心吊膽地伸手指著照片。他食指的指甲上有條血痕。

約莫是三好用針刺的吧。「我記得這位蒲生先生，其他就……」

「喂。」我旁邊的三好沉聲說。

「啊，對不起。」貝塚萬龜男一震。「不，其他這幾位大概也是。」

「所以你對他們感激在心吧？」三好說，貝塚萬龜男立刻應道「是」。但眞壁鴻一郎伸出手掌制止，「沒關係，不用勉強。」他說。「從剛才的回答來看，小龜其實記不清楚，對吧？當時也沒空在乎是誰救了自己嘛。」

貝塚萬龜男沒有回答。

這時，眞壁鴻一郎站起來。「二瓶，他跟這件事無關。」他說。「好好向藥師寺先生報告，說郵局人員是無辜的。」他拍拍三好的肩膀。「喏，你仔細看看小龜。他像是那種會拿著武器，闖入和平警察大本營，屠殺刑警的英雄嗎？」

經過走廊的時候，腳步聲從後面追趕上來。回頭一看，是五島。

「二瓶，這個。」他遞出我剛才交給調查室的兩張卡片。

「啊，你幫我查了嗎？」眞壁鴻一郎迎接似地張開雙手。

「不，這些卡片的磁紀錄都壞了，無法讀取。」

「咦？」

「卡片不能用了。」

「磁紀錄啊。是被強力磁鐵弄壞的嗎？」眞壁鴻一郎想通似地點點頭。「也許鷗外同學不小心把磁鐵塞到皮夾附近了。」

我用卡片上的帳戶拿到交易資料，五島說。

「晚一點拿給二瓶就行了，可以把資料弄成能在平板電腦上看的檔案嗎？」

好的，五島答應。

「還有，五島，有市內計程車的行車記錄器資料嗎？」

「有的，和超商還有理髮廳的監視器一樣，都有提供。」

「保管期限多長？」

「有些業者最長會保留一個月，但大部分是三天或一星期。理髮廳和美容院因爲工會很囉唆，大部分是三天。超商比較配合。」

監視器的錄影畫面儲存需要硬碟空間，大多數都是每天覆蓋新的資料，要不然就是只儲存發生問題時的前幾分鐘。不過隨著和平警察設立，國家對各行業者依據監視器資料的保存期限發放補助金之後，情況就改變了。雖然也有批判聲浪，認爲這是要民間業者擔負起警察的功能，但實際上由於民間業者扛起這個角色，使得治安好轉，因此並未受到嚴厲的挑剔——我是這麼認爲。而且民間業者只是保存影片，在警方要求時提供而已，對業務不會造成影響。

當然，我明白這只是表面說法。爲了讓警方得到危險分子的相關情報，店家要提供監視器資料是一種負擔。更重要的是，各家業者的顧客資料落入我們警方手中。

站在理髮廳的立場，與重要顧客的對話內容被警方聽到，即使只是閒話家常，應該也不是件舒服的事。計程車司機也是，批評公司的壞話被錄下來，心理上想必不好受。合約中標榜「僅使用與目標對象事件有關的情報，無關的資料將全部刪除」，但對我們警方來說，幾乎沒有任何資料能夠斷定「與目標對象事件無關」。就算當下沒用到，很多時候也可以用來篩選出其他危險分子。

「那可以用鷗外同學的照片比對一下影片嗎？」

「鷗外同學？」五島露出「簡單解釋一下」的表情看著我，我粗略地說明「是重要關係人」。因爲下落不明，眞壁鴻一郎想要透過監視器影片來追查他的行蹤。

「跟藥師寺先生說一下就拿得到鷗外同學的照片。如果你願意幫我們調查就太感激了。」

「得花點時間，但我會查。」

「還有——」

「是。」五島應該在想「還有喔？」，但沒有表現在臉上。

「有沒有什麼關於正義使者的新消息？上次的高中生佐藤同學，他派上很大的用場。」

「雖然有很多情報，但經過過濾，每一個都不是。全都與連身服男無關。」

「既然這樣，從磁鐵進攻好了。」眞壁鴻一郎瞥了我一眼。

「磁鐵？」

「比方說，有沒有提款卡的磁紀錄突然壞掉不能用？」

「那是……」我想確認他的意思，「受到磁鐵的影響嗎？」

「對。卡片因爲強磁損壞，錯不了。若鷗外同學隨身帶著磁鐵，周圍可能受到波及。」

「什麼意思？」

「譬如說，地下鐵列車上坐在鷗外同學旁邊的乘客，提款卡可能受到磁力影響而不能用了。以可能性來說啦。如果蒐集這類狀況，或許查得出他的行蹤。」

「好的。」五島回答後，接著說：「這麼說來，我同梯的朋友現在以支援部隊的身分加入和平警察的調查工作。」

「眞辛苦。」

「訪查的時候，他碰到可疑的民眾。」

「可疑？」

「是的。第二大樓遇襲的那一晚，他在跟蹤可疑男子。調查之後，發現跟連身服男的特徵有許多吻合之處。」

「哦？」眞壁鴻一郎露齒而笑。「那樣的話，或許可以利用金子研討會的策略，假裝邀請他：請和我們一起攜手對抗和平警察吧！」

「是不是該向藥師寺警視長報告？」

「不必連這點小事都拿去煩他吧，只要做出成果就行了。」

「是嗎？」

「就是這樣。」眞壁鴻一郎滿足地點點頭。「這麼說來，我總是想……」

「想什麼？」五島和我的聲音重疊在一起。

「喏，電影裡，主角不是會打倒敵人嗎？不光是打倒，還會奪走敵人的性命。」

「會呢。」

「最後，主角歷經九死一生的險況，活了下來，皆大歡喜，但我總覺得明明主角殺了那麼多人，故事卻那樣歡樂地結束，實在很奇怪。」

「這是在說什麼？」我忍不住問。「可是，被殺掉的敵人是壞人啊。」

「就算是敵人，帶頭老大也就罷了，那些手下——這樣說也有點怪，但他們只是在盡忠職守啊。基於他們各自的思想和使命感。」

「呃……」

「簡而言之，正義的一方迎接快樂的結局，就像戰國武將明明殺了一堆敵對陣營的士兵，卻得意大笑一樣。這讓人忍不住遙想起，那些即使讀教科書也難以想像的殘酷殺戮。」這是在揶揄和平警察嗎？我猜想，但出乎意料，眞壁鴻一郎肯定地說：「這樣看來，和平警察所做的事也不算壞事了。」

理髮廳的監視器捕捉室內景象。店門面對四號街，監視器就在東側的牆上，呈半球狀，裡面的鏡頭會定期轉動，掌握理髮廳內的狀況。

牆上的月曆翻到七月。

三張並排的理容椅中，只有中間一張坐著客人。

「鷗外同學，你的頭髮變得滿長了。」理髮師邊動剪刀邊說。「依舊很忙吧？你還好嗎？看你散發出一股睡眠不足之氣。」

「氣？睡眠不足的人應該發不出什麼氣吧。」

「你還有力氣抬槓啊。」

「咦，今天只有老闆一個人嗎？」

「我老婆休息。她最近眩暈有點嚴重。」

「眞令人擔心。」

「這工作得一直站著嘛。她從以前就有點貧血。」

「要一個人從剪頭髮到刮鬍子一手包辦，感覺好辛苦。」

「很奇怪呢，沒客人的時候，就半個也沒有；有客人的時候，一定不只一個。怎麼不分散一下？如果我老婆照這樣休息下去，也許暫時歇業，才不會砸了自己的招牌。」

「那就麻煩了。要換掉習慣的理髮廳，可是個大問題。」

「嘴上這樣說，其實一下子就會跳蹧到別家理髮廳或美容院，對吧？」

學生的回答沒有被麥克風錄到。理髮師雙手運用梳子和剪刀，理著頭髮。

「鷗外同學，要是突然打瞌睡，理容的時候會很危險，你忍耐一下。」

「好。」在剪刀剪斷髮絲的清脆金屬磨擦聲中，一會後，客人出聲：「呃……」鏡中學生的黑瞳失去重心，左右搖晃著。

「啊，劉海剪太多了嗎？」

「不是。不，沒事。」

「除了借錢，什麼事都好商量。」

「呃，不……」

「難道眞的是缺錢？對不起。」

「不，呃，我說過在研究室，會偷偷接外面的委託進行開發，老闆還記得嗎？」

「外面的委託？哦，美國委託製造匿跡材質什麼的？」

「是的。」

「有這麼一回事呢。可是鷗外同學很小心，不會做那種事，不是嗎？」

「不是我，是我們教授。」

「你還說隔壁研究室的教授會接。」

對話又中斷，只聽到剪刀的聲音。理髮師在椅子周圍俐落地移動著。黑髮散落地面。

「那種事算是犯罪嗎？」

「那種事是指哪種事？」

「製作危險的武器。」

鏡中倒映出理髮師笑出來的表情。「如果是危險的武器，那當然很糟糕吧。」

「就是說啊。」

鏡中的年輕人神色疲憊萬分，噤聲不語。

剪好頭髮，理髮師解開圍巾，讓年輕人站起來。拿刷子掃去沾在衣服上的頭髮，摩擦布料的聲音彷彿逐漸堆積在店內地板上。在櫃檯結完帳後，理髮師開口道別：「再見，要好好睡覺啊。」轉向四號街的監視器鏡頭邊緣捕捉到這一幕。

像是前腳出後腳進似地，來了一個穿西裝的客人。「歡迎光臨。」

三天後，這段影片依據錄影裝置的設定被刪除了。

當天一定會到來。

這是我在警察現場，尤其是菜鳥刑警時期，長官說過的話。幾天後就會逮捕，幾月幾日嫌犯會出現在某處，幾時會收到犯罪預告。這種時候，即便認爲那還是很久以後的事，時間也會一分一秒過去，「當天」必定到來。所以要繃緊神經，不浪費一分一秒，長官的話是這個意思。

這一次也是，「當天」來了。縣警的調查會議辦公室裡，聚集了三十多名調查員坐在椅子上。除了進駐宮城縣警總部的和平警察成員，還有從縣警搜查一課、二課、三課調來的支援人手。這是縣警總動員的一大盛事。

「哎呀，二瓶，你覺得會是哪一邊？」注意到的時候，從後方颯爽登場的眞壁鴻一郎已坐到我旁邊，湊過來問。

「哪一邊？」

「正義使者會救佐藤誠人還是白幡教授啊。要不要來打個賭？」

坐在會議室最前面的藥師寺警視長，正在說明誘敵策略。

召集成員分爲「北隊」和「南隊」兩隊。北隊帶走佐藤誠人，南隊帶走白幡教授。

名單上還有別人，但那些都是幌子，只會派少數幾人前往帶人。

「歹徒很可能與其中一方有關。要求嫌犯同行的時候，或是把人帶到這裡的途中，歹徒會現身阻止。這次作戰，就是希望誘出歹徒。」

「要是沒出現，那就讓人失望透頂啦。」眞壁鴻一郎用只有我聽得到的音量，小聲挖苦，不曉得有幾分認眞。

「帶人的消息已傳播得相當廣。只要歹徒住在市內，過著一般生活，有相當高的機率已聽到這個傳聞。」藥師寺警視長說道，他前面的西裝男聞言站起，在正面螢幕上調出幾張圖表，反映出這一個星期以來消息滲透到什麼程度。有逐漸爬高的折線圖，以及重疊在一起的有色圓形、類似集合文氏圖的資料。散播消息的時候，首先選擇釋出訊息的據點。人有著「想要把有趣的事情告訴別人」的欲望，因此要對訊息加油添醋，好製造傳播動機，譬如說「高中生佐藤誠人看起來是個認眞的學生，其實跟那起未破案的女高中生殺人命案有關」，像這樣加工，然後散播：「所以他才會被和平警察逮到。」接下來定點定期持續觀測，掌握人們有多大的比例知道這則傳聞。

報告中提到，一如圖表所顯示，利用和平警察的情報操控技術，得知今天抓人消息的民眾人數逐步增加。雖然傳聞內容被加油添醋、微妙扭曲，但重要的元素，像是日期、對象等資訊，並沒有偏離太多。接著說明發下去的資料。上面記載著佐藤誠人的身體特徵、已掌握的個性、運動經驗、家庭成員等。關於白幡教授——白幡和夫，也列舉了相同的資料。

「今天白幡和夫已離開太白區青山的住家，抵達工學院校區，上午將對工學院學生授課。下午沒課，留在研究室。」一名刑警說明，正面螢幕上出現校園地圖、教室和研究室的平面圖。「下午兩點，我們南隊會前往研究室，要求白幡和夫同行。接下來從青葉山往川內方向前進，經過沖之瀨橋，在西公園的十字路口左轉。」刑警說著，地圖出現，光條顯示警車的路線。

「如果歹徒想要避免在市區引發混亂，應該會在工學院的校地，或是剛離開校地的青葉山一帶，或是仲瀨橋等不會波及閒雜人等的地方展開攻擊。」藥師寺警視長接著說。

「然後是佐藤誠人。」另一名調查員出聲說明。「今天他本來應該在高中上課，但從昨晚開始，他們一家人就住在泉岳山腳下的小木屋。」

「打算逃亡嗎？」有人低聲粗魯地問。

「本人和家人是這麼打算，但其實是我們誘導他們過去的。」

刻意放出情報，在市內散播傳聞，當然會傳入當事人的耳中。「佐藤誠人好像是危險分子」、「聽說他最近就會被警察帶走」，佐藤誠人和他的家人也知道這些事。驚慌失措的他們可能逃亡到別處，為了防堵意外的情況發生，警方趕在他們擅自移動前，率先提供他們藏匿處。這是和平警察的老招數了。不曉得是收買佐藤誠人的親友，還是威脅利誘，總之利用會讓對方心動的說詞，把他們引誘過去：「雖然不知道警察要來帶人的傳聞是真是假，但當天最好不要待在家裡吧」、「聽說如果對象不在家，和平警察會重新調查」、「待在我知道的小木屋會不會比較安全？」而佐藤誠人的家人上鉤了。

拜此之賜，警方成功阻止佐藤一家自行逃亡，讓住宅區免於陷入混亂。

「這是從泉岳小木屋帶人的路線。」調查員說完，螢幕就像剛才那樣在地圖上顯示路線。

「二瓶，那條直線道路滿厲害的。」眞壁鴻一郎的口氣就像邊看棒球賽邊閒聊。

「這是根白石直線道路。雖然是雙向單線道，但周圍都是田地。是長達三公里的直線道路。」

「三公里的直線道路啊。感覺大家都會飆車。」

「即使在市內，應該也是車子可以開到最快的一條道路吧。若取締超速，一定能一網打盡，而且視野寬廣，反而很難逃脫。」

「原來如此，無懈可擊。」

「這叫無懈可擊嗎？」

調查員繼續說：「和南隊一樣，我們北隊會在下午兩點前往小木屋，要佐藤誠人同行。」

「如果他的父母抵抗怎麼辦？」年長的調查員徵詢意見。

「連父母一起帶走。這樣也許歹徒會更拚命。」藥師寺警視長冰冷地回答。「還有，眞壁，我們照你說的撒下誘餌了。」

「誘餌？哦，把消息散播給歹徒候補了？」

「是啊，調查員在市內找到幾名可疑人物。」

「這我也做了。」眞壁鴻一郎回嘴，像個不服輸的小男孩，實在好笑。

「你做的事，反正就跟採集昆蟲沒兩樣吧。總之，如果不出我們所料，敵人會出現在今天帶人路線中的某一處。」

「我會祈禱眞是如此。誰的魚竿能釣到魚？眞教人期待。」

「歹徒出現的話，要怎麼處置？」我問。

藥師寺警視長收起下巴，「逮捕，帶來這裡。」

「那樣一來，就可以用審問來發洩積怨，還可以公開處刑，以儆效尤嘛。」眞壁鴻一郎用只有我聽得到的音量嘀咕。

「但對方不可能乖乖就範。如果抵抗，我們會適當應對。喂，眞壁，你的話可信吧？」

「我說了什麼嗎？」

「歹徒使用強力磁鐵做成的武器嗎？」

「藥師寺先生自己不也確信嗎？喏，你還抓了大學教授來吧？白幡教授以外的教授。」

大森鷗外是不是從白幡研究室偷了磁鐵樣品，拿來和隔壁研究室的教授聯手開發武器？

這是眞壁鴻一郎和我調查之後歸納出的想法。當然，這件事已向藥師寺警視長報告。藥師寺警視長立刻把那名教授帶來審問。教授承認和大森鷗外用磁鐵製造出某種道具——教授自己稱爲「道具」，還招出本來預定要跟以前承包過案子的團體交易。但教授並不知道更多內幕，只說：

「大森鷗外拿了那道具，人就不見了。」

「拷問過頭，把那教授整到休克死亡，是藥師寺先生的責任喔。結果搞到連大森鷗外同學打算在哪裡跟誰交易都不曉得了。」

藥師寺警視長難得當場語塞。確實，在審問中害死那名教授，實在教人跳腳，但運氣不好也是事實。明明不是多嚴厲的審問，但教授心臟有宿疾，調查員什麼都還沒有做，他就嚇個半死，突然痛苦萬分，口吐白沫，一命嗚呼。

「幸好那教授是個鰥夫，獨居又沒親人，你們打算趁著發生事故時，把屍體混進去，對吧？」眞壁鴻一郎開心地說。實際上，我也聽說教授的屍體交給刑事部長保管了。

藥師寺警視長沒有回答，只下達指示：「我已傳令下去，所有人都不許佩戴會對磁鐵起反應的金屬物件。」眞壁鴻一郎也沒再說什麼。

「手槍也是嗎？」一名調查員確認道。

配給的手槍有幾種，其中也有合成樹脂槍身，但槍口和擊捶、板機大多是鐵製的，會對磁鐵起反應。肥後等人在那麼近的距離射偏，可能是因槍口受到磁性吸引而搖晃。

「螺絲零件可能也會對磁鐵起反應，最好別帶。」

那麼強大的磁力嗎？調查員們詫異得不住眨眼。

「這是爲了愼重起見。我也沒看過那種磁鐵的實物。」眞壁鴻一郎說。

「所以，這次主要使用手槍以外的特殊警棍和鋼叉。」

調查員的表情都很不安。我也是。因爲不知道這樣的武器能夠對抗歹徒到什麼地步。

「鋼叉上也有金屬零件。」

「總比手槍安全吧。手槍的話，弄個不好會射到自己人。」

藥師寺警視長繃著臉，丟出一句：「以上，解散。」

「二瓶，你是哪一邊？」我正要離開會議室，眞壁鴻一郎追上來。

「南隊。白幡和夫那邊。」

「這樣啊。不過我希望你幫忙查別件事。」

我猜一定是麻煩事，於是擺出「我很爲難」的表情，也實際說出口：「我很爲難。」

「沒關係啦，沒關係啦。」眞壁鴻一郎不肯退讓，「藥師寺先生那邊我會去說。」

「別件事是什麼事？」

「硬要說的話，不是南也不是北，是東邊。仙台市東邊，海邊有處娛樂設施，那裡有保齡球館和電影院。」

「那裡怎麼了？」

「我接到五島的聯絡，說那邊的監視器拍到了。」

「拍到什麼？」

「鷗外同學啊。進行掃描比對以後，好像找到他了。」

「他現下在那裡？」我就要起身，準備衝去逮人。「不久前啦。大概一個月以前。」眞壁鴻一郎這麼說。「那裡的監視器，每隔一個月會覆蓋舊檔，差點就要過期了。總之，鷗外同學下落不明後，曾路過那裡。」

「那麼久以前，現在過去也……」

「沒意義。沒錯。我收到五島的報告後也一直擱著沒管，但昨天又收到別的情報。」

「什麼情報？」

「大概一個月前，有人在定食店想用信用卡付帳，磁條卻壞了。好像是個上班族。五島做事很周全，也幫忙蒐集卡片失靈的情報。那個上班族說，他皮夾裡的卡片全壞了，而且那跟娛樂設施監視器拍到鷗外同學是同一天。雖然時間一前一後，不過那家定食店離設施很近。」

「鷗外同學去了定食店，把那個上班族的卡片弄壞了，是嗎？」

「應該不是故意的，也許他身上帶著磁鐵，不小心放在隔壁座位的上班族公事包附近。」

「只是這樣，卡片就會壞掉嗎？」

眞壁鴻一郎微微挑眉，「新發明的磁鐵威力就是那麼強大吧。總之，二瓶，你去追查那邊啦。」

「今天嗎？」

「若順利查到鷗外同學的下落，我們就可以在鷗外同學變身連身服俠之前，搶回佐藤誠人，了結這件事。」

「我不認爲今天能找到他。」

「不揮桿就不會進洞。」

「什麼？」

「打高爾夫球的時候，最後不是要推桿嗎？就像那個啊。不揮桿，球就不可能進洞。凡事都得試試看才知道。就像不買彩券，當然不可能中獎。」

我並不想進行被比喻爲彩券中獎的調查，但還是決定聽從眞壁鴻一郎的指示。我被眞壁鴻一郎帶回藥師寺警視長那裡，說明情況，得到他懶洋洋的一句：「隨便你。」畢竟就算少我一個，對作戰計畫也沒有影響——認清這個事實，其實我有點受傷。

「先不管這個。」藥師寺警視長轉移話題，「眞壁，如果遇到緊急狀況，我會炸掉車子。」

「要在車上放炸彈嗎？」

「只有陷阱車會放。萬一碰上我們束手無策的情況，這也是逼不得已。要是讓歹徒跑了，面子會丟光。」

「面子？我反對這麼做。如果爆炸，東西會炸到難以分辨。名古屋不是也發生過類似的事嗎？炸掉逃走危險分子的車。」

「這次的狀況不一樣。事關警方的威信。」

這時，一旁的刑事部長驚慌失措地走上前，隨即又退後一步。「抱歉，是我提議放炸彈的。」哦？眞壁鴻一郎聳聳肩，彷彿這麼說。

「對了，娛樂設施的監視器拍到大森鷗外，是何時的事？」藥師寺警視長看向眞壁鴻一郎。

「約一個月前。」

「那麼久以前？」

「光是有留下影片檔就該偷笑了。畢竟理髮廳的監視器資料只保留三天。」

「像計程車公司，很多地方都一天就覆蓋過去了。」

「他們不太配合和平警察呢。」眞壁鴻一郎嘆道，不曉得有幾分眞心。

「二瓶，你千萬別給長官惹麻煩啊。」刑警部長這麼叮囑。圓胖身體散發出息事寧人主義。麻煩？他擔心造成誰的麻煩？我目瞪口呆，仍應聲「是」。

「哎呀，你們那裡的部長眞有個人特色。」眞壁鴻一郎通過走廊時對我笑道。那就像自己的事一樣令我羞慚萬分，但也不好說上司的壞話。忽然間，我想起兩天前，在自家附近晨跑的事。

「其實我在河邊看到部長。」

我看到玩投接球的人影，心想這麼早，眞是勤勞，不料定睛一看，其中一人竟是部長。在跟小孩子練習棒球嗎？我心想。但部長沒對手，只擺了一台玩具投球機般的裝置，獨自練習。部長拚命接不怎麼快的塑膠球，模樣十足滑稽。

「是喔？」眞壁鴻一郎愉快地瞇起眼睛。

「而且不是練習用手套接，而是用身體擋。」我蹙起眉頭。

「啊，是那個啦。」眞壁鴻一郎的表情一亮，只差沒彈手指。「是在練習那個吧？」

「練習怎麼爲上司擋子彈嗎？」雖然覺得不可能，我卻甩不掉這種想像。

眞壁鴻一郎點點頭。「做事這麼徹底，讓人很有好感呢。」他欽佩地說，我益發感到羞恥。

「那是很久以前的事了，印象十分模糊。」那名上班族叫伊東勇樹，二十多歲，看上去是個每天設法從微薄薪水中擠出零用錢花用的年輕人。「卡片不能用的時候，我眞是慌了。腦袋整個空白，有一瞬間心想：啊，我們公司倒閉了嗎？明明就算公司倒閉，我的信用卡也不會被凍結。」

他笑道，把海膽軍艦壽司放入嘴裡。

這裡是仙台新港附近一家迴轉壽司店的四人座桌位。現在是平日白天，還不到中午，幾乎沒有一般客人或上班族。伊東正在跑外務，對於警察——也就是我，突然聯絡並找他出來似乎並不驚訝，指定在這家迴轉壽司店碰面。

「你的皮夾放在哪裡？」

「皮包裡。」

我取出紙張。這是事前準備好，類似手繪平面圖的東西。「這是定食店大略的格局。來之前我去了那裡一趟，畫出簡圖。有吧檯座位、桌位和包廂，伊東先生坐在哪裡？」

「那是很久以前的事了，而且我常去定食店，不記得了。」

「坐在隔壁的是這個年輕人嗎？」我操作放在桌上的平板電腦，調出照片。這是大森鷗外的照片。有學生證照，其他則是參加白幡研究室舉辦的旅行時的放大照片。

「這是誰？」

「我們認為那天晚上這個人也在定食店，就坐在伊東先生你的旁邊。」

「如果他坐在我旁邊，會怎麼樣？」他抓起比目魚鰭邊肉壽司沾上醬油，放入口中。比起我問的問題、照片上的人是誰，他對怎樣才能吃下更多食物更感興趣。

「這人本來住在八木山附近，現在失蹤了。他可能與重要案件有關，警方正在找他。」

「我平常都坐這邊的吧檯座位，而且是角落。如果那時候人不多，我應該也是坐在這裡。」

他指著平面圖說。店內有圍繞料理區的L型吧檯，邊角似乎是他心中的指定座位。「這個人沒有什麼特徵嗎？可以讓人想起來的特徵。」

「他隨身帶著特殊的裝置。類似強力磁鐵的裝置。」

「磁鐵？」

「非常強力的磁鐵。伊東先生的卡片會失效，恐怕是受到那磁鐵的影響。」

「卡片失效？你說磁力弄壞了卡片？可是，卡片放在我皮包裡的皮夾。」他伸手要拿醬油，停頓了一下。「啊，這麼說來，那個時候我一直東倒西歪的。」

「東倒西歪？」

「要去廁所的時候，還有坐著的時候也是，總覺得有人拉著我的腰，害我跌跌撞撞的。我本來以爲是前天喝的酒還沒有退，或是自己的腰腿不行了，不過如果像你說的，是被磁鐵拉扯的話，感覺也像是那樣。可是，磁鐵會吸身體嗎？」

「會不會是皮帶？」

「啊，皮帶。」伊東翻起上衣看腰部。他的腰帶上有許多金屬環。「這個嗎？」

「可能它和磁鐵起了反應。」

「什麼！」伊東拉扯並按壓皮帶，就像在檢查腰部贅肉。「居然有這種事嗎？」

我一邊解釋，卻也難以相信磁力眞有那麼強大。如果不知道是受磁鐵影響，也難怪他會覺得是自己醉得搖搖晃晃。但我能想像，如果磁鐵的威力徹底發揮，肯定會造成更大的影響，因爲隔了一層皮包，距離最近的伊東才只是感覺搖晃而已吧。

「啊，抱歉，是同事打來的電話。」伊東手邊的智慧型手機震動了。

「請便。」我應道。他說聲「抱歉」，離開桌位往店門口走。

我暗暗思考：沒辦法從他那裡問出更多情報嗎？該提出怎樣的問題才好？我不禁想像，如果是眞壁鴻一郎，他會怎麼推動對話。應該不是心電感應，我的智慧型手機響了。一看是眞壁鴻一郎，我立刻接聽。

「二瓶，你那邊怎麼樣？」

「我見到伊東勇樹了，正在跟他談。他應該是在定食店受到磁鐵影響沒錯。你那邊呢？」看看時鐘，是開始帶人的時間了。

「這邊是在小木屋，正讓佐藤誠人上車，準備返回警署。」

想想行程，意外地快。「沒有抵抗嗎？」

「母親抵抗得很凶，差不多半瘋狂，或者說幾乎瘋狂了。母親都是這樣嗎？」他的口氣像在說笑。「不過解釋之後，她接受了。還是該說，硬逼她接受？」

「眞壁先生現下在哪裡？」

「你用平板電腦打開實況直播。」電話另一頭下達指示。

「咦，好。」我點選平板電腦畫面上的程式，馬上接到眞壁鴻一郎的來電。這是調查員之間使用的視訊應用程式。但在全螢幕上出現的不是眞壁鴻一郎，而是車中景象。畫質很差。一會後，我發現那是他的視點。手機傳來聲音：「我耳朵上戴了轉播鏡頭，看得到嗎？」他指的是耳掛型耳機，同時附有小型鏡頭的裝置，可以無線傳輸影像和聲音。這是從警車後座往前看的畫面，看得到駕駛座的椅背。我取出耳機插入平板電腦，收聽那邊的聲音，並把手機關了。

「佐藤誠人坐在前面那輛車子，看得到嗎？」

畫面偏離，變成從椅背之間看著前方。擋風玻璃另一頭不是警車，而是家庭用休旅車。現下在哪裡？眞壁鴻一郎說「GPS上也有地圖」，彷彿搶先看透我的心思。我急忙按下程式邊角的圖示。地圖畫面並排在旁邊。地圖上，紅點慢慢移動。看得出正從泉岳南下，行駛在曲折的馬路上。

「快到根白石的直線道路了。」我說道。我的耳機附有麥克風功能，只要說話，對方就能聽到聲音。

根白石的直線道路長度將近三公里，沒有號誌，周圍也沒有任何建築物和岔路，是一條筆直的路，視野非常良好。一名調查員說，如果歹徒發動攻擊，應該會是在這裡，但我持不同意見。周圍只有農田的雙向單線道直線馬路，對於移送重要人物的我們來說，確實是毫不設防、沒有牆壁和遮蔽的赤裸狀態，但對方也一樣。如果在那條直線道路攻擊警車，即使成功奪回佐藤誠人，逃走時也將無所遁形，除非利用直昇機，或像令人懷念的怪盜二十面相（註）那樣坐熱氣球逃走，否則很快就會被追上了。

換成是我，就不會在那裡動手。

我看著平板電腦的直播影像，彷彿自己也在車上。車子拐過幾條小徑，前往南方。

「南隊現在怎麼了？」

「白幡教授也被帶走了。剛才那邊的小隊報告過了。現在正經過青葉山。那邊有你們的部長，應該也可以看到實況。」眞壁鴻一郎說，把播放南隊實況的ＩＤ告訴我。我將實況畫面分成左右兩邊，觸摸左邊，選取符合的ＩＤ。那邊也是車內的畫面，但搖晃得很厲害。

一時看不出是什麼狀況。一會後，鏡頭固定在副駕駛座的人物視點，應該是部長的，我這才察覺剛才是部長在回頭看。車子後座，白幡和夫坐在調查員旁邊。他已做好心理準備，還是嚇得魂飛魄散？他神情茫然地看著外面。

畫面又搖晃了。

從地圖上看，他們已離開青葉山，就快抵達東北大學的川內校園了。這時，我忽然發現伊東勇樹遲遲沒回來。抬頭回望店門口，卻沒看見他的人影。是在講電話嗎？

「眞壁先生，歹徒會是大森鷗外嗎？」我對著平板電腦說。

「什麼意思？」

「從和平警察大樓被救出的蒲生等人，在別的地方潛伏了超過半個月。我實在不認為學生有能力做到這樣的事。」

「哦，這件事啊。」

「要準備一個不會被警方發現的地方，在那裡生活，是相當困難的一件事。」

「和平警察也不是地毯式地查遍全市的建築物。也許是找到一間空的公寓，當成臨時住處。雖然是學生，但二十多歲的年輕人，大部分的事情都辦得到。反倒是……」

「反倒是？」

「因為不知世事，才敢這樣胡來。喏，那個啊，是視野狹隘，才敢大聲疾呼。」

「那個？」

「正義啊。正義使者的這種行為完全就是年少輕狂。二瓶，你不也是出於正義感才當警察？」

我再次回頭看店內通道。真壁鴻一郎彷彿看見我的動作，問：「二瓶，怎麼了嗎？」

「沒事，伊東勇樹出去講電話，卻一直沒有回來。」

交談的時候，平板電腦的畫面又搖晃了。是在南隊的部長視點鏡頭。我以為遇上麻煩還是意外，但只是緊急煞車，車身搖晃。回過神時，男人就站在旁邊，嚇了我一大跳。我忍不住輕叫一

註：日本推理小說家江戶川亂步的「少年偵探系列」作品中，一九三六年在《怪人二十面相》中首次登場的怪盜角色。

聲，眞壁鴻一郎問：「二瓶，怎麼了？」

「伊東勇樹回來了。」我回答，把注意力拉回現在身處之處，而非螢幕畫面。

「抱歉，講了很久。」伊東勇樹在對面坐下，發現我在看平板電腦，便問：「那是什麼？」語氣很天眞。

我拿下耳麥，含糊地說明：「我在確認其他現場的狀況。」

「現場？出了什麼事嗎？」

「是在確認沒有出事。」

這樣啊，伊東勇樹誇張地發出佩服聲後，說：「我同事打電話來，我跟他提到一點刑警你的事，沒關係吧？」他露出幼童觀察父母臉色般的表情。

「沒關係。」

「其實，那時同事跟我一起在那家定食店吃飯。我忘記了。」

「跟你一起？」

「喏，就是我信用卡被磁鐵弄壞那時候。我坐在吧檯，同事就坐在我的旁邊。我剛才在電話裡跟他提到這件事，他說他記得。」

「他記得？」

「就是那時候坐我隔壁的……」

「大森鷗外嗎？」

「在店裡吃完定食後，小野——啊，他叫小野，小野就騎自行車回去了。然後，他好像在途中看到那個人揹著背包。」

「在哪裡？」

「我就想你一定會問，所以先問他了。呃，有地圖嗎？」

我暫停與眞壁鴻一郎的通訊，將螢幕畫面切換成以現在地為中心的地圖。耳麥也從平板電腦拔掉。

「是通往暢貨中心的路，大概……啊，這一處上面有東部道路，是底下的縣道呢。就在前面的貨運公司招牌一帶。小野回家的時候，會在那裡轉彎。」伊東指著地圖上的小路說。「他好像看見那個年輕人揹著背包，在那邊的轉角跟一個穿西裝的男人說話。一開始他以為是年輕人被找碴，所以留神觀察了一下，發現是剛剛在定食店的年輕人。」

「年輕人跟西裝男說話？」

「小野沒看得那麼仔細，而且騎車一下子就經過了。後來他猜想兩人可能在交易毒品，等會就要交貨之類的。」

「看起來像在交易？」原來如此，或許大森鷗外就是在那時候準備出售「道具」。

伊東勇樹沒有更多的情報了。原本我想立刻叫來他那個姓小野的同事，問得更詳細一點，但不巧小野去關西出差，頂多只能要伊東告訴我聯絡方式。我離開店裡，和伊東道別，再次利用平板電腦聯絡眞壁鴻一郎。

「就快經過根白石的直線道路了。目前什麼事都沒發生。」眞壁鴻一郎不滿地說。

螢幕上映出從後車座看出去的田園風光。

離開迴轉壽司店後，我按伊東在地圖上指示的方向前進。我要確認大森鷗外離開定食店後，疑似和西裝男子交易的地點。縣道二三號是條雙向三線道的大馬路，中間夾著要收費的東部道路高架橋，在上頭徒步移動，有種走在堤坊上看著大河的不安。

大森鷗外帶著從研究室偷來的磁鐵還有道具，走過這條路嗎？內疚造成的陰鬱不必說，在日落以後，垂頭喪氣地走在如此寬闊的馬路上，心情絕不愉悅。

大森鷗外必須籌錢還清老家的欠債。學生能獨力賺取大筆金額的方法有限，即使努力打工，賺到的錢也可想而知。頂多寄望中頭彩，但如果處境極爲窘迫，而且失去冷靜思考的餘裕，即使偷拿研究樣品換錢也不足爲奇。

他是不顧一切了吧。但交易以後，他消失到哪裡去了？現下人在哪裡？

我來到有幾家貨運公司並列，停著汽車和卡車之處。是十字路口的一角。

我在四周閒晃，猜想大森鷗外在哪裡和西裝男碰面。我發現了監視器，裝設的位置實在太顯而易見，甚至不好用「發現」來形容。倉庫入口附近有個款式不太新，呈半球狀的監視器。

我興奮地靠近，同時打手機回縣警總部，叫五島聽電話。雖然調查員幾乎都出動了，但情報分析部有人留守，以備調查情報和資料。五島好像不在，我吩咐對方要他回電。只要調閱這裡的監視器紀錄，便可能掌握到與大森鷗外交易的人。

平板電腦有來電，我點選畫面。

「二瓶，可能來嘍。」眞壁的聲音傳來。我沒空插耳機，他的聲音直接從平板電腦傳出。「誰？」

「正義使者。」

我叫出地圖。顯示北隊現在位置的閃爍點早已通過根白石直線道路，沿著國道四五七號往南前進。從眞壁鴻一郎的視點看出去的景色，是馬路左右兩側的電線桿，以及圍繞馬路生長的草木。

「這是哪裡？」畫面停在車窗外的景象。是停車了吧。也不像到達目的地。「在等紅綠燈嗎？」我問道，看到副駕駛座上的調查員下車後，我便曉得不是。

「前面的車子停下來了。」眞壁鴻一郎也打開車門走出去。他站在馬路上，觀察前方的動靜。警車前方，休旅車停下來。前面倒著什麼東西。乍看像人，但我看出似乎是樹木。約一個人高的木頭倒在地上，妨礙了通行。

不太可能是剛好掉在那裡的。

「最好小心一點。」眞壁鴻一郎對下車的幾個調查員說。他小心翼翼前進的樣子也透過鏡頭傳來。幾名調查員慢慢環顧周圍，在休旅車四周徘徊。圍繞馬路的草木不高，但視野還是不佳，感覺從哪裡冒出什麼都不奇怪。

我把耳機插進平板電腦，接著要塞進耳裡時，手機一陣震動。看看來電名稱，是縣警總部，所以我把耳機放到耳邊。蠟燭兩頭燒，我也忙得很。我猜是五島，果眞是他。「二瓶，有什麼事？」對方問。我現在看著右手的平板電腦，跟左手的手機對話。

「我想請你調一下監視器畫面。你搜尋ＧＰＳ，應該就會知道我現在的位置。調一下這裡的貨運公司倉庫的監視器。」

說到這裡，我發現一件重要的事。市內一帶的監視器紀錄，警方應該已回收。當然得花時間，但既然知道這附近的娛樂設施拍到大森鷗外的身影，那麼，這家貨運公司的監視器一定也檢查過了。而且，五島他們還拿大森鷗外的臉去做掃描比對，如果有的話，應該早就找到了。而如果找到了，我和眞壁鴻一郎應該會接到通知。既然沒有，表示沒有拍到大森鷗外嗎？

期待落空，我感到失望，但又不能直接掛斷，便解釋了一下。五島說「等一下，我馬上搜尋錄影畫面」，他沒有掛電話，開始操作電腦。

我看著平板電腦的畫面。耳機已拔掉，懸在半空，所以聽不到聲音。

鏡頭——眞壁鴻一郎的視線對著地面，彷彿在看自己的鞋子。

有東西滾過柏油路面而來。那冷漠而沉重的球體，與其說是被風搖搖晃晃地吹來，更像是帶著明確的意志被投擲。因爲事發突然，眞壁鴻一郎旁邊的男子也只是呆呆看著。

我覺得這就像動作片的一幕，扔過來的手榴彈爆炸前的空白時間，頓時一陣毛骨悚然。湧出一股想雙手捂臉大喊「要爆炸了！」的衝動，但畫面中的球體只是在動而已。

球體移到某個地點後，倏然從地面浮起，撞上車身的引擎室。是磁鐵，我心想，螢幕畫面另一頭的眞壁鴻一郎應該也有同樣的想法。他立刻後退，警戒周圍似地左右張望。

緊接著，黑色連身服男從草木之間跳了出來。

他倏然現身，隨即持木刀砍中一名調查員。螢幕畫面呈現出其他調查員放低重心，手伸向腰部的動作。但這時另一顆磁鐵球滾過來，狠狠撞上。連身服男衝上來揮舞木刀。調查員爲了防備磁鐵武器，身上沒有佩戴鐵製物品。但丟出來的磁鐵接二連三猛撞車體，就像威嚇一樣，誘發了人心的恐懼。調查員出現破綻，連身服男連續砍傷調查員。

手持鋼叉的調查員慢慢走近對方。男子扔出球。球體滾到手持鋼叉的男人腳邊，立刻貼上車體，緊接著調查員的姿勢開始傾斜。明明吩咐過不要佩戴金屬配件，結果他服飾某處還是有嗎？

木刀刺了上來。

眞壁鴻一郎的手在鏡頭邊緣搖擺。也許在指示現場其他調查員，叫他們先回車上。因爲不曉得他們在說什麼，我想要把耳機塞回來。這時，手機傳來五島的聲音。

「二瓶嗎？你剛才提到貨運公司倉庫的監視器。」

「啊，是。監視器資料回收了嗎？」我答道，眼睛緊盯著平板電腦。

「對，這邊收到畫面了。」

「怎麼樣？在晚上的時間帶，應該有拍到大森鷗外和另一個人才對。」

「呃，現在沒辦法立刻確認。」

「咦，爲什麼？」因爲正在執行誘捕大作戰，人手不夠嗎？我思忖。

鏡頭裡，有隻手伸了進來。眞壁鴻一郎靠近車子，想抓住黏在引擎室的黑色磁鐵。想留下來當證據嗎？或者純粹出於好奇？

「二瓶，根據特殊事項的規定，這畫面從資料中被刪除了。」五島說。

「特殊事項？」

螢幕畫面中，出現連身服男的身體。他正朝眞壁鴻一郎舉起木刀，揮砍下來。看到眞壁鴻一郎勉強閃避，我的身體跟著往左閃。

「二瓶，你也聽過吧？不久前有個和平警察的調查員喝醉……」

「什麼？」

「把計程車司機……」

「哦，」我想起來，「用槍。」

射殺了。和平警察當然會掩蓋這件事，在官方發表的公告中，宣稱計程車司機是危險分子。

「就發生在那附近。你位置的附近。所以我們回收了所有相關證據，以免洩漏。」

腦袋裡，寸斷的銅線連接在一起，爆出火花。難道——我心想，視線回到右手中的平板電腦。畫面配合眞壁鴻一郎的動作，不停旋轉。連身服男一下子在左，一下子在右。

眞壁鴻一郎靠近休旅車，而連身服男站在後方車輛停放的位置。

我放開與五島通訊的手機，將懸在平板上的耳機塞進耳裡。

「二瓶！」我聽到眞壁鴻一郎的聲音。他一直在叫我嗎？

「眞壁先生！」我喊道。

「噢，二瓶！正義使者的身手很高強喔。」眞壁鴻一郎說著，又移動了。他沒拿著平板電腦，是無線傳輸功能吧。連身服男揮舞木刀，撲向裝設鏡頭的位置。我反射性地縮起脖子。眞壁鴻一郎似乎也做出一樣的動作。他平安無事。

連身服男與眞壁鴻一郎交換位置了。他打開休旅車的車門。佐藤誠人會被帶走！我想像現場的畫面，感覺血液彷彿從腳底流光。失敗了，功虧一簣，這樣的恐懼席捲而來，我全身都處在焦慮之中。

然而，連身服男窺看車內，退後一、兩步，衝進馬路旁邊的草叢消失了。

「猜中了。」眞壁鴻一郎說著，走近車門沒關的休旅車。

「猜中什麼？」

「其實我們沒帶走佐藤誠人。雖然去了小木屋，但他母親抵抗得太凶，感覺會很花時間。所以我提議，這次純粹是圈套，只要讓歹徒認爲我們把人帶走就行了。我們也這樣說服佐藤誠人的家人，請他們裝出被帶走的樣子。」

「原來是這樣嗎？」

「正義使者鷗外同學也白跑一趟哪。」眞壁鴻一郎看著休旅車裡面。確實，後座是空的。

「啊，眞壁先生，不對。」這時，我拉大嗓門說。「不是大森鷗外。」

「咦，你說什麼？」麥克風突然出現雜訊。

大森鷗外已不在人世。那天晚上跟大森鷗外交易的人，八成早就沒命。理由很簡單。他們目擊到喝醉的和平警察調查員射殺計程車司機，已遭到滅口。喝醉的調查員將碰巧在現場的兩人棄屍海裡。我聽說過這件事，其中一名被害者就是大森鷗外，所以他才會下落不明，遍尋不著。不可能找到。他是警方根本就不打算要找、想永遠埋葬的屍體。

「二瓶，你說什麼？」眞壁鴻一郎問。

「喂喂？」我大聲回話，撥弄耳機線，以爲是接觸不良。這時畫面動了。眞壁鴻一郎拿下夾在耳上的鏡頭，對著自己。螢幕畫面大大映出眞壁鴻一郎的臉龐。

「這麼說來，二瓶，新種的昆蟲呢……」

「現在不是說那個的時候……」

螢幕畫面又搖晃了。鏡頭掉到地上。畫面變成天空，只有雜訊傳進耳裡。

眞壁先生？我叫了好幾次，卻沒有回應。

緊接著，耳機的聲音消失了。事後我才知道，那邊發生大爆炸，麥克風壞掉失靈。當時安裝在休旅車上的炸藥爆炸。而眞壁鴻一郎被捲入死亡，也是我事後才得知。

螢幕畫面被煙霧覆蓋，什麼都看不見，我不停喊著：「眞壁先生！」

螢幕的畫面變黑，我覺得自己彷彿被扔進黑暗中。

理髮廳的監視器捕捉室內景象。店門面對四號街，監視器就在東側的牆上，呈半球狀，裡面的鏡頭會定期轉動，掌握理髮廳內的狀況。

月曆翻到九月。

三張並排的理容椅都是空的。燈也關了，很暗。

鏡頭附近的店門打開，出現人影。來者戴著全罩式安全帽，摘下來後，露出理髮師的臉。理髮師把安全帽放在客人的椅子上，三張之中最裡面的一張。他有些踉蹌，抓住椅背。

他脫下藍色夾克，一樣扔到椅子上。

底下出現連身的黑色騎士服。

理髮師把手伸進口袋取出東西。是高爾夫球大的球體。他彎折手肘，像要掂重量，結果旁邊有滾輪的工具櫃被拉扯過來似地動了。理髮師目不轉睛地盯著那個黑球，從口袋掏出小袋子，有些害怕地把它裝進去。接下來他鼓起胸口，像要確認自己的呼吸狀況，而後當場蜷屈下去。

鏡頭定期旋轉，拍到蹲著的理髮師，以及門口附近的玻璃，還有理容椅附近架子上擺著的理髮師之妻遺照，反覆轉動、錄影。

不久，理髮師站起來，坐到候位長椅上，打開小型液晶電視。

主播正在播報仙台市泉區的馬路上，警車遭人攻擊爆炸的新聞。

理髮師直盯著那個畫面。

十分鐘後，這段影像被理髮師操作刪除了。

第三部

一個人性格的形成，應該有好幾個因素。遺傳、父母的教育，周遭發生的事也有重大影響。

我又是怎麼樣呢？

我的性格，一定深受十幾歲時發生的兩件事影響。

第一件是祖父的事，第二件是父親的事。換句話說，都不是我自身的經驗。

先來說第一件。

我的祖父在岩手縣釜石市成長，因爲成績優異，進了東京的舊帝大，還讀到研究所，後來在民間企業任職，爲產品研究開發奉獻心力。

寫成文章很沒什麼，變得像婚宴上的新郎介紹。當然，其中應該有著形形色色、一言難盡的戲劇性過程，總之祖父擔任企業研究員，以當時來說相當晚婚，然後生下一男一女，男孩就是我的父親，但祖父過著完全稱不上豪奢的簡樸生活。

祖父的兒子，也就是我的父親，離開位於東京老街的家，漫無目的地騎機車旅行全國後，與仙台理髮師的女兒過從甚密，最後結婚，後來繼承理髮廳。由於理髮師這個職業在假日和學校放長假期間也得工作，因此每逢暑假，我就會到東京的祖父家，在祖父和祖母居住的老房子待上一陣子。

「羊介，看到別人有難，就要伸出援手。」祖父常把這句話掛在嘴上。

祖父應該有種不算錯但也不正確的觀念：「好心就是正義。」他是一個重視傳統勸善懲惡、天網恢恢疏而不漏思想的可愛小市民。理所當然，還是小學生的我把它當成寶貴的教誨。

我會向父母要求學武術，也是受到祖父的影響。爲了救人，我需要某些力量，非學習武藝或技術不可，於是央求父親：「我想學柔道或空手道。」但離家最近的是劍道道場，我在那裡學劍道，一直學到二十歲。我本來對於使用竹劍這類武器作戰感到抗拒，但祖父說「你仔細想想，只有手持武器的時候才戰鬥，反而可以跟日常生活區分清楚」，我恍然大悟。

祖父在我小學四年級時過世。等到上了國中，我才知道祖父是自殺。

獲知眞相以前，我一直以爲祖父死於車禍，因此我對撞死祖父的司機懷有近似憎恨的憤怒，認爲那個加害者總有一天會嘗到無法形容的痛苦，否則世上就沒有天理可言。所以，當我得知「祖父其實是自殺身亡」這個事實的時候，憎恨的敵人忽然消失無蹤，令我大受震撼。那我先前豈不是形同在憎恨沒有實體的煙霧嗎？

得知祖父自殺的原因後，那種不知如何是好的感覺益發強烈。若是以我的名字來說，就是「亡羊之嘆」的感覺變強了。

祖父的自殺，全肇因於中了彩券。

只差一號就是頭獎，忘了是前獎還是後獎（註）。他在年底隨手買下一張彩券，幸運地化成

註：日本彩券設有「前後獎」，爲頭獎號碼的前一號或後一號。

一億圓。這也許算是一段佳話，純樸誠實的小市民「平日的善行」有了回報，但對祖父來說，這卻是他宛如惡夢般的晚年開端。

其中有幾個因素。

首先，對於中彩券一事，祖父認為是「自己匹配不上的幸運」，懷有罪惡感。

再來，祖父身邊有個缺錢花用的人。

中彩券本身並不是壞事，祖父也不是靠著作弊才中獎，根本沒必要有罪惡感，但祖父的小市民性情令他無法這麼想。當然，對此我甚至感到驕傲，但碰上同一個町內的老朋友正在為欠債發愁，卻是祖父運數已盡的證明。若說祖父這輩子的運氣全在中獎時用光，也許就是如此。

我也認識那個鄰居。他跟祖父差不多年紀，我常看到他們一起下棋。他不是個壞人，不，反倒應該歸類為好人。更正確地說，他很善良。他是個不知世事的老好人，在這層意義上和祖父可說是棋逢敵手。雖然在圍棋方面，祖父壓倒性地厲害，總之我對那個人沒有壞印象。

所以，身為棋友的他在下棋時感嘆「哎呀，沒想到這把年紀會去求助可疑的地下錢莊」，想必沒有特別的用意。他應該完全沒料到祖父會接著說：「也許我可以替你還債。」

這時，祖父說出中了彩券的事，為對方還清債務。那好像是對方替創業失敗的長男收爛攤子所欠下的錢。到這裡為止，即使有人覺得怪怪的，或提出反對意見，都還不能說是件鳥事。只是個老好人想要幫助老好人，端看怎麼描述，搞不好能構成一樁美談。

將祖父逼入死胡同的，首先是人類「想要把遇到的驚奇之事告訴別人」的本能。得到祖父幫助而還清欠債的那名棋友，把祖父中彩券的事告訴身邊的人。他肯定沒有惡意，只是無法克制衝動，想將身邊有人中了一億圓的大消息昭告天下。而且「對方用中獎的錢救了我」一事，也證明祖父的美德，因此他應該覺得是在宣揚別人的善行。

接下來的發展，卻是他和祖父都始料未及的。

手頭拮据的街坊鄰居找上祖父家。不是一個人，而是好幾個人。

想像祖父當時心中的困惑與難受，我覺得胸口彷彿要裂開了。

請你也幫幫我啊；我眞的快被錢逼死了；再這樣下去，我只好帶著全家人上吊了──要是那些人像這樣哀求，還比較容易接受，但祖父恐怕承受了許多近似血口噴人的話：不過就是中了彩券嘛，爲什麼救他，卻不肯救我？小氣鬼！你只是想要裝好人吧？我也可以想像那致命的一句話：「僞善！」

祖父並不要求別人讚賞。他並不想因救人而受到感謝，也不自詡爲正義使者。他肯定認爲自己這輩子活在世上，最起碼從不給人添麻煩，也沒做過會招惹批評的事。然而，他卻遭到連贈與稅是什麼都不知道的街坊鄰居唾罵：你這人怎會這麼沒血沒淚！因此，他大受打擊。身邊竟有數不清的人爲錢而苦，是否令他啞然失聲？

祖母說，祖父的話一天比一天更少，最後他在町集會所的柱子，掛上黃黑花紋繩索自盡了。

✂

說完祖父自殺的原由，父親這麼說：

爸太鑽牛角尖了。明明就是向他勒索的人不對，說什麼僞善、既然要行善就該一視同仁，這種論調才離譜，根本不必理會。

「實在鑽牛角尖鑽過頭了。爸要是看開一點就好了。」

話雖如此，性格也不能說變就變，更進一步說，那是一種父傳子的特質。

接下來便是我一開始說的，「影響我性格」的第二件事。

我父親也是因爲他說的「鑽牛角尖」而丟了性命。

我上高二的時候，父親在夜間慢跑時跌倒，折斷鎖骨。傷勢並不嚴重，但爲了動手術和固定患部，他住進大病房。「好久沒這樣悠哉休息了。」父親很開心，所以我也開玩笑說「這麼懶散，小心遭天譴」，萬萬料不到那家醫院竟發生火災。

深夜的火警，似乎讓院內眾人陷入恐慌，住院病患爭先恐後地衝向逃生門。父親雖然鎖骨受傷，但比起其他肌腱斷裂或大腿骨折的病患，他可以靈活行動。據說他爲了救助同房病患，攙扶著他們，將他們並帶出建築物，甚至來回兩趟。父親救出了兩個人。然而，即使建築物內部陷入危險狀態，不能再進去，父親還是衝進火場救人了。

應該也不是熊熊火焰看到父親鞭策骨折未癒的身體再三往返，覺得不能認輸，跟他認眞起來，總之，父親無法再救出更多病患，被濃煙阻擋，葬身火窟。

不少人爲父親的正義感動容，母親卻生氣了。她大哭著說：「居然以爲自己救得了別人，他以爲他是誰？」

我不知道當時父親心裡在想什麼，也許本人也不明瞭。

但我能想像，父親腦中是不是掠過祖父的身影？

只要救了一個有難的人，就非得救助其他有難的人不可。

因爲「不救全部的人」，就是「僞善」。

僞善者！

他會被如此批判。祖父親身證明了這件事。所以，不用說一個人逃命，父親也無法允許自己只救出一人。一定是的。他遭人指責「僞善」，最後被選擇死亡的父親留下的咒縛害死了。

有一次，我把這個想法告訴母親，母親一笑置之：「救一個人就得救全部的人？你爸才不可能執著於那麼荒唐的想法。」我嘴上沒有反駁，但內心並非毫無異議。父親身在住院這種非日常的狀況中，突然碰上火災，因此失去冷靜，陷入恐慌。既然這樣，他可能無法做出理性的判斷，導致思緒被父親自殺的記憶占據。

雖然有點倉卒，不過我說明了形塑我的性格的兩件事，關於祖父和父親的回憶——如果這是簡報或是會議，應該會在這裡下台一鞠躬。

總之，對於「正義」和「僞善」，我沒有任何好的回憶。畢竟祖父和父親都因此喪命，所以我將它當成兩人留給我的寶貴教訓，近似他們的遺言。我並未害怕到認爲「救人就會死掉」，也不吝於對別人好，但每次只要稍微伸出援手，內心就會警鈴大作：「小心，人家可能會認爲你僞善！」漸漸地，我告訴自己關心身邊的人就好，將人際關係限縮到最小範圍，過著低調的生活。

然而，這時我的人生出現重大的變化。

一樣有兩個契機。

妻子茜的死，以及大森鷗外的死。

妻子茜住院時，我完全沒想到自己的生活會就此崩潰。令人傷心的是，她應該也是一樣的。我深信她的眩暈嚴重是由於睡眠不足，若好好休息，很快就會恢復。我一派輕鬆地要她暫時不必幫忙理髮廳，還有最好不要熬夜看美劇了。過幾天，妻子開始有些貧血，她解釋應該是生理期的關係，還開玩笑說多吃豬肝就會好。

她在超市昏倒並被救護車載走時，比起不安，我更感到放心。這下她就可以好好休養，等身爲專家的醫生查出病因，問題應該就可以解決。妻子出院以前，我一個人顧生意很辛苦，但我當成在打一場高難度的電玩關卡，覺得挑戰性十足。後來聽到醫生的說明，我以爲他在開無聊的玩笑，因爲醫生一直不肯承認「騙你的啦」，我不耐煩起來，說：「再鬧我要生氣嘍。」

當然，醫生並沒有撒謊。這一點從茜的健康每況愈下也看得出來。最早的病因是腸子受到細菌感染，如果免疫系統正常運作，就不會有什麼大問題，然而妻子因爲體質，免疫功能沒發揮作用，病況反倒惡化。

就算聽到說明，我也不可能接受。我回到家後，醫生就不必說了，連細菌和妻子的免疫功能，都被我不停咒罵到祖宗十八代。我無法不這麼做。

她一下就死了。雖說是一眨眼的事，卻與「安詳」、「彷彿沉睡一般」相差十萬八千里。儘管已沒有東西可排出，她的腸胃卻試圖排出異物，令她飽受嘔吐感和腹痛折磨，並且埋怨頭痛得很厲害。她礙於體質，藥物難以發揮作用，但也不可能因此乖乖接受說「那也沒辦法」，我一再指責醫師。嘴上指責，內心卻在哀求。我吃定醫生不會跟我計較，醫院員工也包容了我的驕縱。

人的死亡，總是突如其來。祖父和父親的死亡讓我學到這件事。爲了避免那樣的死亡，我和他人保持距離，只和妻子及身邊的人打交道，平靜過日子。我打算一直維持下去。然而，死亡無所不在。

妻子的死還教會我另一件事：「不管活得再善良、不給人添麻煩，也不一定能死得安詳」。

我想像過自己的死。

我把它當成一個沒有現實感的現實，用老生常談的「人免不了一死」的感覺想像，認為「不過要談死亡還早吧」。如果死亡的時刻來臨──不，它一定會來臨，但想像中是我躺在醫院病床上，被家人包圍，而意識朦朧的腦袋裡做著夢──說做夢未免太如意了，總之，我想像自己會如此離世。我也想過意外事故等帶來的突發性死亡，但我寧願帶著恐懼，想像自己沒有痛苦、瞬間消失。

但還有全然不同的死──因身體不適而痛苦，腦袋痛得快裂開，想吐到全身扭擰，只想設法求得解脫。這樣的死，甚至沒有餘裕想像一輩子只有一次、如此寶貴的一生的終點，自己就消失了。我完全沒想過這樣的死。

妻子死後，我看著外頭的行人，想像著他們如何死亡。這絕對不是出於惡意，而是真心想知道。但包括我自己在內，大多數的人都會在醫院病床上為了某些病痛受苦，滿腦子充斥著「好苦」、「好痛」、「好難受」的念頭，日漸衰弱，連對「結束」的感慨都沒有，就這麼死去。想到這裡，我便感受到一種彷彿胸口被捏碎的痛苦。

人生的最後，只剩痛苦嗎？

我用力把持住幾乎要發瘋的自己。

我決定讓理髮廳歇業一陣子。妻子住院後，我獨自營業一星期，但非常難熬。我不想僱其他員工，更重要的是，應該沒有客人想讓甫喪妻、情緒不穩定的理髮師理髮。把刀子交到瘋子手中很恐怖，讓心神不寧的理髮師拿剃刀也一樣嚇人。

我沒自信平靜地爲人理髮，也不敢斷定我不會突然耐不住寂寞，用手中的剃刀割斷脖子。

大森鷗外同學的事，是在妻子納骨結束後發生的。我不想開店做生意，也不想做任何事，那天只是在家裡晃來晃去。如果待著不動，與妻子的回憶就會浮上心頭，摻雜著她在醫院痛苦扭曲的表情，促使我不得不去思考遲早得面對的死亡，讓我的內心波濤洶湧。

我把妻子的遺照移到店面。

日常生活中，每次看到她的遺照，我就像被刨挖胸口，然後暴風雨會從被刨挖的地方入侵。把遺照放到看不見的地方吧，儘管這麼想，卻又不忍心塞進櫃子或架子裡，我爲自己辯解「茜喜歡理髮廳的工作」，把遺照放到不打算營業的店裡。

就算有電話，我接聽的機率也只有一半。有時我會懷著抓住稻草的心情，覺得或許能轉換心情而接聽。有時則會預測自己只能言不由衷地應對，陷入自我厭惡，假裝不在。

我會接起社長打來的電話，只是碰巧。

「是久慈嗎？哎呀，抱歉在這種時間打給你，我想要預約剪髮啦。」

我得知兩件事。一是現在是「這種時間」，也就是晚上，還有社長不知道我的妻子過世了。因爲沒辦像樣的喪禮，除了附近的人，沒人知道。若有人來店裡，我會再說明。也得告訴社長才行，我正這麼想，他卻搶先「啊」了一聲。

「怎麼了？」

「哦，我在車上。新港附近、暢貨中心那邊的……喏，縣道那裡。」

我聽你在那裡悠哉閒扯！我按捺住想要這麼大吼，並掛斷電話的衝動。如果我在這時候掛了電話，接下來的人生，將會截然不同吧。

「我在等紅綠燈。啊，綠燈了。」可能是車子前進了，我腦中浮現社長望著窗外的樣子。「我看到那個學生。」

「誰？」

「記得他是在做磁鐵吧？有幾次在你店裡一起理髮。」

「鷗外同學嗎？」

「當時他在貨運公司的倉庫旁邊，跟另一個人在一起。其實那個男的我也看過，欸……叫什麼去了？」社長應該坐在後座，我聽到他問司機：「那傢伙從事商業仲介，爲買賣雙方斡旋。以學生的交易對象來說，是有點危險。不過，就是那麼一回事吧。」
「那麼一回事？」
「如今這年頭，或許學生會涉足有些危險的事來賺錢。而且我跟那學生雖然只在你店裡見過，但他不是日漸憔悴嗎？我一直有點擔心他是那種會往壞方向不斷沉淪的類型。本來猜想是爲了女人或是欠債，看來是錢哪。或許是因爲缺錢，才會跟那種掮客似的傢伙進行交易。」
我也發現鷗外同學每次來店裡，面容和臉色都愈來愈糟。我想起上次他來剪頭髮時，我說「除了借錢，什麼都好商量」，結果他露出有些困窘的表情。啊，那應該是茜的身體開始變糟的時候。
「哎，下次他理髮時，你不著痕跡地關心一下吧。」社長沒什麼興趣地說，接著他問：「那約後天十點可以嗎？」
「啊，不，社長，」我嚥下口水。「其實我暫時不開店了。」
「怎麼？你離婚了嗎？」社長的玩笑儘管偏離標靶，卻打倒另一個靶，並且撞到我這邊的靶。
「其實，我太太最近過世了。」
社長噗哧一聲，「我也想說說這句話！」他一定以爲我在開玩笑，但他從我的沉默中掌握了狀況，不久便沒了聲音。「怎麼會？」他連問好幾次，「我上次去的時候，她不是還好端端的嗎？」
這與我這半個月以來，一而再、再而三發出的喟嘆完全相同。怎麼可能！她不是一直都好端端的嗎？怎麼毫無前兆、毫無預警地就走了！

「抱歉，社長。所以我要等心情平復一點才能開店。在那之前，請去別的理髮廳吧。」

社長還是繼續說話，不過我逕自道別，掛上電話。後來我會出門，是因爲預測到社長會來。社長一定會想「就沒有我能幫忙的地方嗎？」，而坐不住衝來。他就是這樣的人。

我不覺得那是添麻煩，但現在我沒力氣接受。我也沒深思要去哪裡，便騎著小型機車衝出去，夜色的黑暗席捲上來。在一切變得漆黑前，我只能用小綿羊的車燈虛弱地刺穿它。

我朝新港騎去。沒有目的地，但馬上折返就沒有意義了。新港地區頗遠，單程要花上三十分鐘，我覺得應該是個不錯的地點。

催動油門，老機車發出引擎聲，突破限速前進。那聲音又尖又高，像變聲晚別人一拍的不良少年在發出恐嚇。我發現這比待在家裡好多了。必須小心騎車，全罩安全帽裡也隨時都有聲音在響，少有思考的空檔。

我沿著雙向三線道大馬路往東。雖然有行車，但機車很少，宛如游在大河旁邊的小魚。

我看到社長說的貨運公司倉庫，把機車停在人行道旁，四處亂晃。經過產業道路的車只是呼嘯而過。儘管行車多，這地方卻難說熱鬧。鷗外同學應該也不在了。我這麼覺得，在周圍晃一下，不一會便聽見人聲。

叫囂咒罵般沒品的聲音，起初我還以爲是哪個粗魯的傢伙在訓斥自己的狗。

我豎耳細聽那斷斷續續的聲音，沿著曲折的道路深入。我撞見黑暗中有人在活動的現場。距離約二十公尺，情急之下我躲到旁邊的磚牆後面，探頭窺看。眼前有一輛計程車。司機在車旁遭到一個男人暴力毆打。男人不時發出口齒不清的聲音，全身搖搖晃晃。

喝酒，還是嗑了藥？

這是單方面的暴力，我取出智慧型手機想報警，但手指發抖，無法順利操作。

這時，有別的人影靠近了。是鷗外同學。原來他還在？我正詫異，發現鷗外同學附近還有一名體型瘦長的男子。鷗外同學驚訝地看著司機與男人起糾紛。

心跳加劇，我不禁顫抖。

司機一開始採取徹底防禦的策略，一個勁地陪不是，最後忍無可忍地反擊，動手揍男人。

「啊！」鷗外同學的驚叫聲瞬間點亮了黑暗。接下來是一眨眼的事。挨打的男人發出動物般的怒吼，從口袋裡取出東西。緊接著，響起一道鐵捶擊打地面般沉重的聲音。

那聲音吸收了周圍所有聲響嗎？好半晌寂靜無聲。一會後，男人大吼大叫，把司機拖進計程車。

鷗外同學的反應很了不起。眞的很了不起，但也許太莽撞了。

「你在做什麼？我要叫警察了！」鷗外同學的聲音傳來。

男人接下來的話，讓人不禁懷疑自己聽錯了。「我就是警察啦！和平警察！」

我以爲是醉漢胡言亂語，但男人舉起像手冊的東西，我心頭一驚。

另一方面，疑似掮客的男子顯然慌了手腳。他拔腿就逃，快步往我這裡來。

可怕的事情又發生了。

男人再度開槍。

那是鐵塊重毆地面般的聲響。連響兩次。

鷗外同學倒下了。然後，那名掮客面朝我這裡，胸口著地。

我張大嘴巴，望著這一幕，雙腿瑟縮，全身抖個不停。

自稱和平警察的人依然處在興奮之中，但他也十分慌張，將鷗外同學和那名掮客的遺體塞進計程車後，便開車離去。好長一段時間，我站在原地抖個不停。想著不能一直待在這裡，我試圖移動，卻雙腿發軟，根本無法正常行走。鷗外同學的東西掉在地上。我認得那背包。我蹣跚靠近抓起，雖然手抖個不停，但我不假思索地跨上機車回家。

引擎的震動與內心的動搖產生共鳴，我愈騎，車速和心跳就愈快。

警笛聲傳來。約莫是有人聽到槍聲去報警了。同時，那男人光明正大地自稱「我是和平警察」，這件事令我掛心。有可能只是信口瞎說嗎？但他持有手槍，實在不可能是平民百姓。不過，這個時間搭乘計程車的刑警會攜帶手槍嗎？

我回到家，讓自己冷靜下來，在理髮廳內檢查鷗外同學的背包。

背包裡裝了好幾個類似橡膠材質的小袋子，我拿起一個，發現袋內是沉重的球狀物體，就像單顆包裝的寶石。我取出一顆，隨即看出那是鷗外同學提過的磁鐵，這時剪刀宛如咬上魚餌的魚般撲向我的手，我無法理解發生了什麼事。

我使勁取下剪刀時，察覺它是被磁力吸引過來。磁鐵的強大，不知爲何讓我強烈地體認到鷗外同學的死。身體忽然一下子脫力，跌坐在地。鷗外同學、鷗外同學，我叫了幾次他的名字，卻無能爲力。之所以流淚，與其說是爲鷗外同學遇上的悲劇而哀悼，更是因爲內心一團混亂。

我看到茜的遺照。她在笑，但眼神似乎在擔心我。

得報警才行，我取出手機，認爲自己應該出面指證。但按下一一〇時，我又看到茜的遺照。

萬一那男人眞的是和平警察呢？

✂

我想起和茜的對話。

那是在和平警察的集會上，早川醫院的早川醫生被視爲危險分子處刑時的事。

早川醫生是我的熟客，每兩個月會來理一次頭髮。他爲人溫和，沒有架子，且富有幽默感，完全沒有醫生常見的碰到別人提問就擺臭臉的傲慢，很好聊。他那裡不是小兒科，但我聽說不少父母會在幼兒患急病時上門，即使是夜間或假日，只要打通電話，早川醫生就會開門看診。

和平警察宣稱早川醫生是危險分子，違法申請健保費，並參與化學武器、生化兵器的製造，我聽了只覺得那是同名同姓的另一個人。

「這怎麼可能？」茜斷言：「警察搞錯了。」

但上門的客人，都七嘴八舌地說「哎呀，人不可貌相」、「沒想到那醫生會是壞人」，似乎完全沒想到被冤枉的可能性。他們深信警方不可能出錯。

我沒有去看早川醫生的處刑。不管是誰的處刑，我都覺得沒必要特地去看，更重要的是，週末是理髮廳重要的營業日，所以我沒去東口廣場。但只要繼續工作，即使不願意，也會聽到這個話題。透過幾名顧客的描述，我得知早川醫生在斷頭台被處刑的情況。

理髮廳是一般市民八卦和閒聊匯聚的特殊地點。

對某人來說只是閒話家常，但對另一個人來說可能是重要情報。好幾次我一邊理髮，也不是有什麼心機，而是隨口提到「某某客人這樣說」，聽到的人或旁邊的人就會面露驚訝之色，或因得到不錯的情報而開心，所以我經常提醒自己要謹慎，話還是不該隨便亂說。以前發生過在聽到某某和某某不愉快的傳聞後，當事人之一來理髮，而另一名當事人也在差不多的時期前來的窘境。

總之，我的工作免不了接觸各種流言與消息，包括不想知道的事。

「不管別人說什麼，我都認爲早川醫生是無辜的。」茜這麼斷定。

「那就是警察錯了。」

「沒錯。」

「妳是說，警察不能相信？」

「相信那種爲了殺雞儆猴，用斷頭台把人處刑的傢伙就完蛋了。」茜蹙起眉頭說：「我跟和平警察，你相信哪一個？」

我想起我們的對話，打消報警的念頭。最好觀望一下，再決定是否要出面向警方指證。

我決定等看過明天早上的新聞再做打算。

看到隔天早上的報紙，我陷入混亂。因爲上面的報導內容，跟我目擊到的截然不同。計程車司機是危險分子，因此遭到和平警察的調查員射殺。報紙上這麼寫。而且不管再怎麼重讀，或再怎麼努力搜尋網路，都沒有查到鷗外同學的消息，我不禁懷疑自己產生幻覺了。

就像以前幫他剪下來的頭髮，現在完全找不到，鷗外同學消失得一乾二淨。他究竟消失到哪去了？

只有一件事可以確定。

如同茜所說，和平警察不能相信。

就是這件事。

從此以後，由於對警察的不信任和恐懼，我好一陣子只敢待在家裡，鎮日活在憂懼中。我很怕，但這也帶來別的效果。思考、煩惱、害怕鷗外同學及和平警察的事情時，我的心思終於可以從與茜的死別上轉移了。

✂

這樣就幾乎說明了全部。

幾乎是全部？什麼的全部？

就是爲什麼我會利用磁鐵來對抗和平警察。

但另一方面，如果說我根本沒有交代清楚，我也覺得或許是吧。只是陳述祖父和父親的死，還有關於妻子和鷗外同學的事件，他人恐怕依舊無法理解「久慈羊介闖進和平警察的機構」的動機。自己的事自己最清楚，所以才會覺得沒必要說明一些瑣碎的細節。

接下來要說明什麼才好呢？

武器？
注意到時，我不停自問自答。
當然，我並不是從一開始就想到磁鐵可以用來當武器。
鷗外同學的背包裡，除了高爾夫球大的球狀磁鐵，還有再大上一號的磁鐵，各有一打。它們個別裝在類似潛水衣材質的袋子裡，讓人不禁聯想到裝在橡皮球裡的水羊羹。刻意獨立包裝，我原本猜想是要避免這些高級貨沾上指紋，或手指直接觸摸會減損磁力等理由，但應該不是。
目睹球狀磁鐵一從袋子拿出來，剪刀就飛過來的景象，我恍悟是爲了減弱磁力而包起來。即使個別包裝，它們仍會彼此吸付，無法完全阻斷磁力，不過確實減弱許多。
背包裡還有鷗外同學的票夾。厚度和材質都跟一般票夾不同，我猜應該也是爲了隔絕磁力而加工過。裡面裝著市營公車的乘車卡、學生證、電子錢包卡，此外，居然有仙台車站寄物櫃的收據，令我十分好奇。日期是前天，用電子錢包付錢。
寄物櫃裡會不會放了什麼東西？我前往車站，用電子錢包卡開鎖，櫃裡有一個跟背包同品牌的波士頓包。拖出來一看，非常沉重。打開拉鍊，包裡一樣是幾個獨立包裝的磁鐵，高爾夫球大小的和拳頭大小的各占一半。另外，還有三根長約五十公分的筒狀物。
我將波士頓包揹在肩上，騎機車從仙台車站前往青葉山。
爲了什麼？

爲了歸還磁鐵。

我認爲應該把磁鐵還給鷗外同學就讀的工學院研究室。鷗外同學約莫是想要把磁鐵賣給掮客。這些或許是瞞著教授借來的研究材料，這樣就非歸還不可，我心想。

在馬路的分歧點轉角摔車，正是我的人生的分歧點。如今回想，那很可能是我斜揹在身上的波士頓包裡的永久磁鐵，讓我的重心偏離。

騎過廣瀨川上的橋，經過堤防附近的小路，當我覺得不太對勁的時候，機車已往右傾斜。我無法掌握眼下的狀況，想煞車已太遲，而慢了一拍的煞車力道變得過大。小綿羊機車的輪胎很細，抓地力很弱，一下子就傾倒打滑。我急忙跳開，在路面上翻滾。

幸好路上幾乎沒有行車，但路邊停著汽車，算我倒楣。我的機車滑行，感覺就快擦撞到汽車保險槓。我在內心祈禱：拜託不要撞上去！

因爲沒聲音，我以爲千鈞一髮之際避開了，鬆了一口氣，準備回到引擎尚未熄火、排氣管噗噗冒煙的機車旁。這時車門打開，一名壯漢下車。

「看你幹了什麼好事！」

那人也許還年輕，但眉頭皺到幾乎隆成小山，惡狠狠地瞪著我。

「對不起，我摔車了。」我乖乖道歉。不管怎麼想，錯都在我。摔車的驚嚇讓我全身發抖，搖搖晃晃地走近對方的車子。我想確認是不是眞的撞到，如果撞到，汽車受了多大的損傷？內心一隅也有著錯失良機的遺憾。怎麼不乾脆撞破頭，人生在這裡結束算了？這樣就能一口氣解決失去茜的寂寞，還有對將來死亡的恐懼。我失手了。

我蹲下來，檢查對方車子的保險槓有沒有擦傷，結果腰被踹一腳。那是要踩下我的踹法，我又跌回地上。回頭一看，車主滿臉不高興地說：「你不信我的話，才要檢查是嗎？」

「不是，我只是想確認一下。」我站起來。「就算要報警處理也……」

「不許叫警察，現在就給我賠。卡拿出來。」

什麼卡？我一時無法意會，還以爲是叫我亮出手牌給他看。晚了幾拍，我才想到是信用卡或提款卡。居然惹到這種麻煩人物，我沮喪極了，卻漸漸萌生豁出去的想法。對方傲慢的口氣令人氣憤，更進一步說，我已沒有什麼可以失去的事物了。路邊掉落一根約一公尺長的塑膠棒，也推了我一把。我撿起棒子，擺出劍道架勢。

「有沒有搞錯啊？是你來撞人的，還敢找碴？」

我自暴自棄，懶得遵守道德規範，想要爲所欲爲。茜的死和鷗外同學的死，加強了我「隨便怎樣都無所謂了」的想法。

「你的態度太差，教人火大。」我咕噥著，用眼睛估算與對方的距離。本來以爲我有武器，對方多少會退縮一下，豈料完全沒有。只見他掏出刀子，可能是軍用刀。那刀長令我一陣膽寒，差點就要後退，但我自問：「那又怎樣？」每個人都會死。就算努力活下去，也不一定能安詳離世。既然不曉得會在哪時候一命嗚呼，死在這裡也沒差。

對方先採取行動。以爲他收起刀子，他隨即猛刺上來。我閃向一旁，避開攻擊。刀尖沾著乾掉的血跡。對方用這把刀子刺過人。比起恐懼，這件事更讓我下定決心。我用劍道中擊打手部的要領，瞄準對方的手，揮下塑膠管。雖然打中了，對方依然緊握著刀子。

對方衝撞上來，我跌了個四腳朝天。塑膠管飛了出去，滾到遠處。塑膠管還是太輕了嗎？

「看我宰了你！」男人說著，刀子前伸，步步逼近。

這時，屁股著地的我摸到包包。那是鷗外同學的遺物，從寄物櫃拿出來的波士頓包。約莫是摔車時飛出去的吧。拉鍊壞掉，包包裡的東西露了出來。我不假思索地抓出磁鐵球，拆掉包裝——或者說用力一捏，包裝就自行脫落了。我把球扔向對方。

球砸到男人的膝蓋。可能是夠重，男人發出大型動物吼叫般的呻吟，膝蓋彎折。我趁機站起，重新撿起塑膠管。當我想要抓住機會，高舉塑膠管打下去時，男人已重新站起，舉好刀子。我們回到一開始的對峙狀況了。

這時，一陣激烈的聲響傳來。那是金屬凹陷的沉重聲響。

聲響從車子那裡傳來，男人急忙回頭，同時他的身體傾斜，彷彿刀子突然被拉扯。我趁機拿塑膠管砸中對方的腦門，男人瞬間雙眼翻白，緩緩癱倒。我把掉落的刀子踢到旁邊。對方的胸口還在起伏，一看就知道沒死。

我望向車子，剛才丟出去的磁鐵貼上車門。應該是滾出去後被車門吸引，狠狠撞上。當時發出「砰」的一道巨響。

要把它取下，需要相當大的力氣。因爲徒手有困難，我拿另一顆磁鐵吸上去，再一起扯下，而且是用《拔蘿蔔》繪本中那種姿勢硬扯。好不容易取下，磁鐵又吸住倒地男人口袋裡露出的鎖鏈。

我打開包包，撿起原本裝球的包裝，把球全部回收。接著，我扶起機車，離開現場。

我打消前往研究室的念頭了。我不想把這些磁鐵還給教授了。

因爲我想要它？

我只能說「對」。我覺得可以當成武器。

用來做什麼的武器？

我還沒想到那麼多。

隔天，我騎上小綿羊機車前往廣瀨川的河岸。我在靈屋橋前面左轉，經過一條小徑，停下機車。沿著人行道前進，漸漸聽得到河水聲。我來到岸邊的草地。

從這天開始，我對設置在街上各處的監視器變得十分敏感。有些設在店鋪角落，有些裝在電線桿上，我細心確認裝設的位置，記錄在智慧型手機的地圖上。因爲我有自覺，萬一留下影像就糟了。更進一步說，我已著手計畫，可能做出一旦曝光會不妙的事情。

如同我的期待，岸邊沒有人影。雖然是白天，但現在既非秋季的例行活動——煮芋頭的季節，也沒有看到溜狗人士以外的人影。我望向緩緩流過的廣瀨川下游，站在崖邊。那是一處地層裸露的斷面，彷彿從上方被一刀劈開，充滿魄力十足的粗獷感。

沒有人影，也沒有監視器，更沒有會與磁鐵起作用的鐵製品。

來到設有木頭長椅的地方後，我把前幾天從車站寄物櫃拿來的包包放在那裡。

我從包包裡取出兩顆球。除下包裝，丟到草地。沉重的球陷入土中，發出「咚」的聲響，但沒有移動。我把另一顆丟向比剛才稍遠一些的地方。結果兩顆球不約而同地開始移動，狠狠地撞在一塊。那速度實在太猛烈，不好比喻成在機場發現彼此，衝上去互擁的情侶。更像撲上去緊緊抱住，要把對方的肋骨折斷。我發現磁鐵有一小部分缺損。

撿起來一看，磁鐵上沾滿沙子。是鐵沙吧。無數細沙凝聚在上頭的模樣，看起來像是擴大版的昆蟲觸角，十分噁心，我想用手撥掉，卻撥不掉。後來我漸漸熟悉該怎麼處理磁鐵，學會用膠帶去除鐵沙的方法，或是從一開始就用保鮮膜包住磁鐵，這樣就算吸到鐵沙，也只需撕掉保鮮膜。但當時我還不曉得該怎麼辦，只能任由鐵沙吸附在上頭。

我一邊移動，一邊扔出幾顆磁鐵，發現它們會被意想不到的東西吸引。連木長椅的螺絲、標誌的柱子都會吸上去。無法預測磁鐵球會怎麼移動，我想到可以利用那種無法預測的詭譎。

利用來做什麼？我還沒想到具體的行動。我並不想要像義警隊那樣巡邏，懲治罪犯。恰恰相反，我心想既然如此，就不要再老老實實地遵守社會規範，要當個自暴自棄的惡徒，拿磁鐵當武器，在小路暗巷盡情施暴。

玩了一陣子磁鐵後，我拿起筒狀的物體。

這也是包包裡的東西。

粗細大概就像運動會的接力賽棒子，約有兩根棒子長。一開始我以為是磁鐵，但沒什麼重量，顏色也跟其他球體不同，是銀色的，我試著拿近標誌的支柱，也沒有貼上去，卻會被磁鐵吸引，於是我知道它是含鐵的金屬材質。

雖然一端開了個小洞，但搖晃筒子，沒搖出什麼東西。拿起來藉著光觀察，也看不見內部。

好像煙火筒。

我抓著它，像指揮棒那樣耍了耍。拿來當劍道的竹劍又嫌短。

這時我已猜到，除了原本研究室研究的內容，鷗外同學還利用研究成果的磁鐵，製作賣給掮客的「商品」，應該是為了錢。就算鷗外同學一個人沒辦法，或許還有別的協助者——他的指導教授據說很認真，可能是隔壁研究室的教授。既然如此，這個袋子裡的東西約莫就是他想兜售的商品。如果球狀磁鐵具有新材質強力磁鐵的價值，那麼，這筒子到底什麼用處？應該不是單純的金屬棒。

我摸來摸去，這時握住棒子的拇指接觸的部分微微動了。我摩擦表面，發現有個可以滑動的地方。那裡冒出約指頭寬的空隙，有個突鈕。我沒怎麼深思就按下。當時沒受傷算我運氣好。所幸筒子的方向剛好跟身體呈直角，否則我就死定了。

一道空氣噴射的聲音響起，有東西從筒子一端射出。不，比起射出的東西，從筒子噴出的煙霧量更是驚人。我想到它可能在噴射毒氣，內心一涼，捂住嘴巴。但我並未感到呼吸困難，雖然有火藥味，卻不燙。白煙彌漫四周。我揮揮手，即使在空中攪拌，煙霧仍遲遲沒有消失。半晌後，視野總算恢復清晰。

因爲感到有東西從筒子射出，我走來走去，觀察四下，發現木長椅上嵌著五顆彈珠大小的珠子。

這是從筒子的小洞射出，並擴散擊中嗎？我一顆顆挖出來，接著拿近筒子，結果它們全吸附上去，於是我得知這些小珠子是磁鐵。這是利用磁鐵的互斥力引發射擊的裝置嗎？筒子會噴出煙霧，是當煙霧彈用嗎？還是發射的副作用？我無法判斷。我提心吊膽地再次按壓突鈕，什麼事也沒發生。我又用拇指把蓋子蓋回，重新推開按壓，還是沒反應。

看來是只能使用一次的拋棄型武器。好浪費。

鷗外同學想要賣掉這些來賺錢吧。

筒狀武器有三支，我在河邊用掉一支。後來闖入和平警察的大樓，帶走蒲生先生他們時，我在大樓裡對調查員用了一支，所以還剩一支，然而，當時我根本沒想到要用來救人。

進入下一階段的契機，是我目擊到高中生佐藤同學遭受霸凌的場面。

✂

我騎著小綿羊機車經過那條路時，兩個穿制服的高中生在路上扭打。擦身而過的瞬間，我認出其中一個是店裡的常客——佐藤同學。我本來以爲他在跟朋友說話，但經過之後，背後傳來慘叫聲，我不禁擔心起來，拐過轉角又停下機車折返，只見佐藤同學被體格壯碩的高中生逼迫著，往牆壁推打。情況不妙，我正想制止，這時祖父和父親的聲音混在一起喊住我：「救人是沒完沒了的，而且會害你沒命。」

話雖如此，我也不能見死不救。我準備跨出腳步時，有別的路人出聲制止，於是大塊頭高中生離開了。佐藤同學撿起書包，害怕地匆匆離去。

回家後，我煩惱起來：佐藤同學是遭到霸凌嗎？他是不是被勒索金錢、遭到毆打？我試著回想上次佐藤同學來店裡的情形，但記憶模糊。如果翻看紀錄本，或許我曾寫下什麼，但我懶得去查。

我決定隔天同一時間再去一次，是出於兩種心情。一是如果佐藤同學遭人霸凌，我想幫他，二是想要藉由打鬥來發洩內心的恐懼和悲傷。我想第一點應該是爲了正當化第二點，之後才冒出來的。

茜的死和鷗外同學的死，以及自己遲早將會迎來的死，這種令人絕望的荒謬處境折磨著我。對我來說，高中生霸凌同學實在是幼稚到家的行爲，教人氣憤。

考慮到身分曝光就糟了，我拿起騎士服。這是以前騎中型機車時穿的連身服。我從房間深處的抽屜把它挖出來，有股霉臭味。同一個抽屜裡還收著護目鏡和面罩，我判斷這些東西能派上用場。

然後，我尋找武器。

環顧房間，發現小學畢業旅行時買的木刀。不知爲何，同學都好愛這種木刀，懷著不買就不能回家的心情購入。看看紀念照，甚至每個人的背包上都插了一把，但買來也沒什麼用處，拿來搔幾次背就丟開了。沒想到我居然還留著。與其說是珍藏，更正確地說，只是懶得丟掉而已。

我也發現拿來裝戶外折疊椅的袋子，剛好裝得下木刀。我拿出折疊椅，將木刀裝進背包，搭在肩上，然後實際用店裡的鏡子看看自己，那副典型的可疑人物模樣令我忍不住急了：這樣不行。這副模樣一踏出家門就會遭到警方盤查。我拿下護目鏡和面罩，裝進超市塑膠袋。至於連身服，就在上頭披件薄夾克遮掩。

出門時，我才想到要帶磁鐵一起去。看到擱在角落的波士頓包，我認爲可以利用。於是，我匆匆抓了大小各兩顆磁鐵球丟進超市塑膠袋，包裝都還沒拿掉。感覺到磁鐵立刻吸住護目鏡的金屬零件。

我回望店裡的茜遺照。她像是在說「一路小心」，也像是在笑「你在幹麼啊」，總之，照片就只是照片，我一陣心痛。爲了驅逐這份疼痛，我跨上機車，發動引擎，並戴上全罩安全帽，催動油門。

我在與昨天差不多的地點，發現遭人凌虐的佐藤同學。我先騎過去，在昨天同一處停車。一名魁梧的高中生正在痛打佐藤同學。與昨天相同的場面，甚至令我感到滑稽。我不禁想：這會不會也是學校課程的一部分？

在大馬路動手會被人看到，難道對方就不擔心會招來責備嗎？八成沒想到那麼多。對高中生來說，他們的世界就只有學校和家裡，對周遭的「社會」沒什麼眞實感，而這與將暴行、恐嚇、傷害等行爲代換成「霸凌」一詞也有關係。

我脫下安全帽，戴上護目鏡和面罩，又脫下夾克，帶著木刀和磁鐵走到他們旁邊。我的內心沒有一絲正義感。站在那裡，興奮和緊張幾乎讓我忘記自己在做什麼。在舞台上緊張到手足無措的菜鳥演員也許就是這種心情。不過，我看到佐藤同學被痛打的樣子也感到憤怒，因此我狠狠揮舞木刀。

扔出去的磁鐵雖然不會直接攻擊對方，但會猛烈衝撞別的東西，發揮讓對方混亂的效果。我腦中惦記著得把磁鐵回收才行。磁鐵吸附在護欄上，就算用力拉扯也很難扯開，但我在河邊練習過，掌握到用磁鐵把它吸下來的訣竅，順利剝下回收了。

這是我首次用木刀攻擊別人，心中有著「做得太過火了」的恐懼。我騎車回家，全身不停發抖。

✂

就這樣，我淪爲一個穿上連身服，用磁鐵和木刀施暴的人。

理髮廳也重新開門了。爲了生活，我需要收入，而且我發現與其不見任何人，鬱鬱寡歡，招呼客人、爲客人理髮，精神上會比較好過。茜的遺照仍放在店裡，只有工作的時候翻到背面，我一個人在店頭忙碌。

一個人能做的事有限，沒辦法一邊幫這個客人剪髮，又幫隔壁的客人洗頭，等待時間無可避免地拉長。兩個以上的客人在等候時，我會說明狀況，請他們另找時間，而這種情形增加了。

不可思議的是，同樣是平日的白天，有時客人會間隔幾分鐘或幾十分鐘陸續上門，我得一一向他們賠罪「今天客滿了」；但也有完全沒客人，我一整天就守在櫃檯看書的日子。這讓我忍不住想埋怨：怎麼不平均分散來呢？

許多常客都擔心我、爲我打氣。草薙夫妻也是。他們是一對四十多歲的夫妻，住在仙台市北郊的泉區黑松，但以前住在我們店後面，當時草薙先生是我們的客人。他每個月都會來理髮，太太美良子女士偶爾會上門光顧。他們買公寓搬到黑松後，有時還是會特地開車來店裡。茜的死訊，他們好像是從別處得知，在重新營業後的某一天，美良子女士來了。一開始她可能覺得必須假裝不知情，佯裝自然地說「頭髮長了，來修一下」，淚水卻奪眶而出，反倒是我慌了手腳。她爲茜上香後，我幫她剪頭髮。這段期間她也強忍哭泣，但淚水仍流個不停。

聽到草薙太太即將被視爲危險分子逮捕的傳聞時，我打從心底感到震驚，同時深深懷疑起和平警察制度。草薙夫妻不可能是危險分子。然而，我聽到流言：「那個太太的前夫啊，聽說從公寓墜樓而死呢。她好像隱瞞了這件事。」

我不禁傻眼。個人過往的不幸，誰會沒事拿來跟別人閒聊？就算發生過丈夫從公寓墜樓的意外，一般也不會認爲是妻子故意造成。「聽說他們有買保險。」保險就是爲了這類意外事故才買的，拿到理賠也是天經地義，爲什麼要批判這一點？

我差點笑出來，但更感到恐怖。這不是跟早川醫生那時一樣嗎？

草薙太太是安養院的員工，工作繁重，甚至可能搞壞身體，然而她一蒙上危險分子的嫌疑，就傳出各種眞假難辨的流言：「她侵占老人存款」、「她把痴呆老人的影片傳上網路」。與本人相處時的印象和體驗逐漸被「警方公告」和「流言」覆蓋。「眞不敢相信」、「明明看起來像個好人啊」，這群人儘管納悶，卻完全不會想「她是被冤枉的」，反而感嘆「人不可貌相」。

「比起令人安心的資訊，對於搧動危機感的資訊，人們更容易起反應。」我想起店裡的常客蒲生先生這麼說過。「這樣一來，長壽的機率會比較高吧？我覺得就近似於生物的本能。」

「本能？」

「對。比起快樂的回憶，對恐怖的經驗印象更爲深刻。而且小時候的記憶中，往往也都是丟臉、討厭的事記得更清楚，不是嗎？」

「毋寧說全都是那樣的記憶。」我點頭同意。

「也許是對生物來說，失敗和可怕的經驗是不可以忘記的。畢竟有意識地改善弱點很重要。所以，比起『沒事』這種話，聽到『看起來好像沒事，其實有危險之處』，人們就會更謹慎地去看待，還有……」

「還有？」

「我覺得比較容易拿來當成八卦傳播。」

蒲生先生很年輕，卻知識淵博，能夠客觀評估人事物。

對於草薙太太的傳聞，我的想法很單純。只希望不要再發生早川醫生那樣的事。

我不希望草薙太太碰上跟早川醫生一樣的遭遇。

「妳也不認爲草薙太太是危險分子吧？」我對茜的遺照說，決定跨出一步。

我想要救草薙太太。

這不會違反我的主義嗎？

從祖父和父親的死學到「救人準沒好下場」的教訓。

但我無法視而不見。不，坦白說吧，我需要一個明確的目標。就像買了電吉他的國中生，與其關在家裡亂無章法地練習運指，決定要在一個月後辦演奏會，更能提升鬥志。

爲了救助佐藤同學，像個路煞般施暴也令我興奮。我不願承認，但我肯定也如同縱火魔和色狼般成癮了。

我找到一個名正言順的理由。

對抗和平警察。

因爲他們隱瞞鷗外同學的死，並將無辜的早川醫生處刑，這次又想抓走草薙美良子女士。

這時，我設下一個自私的規則。我不能救助每個人。救了一個人，就必須救所有人——如果不能維持這樣的公平性，就會被抨擊是僞善。

既然如此——

就只救我店裡的客人吧。最多到客人的家人。我並沒有幫全世界每一個人理髮。僅限來店裡的人而已。同樣的道理，我允許自己「只有得知常客陷入危機時，才能出手相救」。

我也可以這麼想：珍惜顧客是做生意的基本原則，所以這絕對不是什麼善行。

救草薙太太，等於反抗和平警察。

找和平警察的碴，就像少年大衛對抗巨人歌利亞——不，我的情況只是自暴自棄，因爲失去妻子，不怕死，所以想要盡情撒野罷了。跟大衛的勇敢完全相反，我勢單力薄，被迫意識到公權力與理髮師之間的力量差距。我預先做好準備，至少要避免被警方從街上的監視器查到我的身分。

我首先調查草薙太太住家附近的黑松地區。網路上的地圖也有實景，我用來掌握監視器的位置，其餘則是親自前往，佯裝路人，盡量找出不會被監視器拍到的移動路線。

移動方法也是令人擔憂的問題之一。

不能騎自己的小綿羊機車，可能兩三下就會被查到。

我頭一個就想到甲野機車行。甲野老爺爺經營一家中古機車行，那裡的鑰匙管理很鬆散，可以輕易偷車，所以不良少年把它當成一夜出租機車行般借了又還。我聽佐藤同學說過這件事。

這幾十年間，甲野老爺爺的店鋪外觀一直都像棟臨時小屋或工寮，沒裝設監視器之類的設備。

所以，我決定要保護草薙太太時，便入侵甲野先生的店，連同鑰匙偷了一輛機車。有那麼一秒，我不曉得該挑什麼車款，但我一直嚮往蒲生先生騎來的二五〇CC速克達的帥勁，一發現類似的車就立刻有了決定。我把車停在理髮廳的停車場，以便隨時取用，並罩上套子。對我來說，這樣就算準備萬全。我也將車牌遮起。

和平警察什麼時候會帶走草薙太太？連這件事是否眞的會發生都不清楚，我還是不停往返草薙家，持續觀察狀況。

理髮廳雖然重新營業，但營業時間縮短，而且不定時公休，根本沒有要認眞做生意，白天我可以自由行動。

就在那個時候，我救了水野先生的女兒。

我到草薙家附近，確定今天太太也沒被帶走後，騎自行車到河邊，用磁鐵和木刀進行自我鍛鍊。這已成了每天的例行公事，回程途中，我看見水野先生的女兒騎自行車經過。我曾在街上遇到水野一家幾次，認得他家人的臉。

我們在昏暗的小路上擦身而過，我想到「剛才那是水野先生的女兒吧」，回頭一看，發現她被幾個突然冒出來的人影包圍。我凝目細看，她被塞進箱形車，只剩她的自行車被丟在原地。

當時的情況十萬火急。我當場記下箱形車車號，踩著自行車衝回理髮廳，隨即跨上那輛機車出門。我慌忙回到原處，箱形車已不見蹤影，果然追丟了嗎？我焦急地在大馬路上徘徊時，發現了那輛車。

那個時候，救助水野先生的女兒的過程很順利。我成功地用磁鐵和木刀打倒凶惡的學生，當磁鐵球衝撞對方就要揮過來的鐵管時，那效果甚至令我感動。

所以我得意忘形了。幾天後，我目擊草薙太太被帶走，採取強勢的行動。我將鷗外同學的磁鐵球擲向一名調查員，結果球撞到他的肚子，把他直接拖到附近寫著「小心色狼！」的板子上，雙方激烈衝撞。趁著另一個調查員往那邊看的時候，我揮舞手中的木刀。木刀砍中那名調查員的腦門，那股令人懷疑是不是會把頭打爆的衝擊力，以及調查員往後翻倒的模樣，讓我失去僅存的理性，接著我就無法掌握眼前的狀況了。

雖然不復記憶，但我有印象自己抓著木刀大鬧一場後，發現「小心色狼！」的牌子就在身旁，便死命把黏在上面的磁鐵推向旁邊扯下。這時，一道槍聲響起。回頭一看，草薙太太倒在地上，而我趁著調查員都在注意那邊時，扯下磁鐵成功回收。一回過神，我已跨上機車逃跑了。

都是我害的——不，如果草薙美良子女士被和平警察帶走，會被當成危險分子處刑，所以結果一樣，反倒是她沒吃苦就離世，還值得安慰。我這麼告訴自己。很自私的歪理，但如果不這麼想，我的精神實在無法維持正常。

爲了正當化自己的行動，我心中的某個想法益發強烈。

我是很壞沒錯，但和平警察更邪惡。

任意玩弄對一個人來說最重要、只有一次的人生終點，他們簡直差勁透頂。

蒲生先生和水野先生被捕了，我在報紙上看到新聞報導。

蒲生先生和水野先生？

報紙上說，他們是爲了得到和平警察的情報，或者是爲了破壞警方的工作，闖入和平警察所在的建築。我首先感到意外的是，原來蒲生先生和水野先生認識。他們都是店裡的客人，但每次來的時段和日子都不一樣。他們認識的契機應該與我的店無關，但我還是很驚訝。

我想起他們來理髮時的對話，他們「對和平警察心懷不滿」是事實。水野說過「他們跟特高警察沒兩樣，會拷問嫌犯」。蒲生則說「我認識的人被逮捕了，可是我實在無法相信。那一定是弄錯了」，語氣沉靜，但顯然憤慨不已。他那個朋友似乎被當成危險分子拘留，受到審問，結果在拘留所內上吊自殺，蒲生先生提到這件事時非常難受。

他們出於這樣的反抗心理，才會闖入和平警察的機構。我做出結論，他們一定是跟我站在同一陣線。同時，恐懼也攫住我的腳踝。

如果知道他們是這家理髮廳的常客，警察會不會馬上來回收監視器紀錄？當然，錄影紀錄只有三天份，被拿走也不會怎樣，但受到懷疑本身令我害怕。警方也可能把我和草薙美良子連結起來。

必須在遭到調查前，先救出他們才行。

隔天白日，我得到這個結論，決定付諸實行。

就在我思考這個計畫時，社長來店裡了。

理髮廳的三色燈沒有轉動，店門也掛上「CLOSE」的牌子，所以我鬆懈地在店面準備闖入和平警察大樓的計畫。我打開鷗外同學的背包，分類磁鐵球，思考該帶哪些。雖然很像小時候為遠足做準備，但要帶的東西是不起眼的磁鐵、面罩和皮手套等等，因此和遠足不一樣，心情一點都不雀躍。

我挑選了大小各五顆的磁鐵，覺得應該不夠，又各拿五個。我想到應該要把筒狀武器帶去。根據在河邊的實驗，它可以成為強力的射擊武器，應該能派上用場。但只能使用一次，因此我也十分煩惱，不知用在這裡好嗎？換句話說，我並沒有把這次的行動當成最終對決，認為還有下一次。雖然沒有任何根據，但以結果來看，我是對的。

門上出現人影時，我在櫃檯附近把玩筒狀武器。隔著門上的玻璃，我知道社長站在那裡。他把臉貼在玻璃上，看著這邊。我以為我鎖門了，但好像沒鎖，門慢慢地打開，情急之下，我將磁球和筒狀物藏到櫃檯底下。其他東西還放在背包裡。

「社長，今天公休耶。」

「拜託啦。」社長做出膜拜的樣子，「等一下我要談重要的生意。」雖然不曉得這話有幾分眞實性，但他低頭行禮說：「當成一種緣分嘛。」居然用這種莫名其妙的話懇求，惹得我也笑了。這時我才知道櫃檯底層是鐵製的。藏在底下的磁鐵球發出「砰」一聲貼上。

從社長的位置看不見，但那聲音引得他歪頭納悶：「什麼聲音？」我靈機一動，把筒狀棒子也貼在磁球上。總之就是在櫃檯底部貼上磁鐵，並讓筒狀武器也吸附上去。雙手總算自由，我若無其事地走出櫃檯。「這次特別幫你剪。」我指著正中央的理髮椅，對社長說：「請坐。」

「得救了。」

自從那通電話以後，社長來過兩次左右。他完全忘了在新港附近目擊鷗外同學的事，對茜的死表達關心，爲她流淚，近乎煩人地鼓勵我。雖然誇張，但我深知社長平日有多豪爽大度，因此敞開心房接受。

我用噴霧器打濕頭髮時，社長說「我說眞的，久慈，有什麼我能幫忙的事，一定要告訴我」，於是我冒出那個點子。過去我一直當成客套話，此刻我總算開口：「我的確有個請求。」原本直視鏡子的社長稍微改變角度，確認鏡中映出的我的表情。現實中的我，和鏡中的我瞬間切離，就像我只是在看倒映在那裡的另一個肖似我的人影。

「那麼，」社長目光炯炯，「是我幫得上忙的事嗎？」

「應該吧。」

「那我答應。」

「咦？」我不禁有點慌了。「請你聽過內容再回答。」

「沒問題，我相信你。你不會要求我做出違背道德——比方說違法的事。我可以幫你。」

一股罪惡感湧上，後悔竄過背脊，我心想不該開口，但已騎虎難下。一半爲了告白眞相，另一半是想看看總是泰然自若的社長會不會驚慌，我說：「其實是違法的事。」

「這樣啊。」社長的眉毛挑了一下，「那是怎樣的請求？」

「我想幹掉那個沒把我太太醫好的醫生。」

社長聞言，不由得瞪大眼睛。

「騙你的啦。」「什麼嘛，小事一樁。」我的話跟社長的回答重疊，我嚇一大跳。這代表社長比我有膽識。他好像早就聽出我在開玩笑。「幹掉醫生，就算是我也做不到哪。」

「我想拜託社長的事，比這還好一點。社長知道哪裡有空的公寓，或是透天厝嗎？」

社長露出思考謎底般的表情沉默著。

「我不是要買房子，而是想幫人。」

「遊民嗎？」

「不是。不過社長這麼想，或許比較容易理解。或者可以說……」

「可以說什麼？」

「我想藏匿李查．金波（註）。」

「哦，原來如此。要讓他住在那裡嗎？」

我點點頭。「那個人的身分，我連社長也不能說。有沒有可以祕密借給我的地方？」這個請求太胡來了。我不知該擺出什麼表情，但還判斷得出不該呵呵傻笑。結果倒映在鏡中的臉，變成要笑不笑、彷彿啞巴吃黃蓮的半吊子表情。

「也不是沒有。」社長說。

「咦？」

「就是你想要的地方啊。也不是沒有。不過不在市內，是在富谷町那裡。有一棟公寓，我買了以後就一直沒動。是中古屋，一整層樓空著。」

「一整層樓？」

「對，我本來想買來當員工宿舍。」

我想起聽社長提過這件事。「那裡還空著嗎？」

註：電影《絕命追殺令》主角，蒙上殺妻罪嫌的他，一面逃離警方追捕，一面獨自尋找真凶。

「本來想馬上賣掉，但又覺得可惜。」

「那裡可以用嗎？」我腦中惦記著闖入和平警察機構後如何救走蒲生先生他們的事。就算直接讓他們回家，也只會再次被警方抓走。換句話說，需要進行某些交易和鬥智，因此必須讓蒲生先生他們逃到能確保安全之處。

我沒發現有別的客人上門。「請問，」旁邊突然有人出聲，我嚇一跳。只見一個穿西裝的眼鏡男問：「可以幫忙理髮嗎？」不，今天不營業——我本來要這麼說，但又嫌麻煩，便應道：「啊，可以。請先等一下好嗎？」

社長也避免再提剛才的話題。「有沒有什麼宣傳的妙點子呢？」他又說起這件事。理完頭髮，社長結帳準備離開：「謝啦，拜拜。」他走到門口說：「剛才那件事，晚點我再好好聽你說。我會先準備。」然後，他身子一轉，指著牆上的監視器，略略蹙眉：「有這東西在記錄，談那種事情沒問題嗎？」

「沒問題，等一下我會刪除。按一下重設鍵，錄影資料就會刪掉了。」

「那樣做沒關係嗎？」

「嚴格地說，應該違法吧。」

對我來說，「法律」再也不是保護自己的事物，而是敵方手中的武器之一。

救出蒲生先生他們的過程，我記得不是很清楚。雖然感受到前所未有的緊張，但也伴隨著未曾體驗過的興奮。理所當然，和平警察大樓和街上其他建築物沒兩樣，真要說的話，外觀更陳舊。這一點更烘托出秉持信念，持續屹立在同一處的頑強審判者的可怕。

我在東西向的單行道小徑，與北四番町大道交會的公寓停車場停下速克達。訪客用車位幾乎都空著，我檢查過那裡沒有監視器。我揹著背包，肩上搭著裝有筒狀武器的袋子，徒步移動。

我挑選民宅之間的私人道路，偷偷摸摸地接近大樓，在打烊的拉麵店後方脫下夾克，變為騎士服裝扮，並戴上面罩。護目鏡要等到靠近大樓再戴上。大樓後門的認證裝置能否用磁鐵破壞是個賭注。如果打不開鎖，撤退就是了。我只有這點盤算。

門打開了，我跨出無法回頭的一步。接下來，我只是沒命地應付各種狀況。我在走廊上碰到疑似調查員的人。雖然嚇一跳，但相較於對方，我已做好覺悟。裝備和心態都有萬全的準備，可以出其不意地進行攻擊。

他們的皮帶裡似乎嵌了鐵板，一丟出磁鐵就看見他們失去平衡。我趁機拿木刀砍他們的頭，並用膠帶捆綁起來，以此解決數人。一開始手忙腳亂，但漸漸地就變成替店裡的常客理髮般，按部就班、淡淡作業的感覺。

磁鐵的效果超乎預期。拆下包裝丟出，光是這樣就能轉移對方的注意力。如果附近有磁鐵會反應的東西，像是牆上的牌子、緊急逃生門，磁鐵就會狠狠撞上，發出巨響，並且吸引對方的身體。

有一次碰到制服警官想要掏槍，但槍也對磁鐵發生反應，槍口大大傾斜。可能是對方的手穩不住，失了準頭，開槍也沒打中我。趁著對方慌亂時，我用木刀攻擊。我留意著每打倒一個人，就回收磁鐵。

我先找到水野先生。二樓深處，有條通道兩旁並排著房間，散發出「這裡關著人喔」的氛圍，沉重的門上有小窗，於是我從外面窺看，一一確定裡面關著什麼人。有人躺著，也有些人渾身癱軟，讓人不禁懷疑是不是死了。有人在室內踱來踱去，一發現我在外面，就哀求似地湊上來傾訴什麼。不知爲何，也有人不斷地在賠罪。

我的心很痛，但沒有理會他們，繼續尋找水野先生和蒲生先生。

腦中只有「沒辦法救助每一個人」的教訓。

能救的只有我剪過頭髮的客人。

水野先生醒著。我默默地拿磁鐵貼上電子鎖，把門打開。一臉茫然的水野先生，看到連身騎士服打扮的我，非常害怕。我幾乎是硬把他拖出來，告知：「我是來救你的。」我戴著面罩，不會暴露身分。實際上，水野先生似乎也認不出我。「蒲生先生呢？」

「如果不在這裡，就是在偵訊室。」水野先生說。他嚴重疲勞，搞不清狀況，意識模糊。該說是出於職業習慣嗎？我忽然注意到他的頭髮，心想「水野先生的頭髮也該剪了」，又忍不住鞭策自己：你未免太悠哉了。

水野先生腳步蹣跚，思考也尚未跟上，但仍回頭說：「還有田原老弟，不曉得他關在哪裡。」田原，我的常客裡面沒有叫這名字的。

我不能救田原。我沒說出口，但在內心用力肯定。

沒辦法救每一個人。不能想救每一個人。

僞善者！我覺得有人正憤怒地指責我。這不是善舉，只是做生意，我對自己說。

偵訊室在樓上。我告訴自己要冷靜行動，然而在碰巧進入的房間裡，我看到一名上了年紀的老婦人齜牙咧嘴地吊掛在器具上，幾個男人在一旁訕笑。目睹這一幕，我的腦袋瞬間空白。接下來的事我記不太清楚了。我擲出磁鐵，並用木刀毆打，然後撿起對方手中鬆開、類似橡膠警棍的物品，又拿來痛打對方。我感受到對方的腦袋破裂了。

我打開隔壁房間，蒲生先生就在那裡。

我盲目地行動，毆打制服員警。因爲沒有斟酌力道，連對方有沒有被打死都不知道。房內剩下的男人不是制服員警。見到我這個突如其來的入侵者，那人儘管驚訝，卻露出垂涎欲滴的表情。雖然憤怒，但也興奮起來了嗎？

對方顯然熟悉暴力，但磁鐵在這裡也大顯神通。

磁鐵吸引了對方的注意力，令他心生動搖。

我想用木刀砍他，被閃開了。

對方的力道驚人，我被震懾而萌生危機感。回過神時——簡而言之，就是出於害怕，我掏出筒狀物，按下按鈕。只剩下一支了。但不在這裡使用，更待何時？

煙霧瀰漫中，我把蒲生先生帶出去。蒲生先生對著隔壁房間的女人喊「媽」，因此我決定連同水野先生，救出他們三人。我心想三個還能負荷，也覺得「幸好她是蒲生先生的母親」。如果不是，我要遵循只救常客及其家人的規則，將她拋下。姑且不論自己做不做得到，但我一定會煩惱不已。

從兩個房間回收磁鐵後，我離開大樓，折回來時路，前往公寓的停車場。

我把便條和車鑰匙交給蒲生先生。紙條上寫著停有社長車子的停車場地址和車牌號碼。上面也寫了「請逃到導航設定的公寓四〇五號室，車子裡的衣服可以換穿」等訊息。「之後的事，公寓裡有說明。」

我不知道思緒混亂的蒲生先生究竟能掌握多少狀況，但我囑咐：「打起精神，去車子那裡。」

蒲生先生回答：「好的，感謝你相救。」

後來的事我就不知道了。也許很不負責任，但我更強烈地感覺到隨便怎樣都無所謂了，不管是凶是吉，都是命中注定。

我往反方向前進，穿上夾克，跨上速克達。

回到店裡，換衣服時，恐懼再次襲來，我蜷縮成一團，抖到站不起來。我發現監視器在拍，刪掉監視器紀錄後，疲勞湧上來，我當場躺下睡了一會。休息時，我不禁懊悔沒有把那棟大樓內的監視器都破壞掉。

✂

我所做的事，要說是自我滿足，實在太自私；要說是救人，犯下的罪也太重了。

我用木刀毆打的人應該受了很重的傷，而被那筒狀武器攻擊的刑警應該死了。我可能還殺了其他的人。這不是能被原諒的事。我非常明白，但這個事實不會讓我發瘋。因為茜的死和鷗外同學的死，早就讓我失去理智。早已失去的事物，再也無從失去。

我覺得自己的日常變得一點都不真實。

如果有那麼一天，有人就這一連串的事件來訪問我，問我為什麼「做出那種事」，我一定會回答：「那種事」要說是「效法正義使者」也行，或者可以說是「針對警察組織的恐怖行動」，但其實我是因為「妻子突然過世，對必須一個人活下去的人生太不安、太寂寞」，才會做出這些行為。若是這麼回答，一定會引來輿論炮轟，甚至遭人丟石頭：只因對人生感到寂寞就闖入警察機關，殺傷服務社會大眾的刑警，簡直跟「想要被判死刑而殺人」的路煞沒兩樣！

不一樣！我有想救的人。真要計較，警方不也輕易毀了鷗外同學的人生嗎？即使想要抗辯，說穿了，那也只是自私自利的自我辯護。

沒有真實感，也沒有恐懼。

我很擔心蒲生先生他們是否平安。

我把妻子茜的智慧型手機，放在蒲生先生他們的車子裡。雖然只能用到電池沒電為止，但可以透過它搜尋所在位置，而根據定位顯示，他們已到公寓。屋裡有寫著指示的便條。

便條上提到希望他們低調地在那裡生活一段時間。打扮樸素地去附近店家買東西沒關係，但不要做出會讓身分曝光的行為。當然不能回家，也不要和家人聯絡。如果在這時候回家，或是被發現他們的所在之處，又會被警方帶走，所以務必忍耐——上面寫了這些。

不知道他們會聽從我的指示到什麼程度，我又補了句「請忍耐二十天」，但這個時間並沒有根據。要求他們漫無止境地忍耐太殘忍，我也能想像實際上應該難以忍耐。在我的想法中，我打算先讓蒲生先生他們過著隱密的生活，然後趁這段期間與和平警察談判。雖然不知道能不能談判，但只能這麼做了。

兩週好像太短，但一個月會讓蒲生先生他們太過不安，所以決定是「二十天」這個數字。

二十天想得出法子嗎？二十天後，蒲生先生他們會怎樣？會無法忍受，還是可以再忍？

完全是走一步算一步。

一開始是對付霸凌佐藤同學的高中生，接著到打倒攻擊水野先生的女兒的大學生都還好，後來我想阻止草薙美良子女士被帶走卻失敗，在電視新聞中看到蒲生先生他們被捕的消息，坐立難安。「萬一警方從他們常去的理髮廳查到我這裡，我會被懷疑的」，我出於焦急而救了他們。結果又扛起這個大問題。救助蒲生先生他們果然是個錯誤。就像不曉得該怎麼照顧衝動之下收養的動物，後悔不已，感覺到沉重的責任與壓力。

好想扔下一切逃走。

不經大腦或出於焦急而行動，使得自己不斷陷入泥沼，我完全就是個活生生的範例。我甚至不禁苦笑，心想：爲了自律，也許可以造一個新成語「久慈救人」。

這種行爲再繼續下去，遲早會被逮到。我可以輕易想像出和平警察找上門，亮出警徽的情景。

但和平警察還沒上門，我就先被別人逮到了。

那是個初次光顧的男客，屬於看似老成又似年輕的類型。髮型就像留長一點的大平頭，卻要求「請幫我剪齊」。我正在幫他剪髮旋的部分，他忽然開口：「其實我看到了。」

「咦，看到什麼？」理所當然，我以爲他是在閒聊，悠哉地想著，要是能從這名生客的興趣或喜歡的運動聊開就好了。

「前些日子，我看到你從和平警察的大樓出來。」

血液彷彿「嘩」地流光，寒意從腳底竄爬上來。「和平警察？」

「老闆在跟和平警察戰鬥嗎？」客人只有嘴邊浮現笑意。

「咦？」和平警察這四個字重擊我的腦袋。他接下來的話，會不會將我一把捏碎？我盤算著是否該當場扔下剪刀逃亡。如果雙腳還使得上力，也許我會眞的逃跑。

鏡中短髮的他道歉：「抱歉，這麼唐突。」他的臉上不帶感情，接著說：「和平警察錯了。他們就像祕密警察或戰時的特高警察，逾越尺度，爲所欲爲，在全國各地處死無辜的民眾。」

我不知道如何接話，只能沉默。

「那個時候，研討會的夥伴……」

「研討會？」

「對，我們的夥伴就在那棟大樓。正確地說，和平警察裡也有我們的同志。」他繼續說。

我就像變成自動機器人，持續著不知重複幾千、幾萬次的剪刀動作。他說「那個時候」、「那棟大樓」，一定是指我救蒲生先生他們那時候。

「當時我們的夥伴，正從管理監視器和偵訊錄影紀錄的房間弄到那些情報。」

「在那個時候？」

「對。同志說，他看到螢幕上映出陌生入侵者大鬧和平警察機關的影像。那個人穿著連身服，帶著被拘留的人離開。我接到聯絡急忙趕去，然後尾隨那個人……」

「尾隨速克達？」這時我已放棄掙扎。

「對。我也騎機車追上。」

我反射性地望向店外，思忖著他今天也騎機車來嗎？不，不對。我記得他是從馬路對面走斑馬線過來。結果他好像誤會了我的視線，「那裡的監視器紀錄，你上次也刪除了吧？我在外面看著，你放梯子爬上去，操作監視器。那是在刪除資料吧？」他瞇起眼睛，「現在這段對話，晚點也請刪除。」

他連這種事都知道了？

「你是獨自對抗和平警察嗎？」我知道他朝我投以凌厲的視線，但我不敢迎視，專注理髮。你是單槍匹馬作戰嗎？他應該是這個意思。他不斷提出問題，想要套出我的情報嗎？

「久慈先生，接下來你要怎麼做？」「啊，快剪好了，等一下要洗頭和理容。」

這時，他露出冷笑，似乎有些瞧不起人。

「不，我不是說這個。」前一刻都還戴著的假面具剝落，但他立刻板起臉。「和平警察會逮捕無辜的人並處刑。」

「嗯。」

「接下來連高中生也要被處刑。」

「咦？」

他說他們從和平警察內部得到情報，警方預定要帶走高中生。如果只是這樣也就罷了，他還加了句可怕的評語：「而且，佐藤誠人是這家理髮廳的常客，對吧？」

佐藤同學會被處刑？

我的表情繃住。那模樣一清二楚地映在鏡中。不是因爲擔心或同情佐藤同學，也不是對和平警察的作爲感到憤怒，而是厭倦了遵守「只救店裡客人」的規則。自己定下的規則，掐住了自己的脖子。

我非救他不可嗎？

當然，現下在這裡說話的男人，不可能連我個人的規則都知道。「我手中有警方將在何時、循怎樣的路線帶走佐藤誠人的情報，你要嗎？」

他利用鏡子的反射，直鉤鉤地盯著我。看起來像是挑釁，也像在觀察。

「客人，你到底……」我刺探性地問。

「我是挺身反抗和平警察的集團成員之一。」

「反抗集團？有這種東西嗎？」並非懷疑或有戒心，而是為「原來我不孤單」感到安心。

「這集團以金子教授為中心，稱為『金子研討會』。久慈先生要不要加入我們？」

✂

從結論說起，我救出佐藤同學的行動失敗了。我原本預定在經過根白石漫長直線道路後的小路襲擊警車，將佐藤同學從前方車輛救出，但佐藤同學不在車裡，我當場方寸大亂。

計畫失敗了。

該怎麼辦才好？

這兩個想法在全身亂竄，我無法思考別的事，只能努力對抗現身的刑警和制服警官——不，那不是「對抗」這類英勇的行動，只是困苦迎戰，死命掙扎，只求不被逮到而大鬧一通。唯一值得慶幸的是，磁鐵對車體起了反應。

我抓住機會丟出去的磁鐵，接二連三衝撞到車體。那勁道和巨響顯然嚇阻了對方，讓他們停止動作。我趁機揮舞木刀。我也準備了筒狀武器，預定最後靠它攪亂場面，趁亂逃走。但佐藤同學不在，而且警方彷彿早就在防備我登場，我背脊發涼，心想這樣會完蛋。

我可以當場乖乖就範，承認敗北。我也可以選擇讓警方逮捕，就此結束一切。那樣會更輕鬆。

就在我想要逃走時，車子爆炸了。我連出了什麼事、是什麼東西起火都不曉得。在我眼中，警車是自己膨脹起來，並且爆裂。我跌了個四腳朝天，隨即爬起來跳上速克達，全速逃離那條路。我騎出大型速克達輪胎幾乎要飄離地面的高速，遠離現場。

隔天，自稱金子研討會成員的那個人又來了。

雖然是平日，但店一開門就有幾名常客光顧。一如往常，靠我一個人要同時為多人理髮是有極限的，因此我當場安排時間表，按照順序一個個理髮。回過神時，已超過下午一點，而金子研討會的人彷彿料準我的工作會在那個時間告一段落，走進店裡。前幾天我才幫他理過頭，但仍決定讓他坐下，這樣才不會顯得不自然。我還沒開口，他就自己坐下了。

我幫他繫圍巾，說：「失敗了。」警方路線及情報是他給我的。我不知道他的話，還有「金子教授領導的團體」能否信任，但他說「我們會在經過根白石的直線道路南邊準備障礙物，堵住警車」，而他守約了。警車停下，我才能發動攻擊。他們沒撒謊。「佐藤同學怎麼了？」

「他後來被其他車子載往和平警察那裡了。」

「怎麼會這樣……」

「抱歉，我提供的情報，似乎造成了反效果。」

對方老實道歉，我反而覺得他們並沒有製造多少麻煩。不幸的是被爆炸波及的犧牲者。「怎麼會發生爆炸？」我依著平時的步驟，用噴霧器打濕他的頭髮。我該至少幫他修剪髮稍，洗個頭嗎？

「因爲那場爆炸，和平警察出現死傷。」

「這樣啊。」那場爆炸的規模驚人，造成死傷也不奇怪，但我還是害怕人的「死」，語氣不由得變得強烈。

「經過DNA鑑定，來自東京的特別調查員死亡。唔，現場血肉橫飛，不可能還活著。」

「什麼爆炸了？」

「本來就裝設在車子裡的爆炸物啓動了。」

「車子裡怎麼會有爆炸物？」

「大概是想要攻擊你。車上載的不是高中生，而是炸藥。他們或許計畫用炸藥把前來營救的人炸死。」

「沒被炸死，算我運氣好。」我毫無眞實感地說。

「是啊。」瞬間，我覺得這話聽起來言不由衷，背脊一陣發涼。他覺得我怎麼沒被炸死嗎？我忍不住猜疑，仍專心修剪髮稍，沒工夫思考多餘的事。雖然他的頭髮剛剪過，但眞要修剪，依然找得到可剪之處，眞有意思。

「好像會被處刑。」他說。

我停下剪刀，挺直身體，望進鏡子。繫著理髮圍巾，頂著一顆大平頭的他，一臉嚴肅地說：

「那個高中生會在下次的處刑日上斷頭台。」

「佐藤同學眞的會被處刑?他是高中生耶?」

「應該是爲了誘出他們最大的目標。」

我沒有問是誰。錯不了,絕對是我。因爲我跟和平警察作對,對方也認眞起來,結果殃及佐藤同學的人生。

全是我害的。是不是一切都在朝不好的方向發展?

祖父和父親的遭遇掠過腦海。不是善有善報,而是善有惡報。

「小心剪刀。」鏡中的他說,我注意到自己正用力捏著剪刀。

我有股想要拿它插進自己脖子的衝動。

「該怎麼辦……」

「只能趁那時候救他了。」

「在處刑日?」

「要再次侵入和平警察的建築物很困難。到了第二次,他們也會有所提防。那麼,要救出關在裡面的佐藤,趁他離開那裡時,成功的機率最大。處刑時,他一定會在廣場。」

「可是要怎麼做……」車站東口的廣場一定會擠滿人。有些人是單純來看熱鬧,但有些民眾是來見證「惡有惡報」這個現實。其中有上班族,有年輕人,還有帶著小孩的父母。實在難以想像，在這麼多人面前，佐藤同學將被殘酷地砍斷脖子。面對死亡，佐藤同學會有什麼反應？他可能會驚慌失措，難看地懇求饒命。他本人不必說，他的父母一定哀痛欲絕。更何況，他是被冤枉的。

要是在戰國時代還是江戶時代也就罷了，但這是可以發生在現代社會的事嗎？

「如果我自首……」我說。這時我終於醒悟，若不願狀況繼續惡化，只有自我了結一途。

男人坐在椅子上，毫無表情的面具第一次出現裂痕。不到扭曲那麼明顯，但帶著爲難之色。

我不明白自己的發言哪裡令他困擾。

「很遺憾，如果你自首，只會跟高中生一起被處刑。」

「怎麼會？」

「這樣的可能性很大。」

我無法否定。和平警察的所作所爲，遠遠超出我的常識和道德範疇。

「那我該怎麼做……」

「只能去救他啦。」他說。客氣的話語中，偶爾摻雜粗魯的成分，我覺得有些不對勁，但並未特別放在心上。我不認爲他只是在我面前假裝禮貌。也許是我不想懷疑他。「我們會規畫好步驟。」

「步驟？」可是上回不就失敗了嗎？我不打算怪罪他，但他從我的口氣裡聽出責怪，加重語氣說：「世上沒有百分之百完美的計畫，但有幾個將計就計的方案。」

「反將和平警察一軍嗎？」我覺得反過來利用國家權力，是絕對不可能的事。

「當天只要靠近廣場舞台，讓處刑前被抓到台上的佐藤誠人等人逃走就行了。」

「讓他們逃走？然後呢？」連蒲生先生和水野先生接下來的安排都毫無頭緒，我實在不認爲自己還能再支援更多逃亡者。「或者說，到底要怎麼讓他們逃走？」

「我們有法子。」

然後，他開始說明計畫梗概。

聽完後，我並非確信有勝算，但也覺得除此之外別無他法，便消極地贊同。最後他說：「萬一久慈先生被和平警察逮捕，請把我們金子研討會的事全說出去。沒必要爲了不想出賣同伴而猶豫。」

「什麼意思？」我從來沒考慮過被和平警察逮捕的下場，有點害怕。

鏡中的他點點頭說：

「我們是命運共同體。」

雖然他的臉上浮現笑容，但就像一吹就熄的燭火，稍縱即逝。

第四部

二瓶

「幸好今天天氣晴朗。」刑事部長的聲音響起。

東口廣場是仙台車站東邊的空地。以活化市民交流為名目，要求從以前就在這裡做生意的店鋪搬離，打造出寬闊的區域。廣場北邊略高的高台，在舉辦活動或演唱會時，可以當作舞台，這時二瓶就站在舞台旁邊的側翼。他以便服調查員的身分在周圍警戒。

刑事部長交談的對象是警視監。和平警察的集會——執行公開處刑時，警察廳的警視監都會在場。據說這具有負責人親眼見證、掛保證的含義，但二瓶覺得說到底就只是警視監也想在近處觀看處刑。一種坐在特別為他準備的觀眾席欣賞的心態。

刑事部長鞠躬哈腰，將警視監領至台上側邊。那裡擺了個貨櫃，充當臨時休息室，所以先帶他去那裡吧。那阿諛諂媚的態度雖然教人目瞪口呆，但從讓組織順暢運作的意義來說，或許需要這種人。

二瓶等人的前方聚集許多市民。

這氣氛好像是來參加搖滾音樂祭，三好說。是啊，二瓶應著，卻感覺聚集在這裡的觀眾，沒有一絲期待搖滾樂團登場般的歡愉。身在此處的群眾，全散發出陰鬱的緊張感。

天氣很好。萬里無雲就是這種景象，比藍色更接近白色的天空沒有濃淡，彷彿決心要面無表情地迎向接下來的一天，展現出政治家回答「無可奉告」的冷漠態度。

「喂，二瓶，你覺得會出現嗎？」三好在旁邊坐下來，問道。轉頭一看，他臉上掛著賊笑，正在用指頭摩擦鼻子旁。二瓶馬上意會到他是指誰。那個穿連身服的磁鐵男。這次的目的，與其說是處刑危險分子，毋寧說是以處刑爲誘餌釣出那個男人。

「不出現就糟了。」

「你要爲眞壁調查官報仇？」

「不是。」二瓶斬釘截鐵地回答。他與眞壁鴻一郎共事的時間不長，因此眞壁的死，也只有與他存在的時間差不多程度的眞實感。眞壁希望死後被螞蟻拆解搬走，沒想到眞的被炸成無數碎片死去，根本是天大的玩笑。「連身服男與警方作對是事實，無論如何都得趁這次的機會逮住他。」

「實在是顏面掃地哪。」

藥師寺警視長仍是老樣子，貫徹面無表情的冷漠態度，但感受得到他懷著非比尋常的嚴肅心情，面對這次東口廣場的行動。當然，藥師寺警視長對眞壁鴻一郎的死並不感到悲傷或失落。站在他的立場，無法原諒竟有一介草民，膽敢跟他一手打造的和平警察作對。

前些日子的和平警察調查員喪禮上，藥師寺警視長致詞時，提到以身殉國的加護英司與肥後武男，表現出打從心底憎恨歹徒的悲憤。然而，對眞壁調查員的弔詞，幾乎像念劇本的演員。他以不帶感情的語氣說：「不能讓眞壁的死白費！」以夥伴的死爲燃料，點燃部下的鬥志，並且繼續搧風點火。

「今天是總動員，仙台市內其他地方，現在都變成無法地帶了。」三好笑道。二瓶知道他想說什麼。爲了迎戰連身服男，從縣警職員和鄰近警署調派人手支援。東口廣場四周安排了制服警官，團團包圍，廣場內則有便衣刑警到處巡邏。而附近的縣政府、市公所，到二番町路，及至定禪寺路、錦町一帶也都布下天羅地網。由於警方人力全集中在這區，若稍遠的地方出事，沒有人員能夠趕到。違規停車這點程度的犯罪，民眾可以爲所欲爲。

「就算穿著制服，也全是不認得的臉孔。」二瓶說道。三好苦笑：「我們這裡的年輕小夥子在廁所抱怨，說看到一個面相凶惡的傢伙，上前盤問，結果是今天來支援的警方人員。」

「很有可能。」

「不是有可能，是事實。」

是啊，抱歉。二瓶老實道歉。

「啊，二瓶，不過你有沒有發現，藥師寺先生他們好像掌握了什麼？」

「掌握了什麼？什麼意思？」

「我覺得是連身服男的情報，他們好像鎖定了幾個可疑人物。」

「鎖定嫌犯了嗎？」

「是啊。他們好像撒下誘餌，引誘他今天來到這裡。」

「連身服男嗎？」

「據說是把消息放給市區的可疑的人物，將其引誘過來。他們判斷眞正的目標一定會上鉤。唔，雖然我們這些小兵完全是局外人。」

是啊，二瓶回答，但並不特別感到屈辱。聽從司令官的指揮而非自己思考，這樣的角色比較符合自己的個性。就像踢足球的時候，司令塔太多也無法發揮功能，作爲手足奔走並拿分數的角色，一定也很重要。

「這麼一提，上次五島先生的同梯說，要對疑似連身服男的人設下圈套。」二瓶想起來了。

眞壁鴻一郎聽到這件事便提議：「那用金子研討會的圈套怎麼樣？」

「唔，這表示到處都是可疑人物。」

「結果仙台市也充斥著危險分子。」

「或者說，和平警察去到哪裡，哪裡就會變成危險分子大本營。」

這時，有人叫喚他們：「三好、二瓶。」塞在耳裡的耳機傳來刑事部長的聲音。

「怎麼了？」三好回答，對身旁的二瓶露出「沒用的部長又在狐假虎威」的表情。

「看平板電腦。東口廣場東北邊的小巷，有個調查員正在跟蹤目標。」

「目標?連身服男嗎?」

二瓶按下小型平板電腦的按鈕，顯示地圖。目前配置在各處的調查員所在地呈淡藍色圓點，但也有紅色閃爍點。今天調查員發出特定訊號——發現可疑人物時，圓點會變色閃爍。

「過去支援。」部長高高在上地說。

「遵命。」二瓶回答，立刻朝那個方向移動。

一會後，危險分子被帶到台上，廣場內的眾人都沉浸在緊張中。

不知不覺間，天空冒出淡淡的白雲，拉出一條橫線。

多田國男

廣場群眾之多，令多田膽怯，卻也氣憤不已。全是來瞎湊熱鬧的傢伙，現在可是平日，都不用工作了嗎?就那麼想看別人被殘忍地斬首嗎?感覺稍一鬆懈，他就會揪住旁邊疑似從公司偷溜出來的男人，大吼:「居然拿別人的死當休閒活動!」實際上他就對旁邊的西裝男子說:「喂，看這種東西有趣嗎?」

「不是有趣不有趣的問題啦。」那人不怎麼高，但肩膀很寬，年紀似乎比想像中還要大。「你不是也蹺課跑來看嗎?」

「我——」多田開口，卻想不出該說什麼。我能說我跟其他觀眾不同嗎？就算說明今天被處刑的是學弟，肯定只會招來一句：「那又怎樣？」實際上，多田也不懂自己為何過來。

佐藤向老師打多田的小報告——在這件事情上，多田跟佐藤有仇，但論到處刑又是另一回事，他不認為跟老師打小報告就該斬首。最重要的是，最近他一直想起小學時光。腦中浮現的全是和比自己還小的佐藤，一起在公園玩耍的畫面。他實在不認為當時的自己跟現在的自己是同一人，自己究竟怎會變成這副模樣？感覺就像望著蛻下的蛹殼，茫然若失。

那個年長的男人說：「因為那個吧，今天要被處刑的高中生是利用電腦，把外務省還是國防省的重要機密洩漏給海外。這是叛國罪啊。」日本沒有國防省好嗎？多田想著，反問：「那是眞的嗎？」不是平常頂撞大人的那種態度，而是發自心底的疑問。

那個佐藤，把國家機密賣給外國？那傢伙連對身為學長的我都抵抗不了耶？

「哪有什麼眞的假的，你沒看和平警察發表的聲明嗎？」男人眼中充滿近乎異常的氣勢，令多田有些動搖。那眼神不僅在懷疑「難道你也是危險分子？」，顯然已失去理性，暴力全開，令多田感受到危險。來到這裡的觀眾，表情或多或少都有些類似。明明應該是哺乳類的人類，卻都有一張爬蟲類的臉。多田甚至覺得，如果窺看他們的腦袋，恐怕會蹦出漫畫的氣泡框：「別管三七二十一，快點處刑就是啦！」

人潮中——多田也是其中之一——掀起一陣騷動。原本零星散布在各處、吵吵嚷嚷的人聲瞬間靜止，接著不約而同化成巨大的感嘆。

多田赫然回神，望向台上，立刻察覺原由。

制服警官從舞台右側現身。背後是一個穿著運動服般土黃色成套衣服的人，也就是即將被處刑的危險分子。他的雙手放在身前，應該是被手銬之類的東西奪去自由。警官後面是危險分子，再後面又是警官，再後面則是危險分子，如此交互並排。他們走上前，像即將粉墨登場的演員，首先上台一鞠躬。

佐藤在哪裡？

多田伸長脖子看著台上。距離很遠，沒辦法清楚看見每個人的臉。現在要前進也很難分開人群，多田反射性地東張西望，將附近一名年輕男子手上觀劇用的小型望遠鏡搶過來。「借一下。」對方當然生氣了，但多田惡狠狠地把臉湊過去，逼對方閉嘴。如果對方再囉唆，他就動用拳頭。透過望遠鏡，大致可以分辨台上的人。總共四名危險分子，三名是中年男子。只有隊伍最後一個是明顯還帶著稚氣的少年，那就是佐藤。排成一橫排後，佐藤變成在最右邊。台上兩邊站著和平警察的相關人員，幾乎都穿制服，也有便衣刑警。右邊有椅子，坐著一群像參觀者的男人。那是剛才魚貫上台，像是參加學校活動的來賓。

他們似乎是警方高層，多田從附近人們的交談中得知挺胸凸肚、神氣活現的男人是警察廳的警視監，旁邊是被稱爲「和平警察之父」的藥師寺警視長。儘管處刑在即，大人物們卻個個氣定神閒。對照之下，佐藤的臉色比紙還白，面無表情，彷彿早已魂不附體。

他眞的要被處刑？多田實在難以置信，身體一陣搖晃。這種時候居然發生地震，他焦急不已，結果發現自己的腳在發抖。臉孔緊繃，喉嚨乾涸。

舞台左邊，三名警官合力搬來一座大型器具。那是高約三公尺的裝置。下方有塊板子，開三個洞，可以放入頭和雙手，最上方固定著大刀。上下用兩根堅固的支柱連在一起。結構和自古就有的斷頭台一樣，但給人的印象大不相同。因爲它全由銀色不鏽鋼材質打造，散發出足以納入系統廚具的清潔感。

「好像誇張的調理道具。」後方有人說。

斬首器具底下有輪子，感覺一名警官就推得動，但也許是爲了愼重起見，或者是爲了維持莊嚴，由三名警官搬運，安置在中央。佐藤的腦袋會從板子上的洞伸出，接著被掉下來的刀片砍斷嗎？

即使這麼想，多田還是難以視爲現實。那可是佐藤耶？成天黏在我的屁股後面，抓到螳螂就開心地咧嘴大笑的那個佐藤耶？想到這裡，多田又回到現在的自己。那個刁難佐藤、威脅要折斷他手指的人。

「時間到了，現在開始處刑。」

這不是表演，理所當然沒有熱鬧的演出。但有廣播，毫不修飾、近似火車月台廣播般的聲音，透過麥克風傳來。每一個危險分子的姓名和罪狀都被一一念出。觀眾默默聆聽。多田注意到一大坨口水滑進喉嚨，發出咕嚕一聲。那是自己對這場處刑興奮難耐的證據，他因此害怕不已。

不對，我才一點都不興奮。

就在這時，佐藤在台上大叫。因爲距離很遠，聽起來就像空包彈，沒什麼聲音，但佐藤銬著手銬，嘴巴張到幾乎要占滿整臉，於是隨著觀眾愈來愈安靜，他吶喊的內容勉強傳了過來。

內容很簡單——「救命」。

可能腳上也銬著腳鏈，無法做出大動作，但佐藤跌跌撞撞地前進，從台上朝著台下一再大叫。

彷彿壯烈的歌劇熱演。那個懦弱膽小，只要多田一威脅什麼要求都會吞下，完全就是隻肥羊的佐藤，還有小時候天真無邪地在公園一起玩耍的佐藤，居然在這樣的場合，而且是被警官壓制的狀態下，大聲說出自己的主張，多田驚訝不已。更進一步說，多田甚至受到震撼。再更進一步說，他的胸口都要震碎了。

佐藤在台上狂亂抵抗，那副模樣教人心痛。世上能有這種事嗎？另一個想法油然而生：幸好在台上的不是我。

難不成警察是故意的？多田暗想。警察是不是故意不制止佐藤求饒？讓恐懼根植在民眾心中：「我不想變成那樣。」這時，佐藤格外刺耳地發出慘叫，響徹東口廣場：「媽，我不想死！

救我！」

多田的身體發熱。這太沒道理了！不光是腦袋，而是整個身體的血液都在呼應這股感覺。他想像在場每一個人肯定都有同感，觀眾一定會騷動起來，衝上台救出佐藤！畢竟以數量來說，觀眾占壓倒性多數。

等我，佐藤，我這就去救你！大夥一起上，總有辦法的！

但沒一個人動。

興奮度確實增加了。但那股興奮的方向與多田不同，相反地，眾人對受刑前懇求饒命的罪人感到憤慨。既然是危險分子，就該像個危險分子，快砍頭！他感覺到身邊群眾的這種不耐。觀眾對佐藤發出調侃和斥責。「媽，救命喲。」眾人戲謔地模仿佐藤時，廣播廣響起：

「次序異動。首先執行佐藤誠人的死刑。」

佐藤被拖上處刑台。他嚇得腿軟，只能不停地哭泣叫嚷。

藥師寺警視長

站在台上側邊——以舞台來說是側翼——的藥師寺警視長，也能看到東口廣場的情況。

雪松和紅楠團團圍繞著公園內的民眾，像在靜靜觀察著他們。

不管怎麼說，一般市民還是很期待處刑。藥師寺警視長重新體認到這一點。就算是板著臉批評過於殘忍的良識派，實際看到處刑，還是難掩興奮。膽小的女人即使在夜裡呻吟「目睹可怕的場面」，但隨著時間過去，還是按捺不了「想再看一次」的衝動。

危險分子在台上一字排開。他已預測到站在舞台右邊的佐藤誠人會克制不住而失控。他的年紀小，應該會嚇到陷入恐慌，也可能出現昏厥或嘔吐等反應。

過去這樣的例子並不少。如果佐藤誠人出現那類反應，反倒有利。比方說，如果歹徒來救佐藤誠人，佐藤愈恐懼，歹徒的使命感應該會愈強烈。快點現身吧。

這時，藥師寺警視長接到附近負責警備的調查員聯絡。「報告，有個穿連身服的男子正朝東口廣場前進。」一名調查員從後方走近，展示平板電腦的畫面。他是匯整各處調查員送來的情報的負責人。螢幕顯示的地圖上，聯絡總部的調查員所在位置閃著光。發現連身服男子時，調查員會聯絡總部。地圖東北方，從辦公大樓林立的馬路往東口廣場靠近的調查員印記，正閃著紅光。

「追上來了嗎？」換句話說，地圖上顯示閃光的調查員前方，就是連身服男子的位置。歹徒意外老實又直接地前來現場，比起佩服，藥師寺警視長更心生強烈的同情。

大森鷗外與大學研究室合作，開發特殊磁鐵一事，已無庸置疑，但究竟是誰得到它，拿來進行「反和平警察」活動？那個在警方帶人途中發動奇襲的連身服男，利用磁鐵當武器。因爲發生爆炸，回收到的幾乎只有碎片，但經過分析，證實具有極強的磁力。

藥師寺警視長已描繪出大略的歹徒形象。

身邊的分析官都做出結論，認爲歹徒背後應該有個極具規模的反政府集團，但藥師寺警視長的看法不同。他認爲歹徒是單獨犯案，只是臨時起意、出於衝動而行動。即使有同夥，頂多只有幾人，而且是司機之類的跑龍套角色。基本上就是衝動又沒大腦的一般市民，藉由犯罪來取樂，他如此推測。

在情勢使然下行動，結果歪打正著，順利成功，八成是如此。

簡而言之，那個歹徒只是「碰巧得到大森鷗外的磁鐵」。

如果冷靜分析歹徒的行動，會發現毫無計畫性可言，只是見招拆招，漫無章法。他不過是思考磁鐵的用途，想到可以拿來對付和平警察而已。也許他對和平警察心懷恨意，但有太多對警察懷有不當恨意的人了。

「在這個意義上，他的行動並不算順利。」聽到藥師寺警視長的意見後，某個分析官這麼說。「他試圖救助的草薙美良子死了，也沒救出佐藤誠人。歹徒的行動大半都落空，對獲救的人來說，處境反倒惡化了。」

「警方只是假裝要把佐藤誠人帶走，歹徒想必大吃一驚。」

「依照眞壁調查官的策略去做，結果奏效了呢。」

藥師寺警視長冷哼一聲。他覺得眞壁彷彿隨時掌握著他們的動向，那種彆扭和不甘心到現在依然沒有消失。被捲入爆炸事故死去的眞壁調查官的喪禮上，不少人讚賞他的能力。另一方面，幾乎沒人知道眞壁調查官私底下的一面。同時，查到他在同事面前表現出來的模樣，如同字面，只是個假象。

爲了核對屍塊的DNA，調查員們前往眞壁調查官位在東京都內的自家。他們說房間過度整潔，令人訝異，但還是有掉落幾根頭髮，因此拿來做鑑定依據。不過除此之外，似乎沒有任何生活的氣息。藥師寺警視長覺得，眞壁調查官直到最後都沒顯露出本性，恨得牙癢癢的。

他對拿著平板電腦的調查員詢問：「知道接近這裡的，是哪一個嫌犯候補嗎？」

警方把市內的可疑人物列成候補名單，派人盯梢，並引誘他們在今天來到這裡。警方也設下「金子研討會」的圈套，當中有幾個人被調查員跟監。

「還沒有鎖定。」

「哎，不管是誰，肯定都傻傻地自投羅網了。」

藥師寺警視長想像著走近東口廣場的連身服男，打開別在衣領上的麥克風開關。

這是爲了對各調查員下達指示：「追上那個連身服男，抓住他。」

然而，就在他要出聲的那一秒，有別的聲音傳入耳中：「發現連身服男。現下正在追蹤。」

藥師寺警視長想要下令直接逮人，望向地圖，卻發現跟剛才顯示的地點不一樣。

一個紅點正從南方朝通往平交道的直線道路前進。

「發現連身服男，要逮人嗎？」別的地點又有調查員這麼報告。這時，再度傳來報告：「又發現其他連身服男。」

「有三、四個穿連身服，戴面罩和護目鏡的人走在一起。」還有這樣的報告。

瞬間，藥師寺警視長對眼前的局面感到困惑，但立刻對各調查員提問和進行交談，掌握狀況。

接到報告、整理資訊後，似乎有十幾至二十名連身服男子正往東口廣場走來。

「到底是怎麼回事？」刑事部長一如往常，用那張蠢臉問。眞是的，沒能力到這種地步，究竟是怎麼坐到這麼高的位置？藥師寺警視長厭煩極了。「歹徒其實是一個集團嗎？」刑事部長提出幾乎沒意義的問題。

警視監也從台上慢吞吞地走過來問：「怎麼了？」警視監身材中等，眼睛大到像要蹦出來，活像隻神經質的老鼠。這虛情假意的老狸貓，藥師寺警視長在內心嘀咕。膽小如鼠又盛氣凌人，刑事部長至少不會掩飾自己的膽小，比警視監像樣多了。

「一切都在掌控中。」藥師寺警視長厲聲答道。當然，連身服男的相關情報，警視監等高層人員都知道。但藥師寺警視長明白，警視廳中，也有不少人厭惡和平警察。到處都有人大搖大擺地坐在高位，等著自己跌倒，他絕對不能在這時候捅簍子。

「警視監請坐著觀賞。」他的口氣很恭敬，但也許是「少來礙事」的言外之意傳達出去了，警視監一臉不悅地回座。緊接著，耳機傳來便衣調查員的報告。「這裡是市公所前的路上。我叫住連身服男，抓住他了。」

「他有武器嗎？」

如果有武器，很可能是強力特殊磁鐵。警方從得到的磁鐵碎片推估磁力，準備了合成樹脂製手槍，也將螺絲和金屬板換成不同材質。接下來，只要不被磁鐵的軌跡迷惑，對方等同手無縛雞之力。

「沒有武器。只是很普通的一般人。他們好像是爲了宣傳活動而來。」

接到刑警的聯絡，藥師寺警視長起初無法理解他在說什麼。「宣傳活動？什麼意思？」

「他們說在網路上看到徵人活動。要參加者今天穿著黑色連身服，在東口廣場集合。」

「徵人？誰徵的？要做什麼？」

「煎餅店。」

「煎餅店？」這種狀況下冒出「煎餅」兩個字，藥師寺警視長困惑不已。

「是當地的糕餅廠商。社長是個擅長——與其說是擅長，更應該說是喜歡搞些譁眾取寵的噱頭，製造話題的人。不論好壞，都十分招搖，在仙台工商會裡算是個名人。今天他召募了許多穿著相同連身服的人到東口廣場的集會上，準備排成圖形。據說是在網路上募集的，簡而言之，大多是些爲了好玩而跑來的年輕人。」

「排成圖形？」

「好像要利用穿黑色連身服的人排成圓形，再從高處攝影。」

「排成煎餅的形狀嗎？」無聊透頂，藥師寺警視長不屑地說。

「是的。」

「也就是說，那些人只是看到網路上的召募，來幫忙煎餅店宣傳的一般民眾？」

「似乎是的。」

「做這種事，有宣傳效果嗎？」

「不知道。年輕人應該沒想那麼多，只是覺得好玩。他不像在撒謊，要怎麼處理？」

藥師寺警視長的目光回到廣場上。

確實看到許多穿連身服的人從東口廣場各處湧進。

他們穿過伸展出許多枝椏的紅楠旁邊，避開杜鵑花叢而來。

那些人穿著或黑或深藍的騎士服，有人戴鴨舌帽，有人沒戴。雖各有千秋，但大致上每個人都是一樣的打扮。

連身服男子不斷擁入廣場群眾之間，宛如逐漸滲透人群的黑色水滴。

一般觀眾都在看舞台，對於分頭進入的連身服男，似乎不覺得有異。若說是爲了宣傳而做的表演，看起來確實像是。

「立刻找到那個煎餅店老闆，抓住他。他可能就在廣場附近。」藥師寺警視長對前方一臉不安的刑事部長下達指示。

是，刑事部長像發條人偶般動起來，開始聯絡各處。

「歹徒想要趁機混進來嗎？」拿著平板電腦的調查員說。螢幕畫面上的地圖已布滿閃爍的紅點。

「原來如此，找來許多穿著相同服裝的人，混在裡面，想要避免被捕嗎？」

「這也是金子研討會圈套中使用的手法。」

「什麼意思？」

「哦，誘捕危險分子的手法。事前叮嚀『我們會安排掩護，這樣你來了也不會引起注意，請放心過來吧』，引誘人參加。譬如，讓穿著棒球衣的人出現在棒球場、讓穿著求職套裝的年輕人出現在公司說明會。不會引人注意，放心吧——像這樣引誘，但只是讓對方安心的謊言，其實正在守株待兔。」

「昆蟲自以爲處在保護色中而放鬆警戒，然後我們趁機捕食嗎？很像眞壁的點子。」

「是的。因此，可能是某個調查員爲了把歹徒引誘到這裡而設下的陷阱。」

「是嗎？」

「我們會在廣場找來許多連身服男，你混進他們裡面——可能是這麼引誘對方。」

「原來如此。」

「這種情況，應對的方法很簡單。」

「怎麼應對？」

「警視長應也想到了，儘管執行吧。」

藥師寺警視長點點頭，打開麥克風開關，下達指示。

「把穿連身服的人統統抓起來，若有人抵抗，准許以武力壓制。每一個都抓起來。見一個抓一個，送到廣場東邊護送危險分子的車子——啊，不，抓到的人全帶上台。」

不管是眞是假，統統鏟除就行。不小心割到別的草也用不著放在心上。草就是草，不叫雜草，還能叫什麼？

緊接著，他想到：「連身服男可能沒穿連身服。」

「什麼意思？」

「如果只是要轉移注意力，他自己不必穿連身服。他應該會反過來利用這個機會。」

久慈羊介

不知道東口廣場的一般民眾用什麼表情觀看台上。久慈羊介只顧著混進人群，靠近舞台。見到廣場各處出現穿黑色連身服的人，他知道社長遵守了約定。

「可以幫我召集穿同樣服裝的年輕人嗎？」久慈羊介拜託時，社長當然愣住了。雖然並非拒絕的態度，但社長顯然很想問：「這有什麼意義嗎？」久慈羊介說明是怎樣的服裝：連身服、黑色系，戴護目鏡和面罩。

「可以召集這樣的人到東口廣場嗎？」

「召集到東口廣場？原來如此，利用這樣宣傳嗎？」

「是的，要在廣場用人排字。」

「不，久慈，這有點……」這要求莫名其妙，而且太得寸進尺嗎？久慈羊介感到後悔，正要賠罪，沒想到社長回答：「太過時了吧？以宣傳手法來說，一點都不勁爆啊。」

久慈羊介立刻說出自己的想法：「社長，在東口廣場排字的日子也是集會那天喔。」

「集會？」

「和平警察的集會。」久慈羊介吞了吞口水，接著說：「要在處刑當天進行。」為了傳達這不是撒謊或開玩笑，他直盯著社長。霎時，沉默的社長表情一僵。被懷疑了？久慈羊介一陣膽寒，內臟好像整個凍結。他害怕社長當場站起來通報和平警察。然而，社長隨即露出笑容，點點頭：「那感覺會很搶風頭。」社長同意得太容易，久慈羊介反而不安，他懦弱地說：「不過，要是在那種場合引起注意，也許會惹警方生氣。」

「惹警方生氣？」社長瞪圓雙眼，「那不是更搶風頭了嗎？」

「咦？」

「不錯，感覺效果值得期待。」

這個人到底有幾分認眞？久慈羊介呆住，卻不由得心生感激。他想要看看店內遺照上的茜，跟她說說話，胸口又一下子揪緊。

東口廣場的一般民眾，好像不怎麼在乎這些連身服男。應該是覺得他們騎機車來看處刑，就類似戴著全罩安全帽直接走進超商的客人吧。雖然有點懷疑，但沒必要吹毛求疵。最重要的是，這裡集結全市的警官，可以說是這段期間內，治安最良好的區域。

黑色連身服男經過久慈羊介的前面。他們分開人群前進，就像想擠到演唱會場前方的觀眾。他們是社長僱來的年輕人。黑色連身服男要在這些觀眾裡呈等間隔站立，排成圓形，會有專人從上方錄影──久慈羊介跟社長這麼說。或者說，社長以為要做這種形式的宣傳。現在東口廣場西側的辦公大樓樓頂，宣傳人員一定厭煩地想著「社長又一時興起了」，同時備妥錄影器材待命。

眞的能排出漂亮的圓嗎？那眞的能成為煎餅的暗喻嗎？久慈羊介也不知道。

都只是藉口罷了。雖然對社長很過意不去。

在拍攝宣傳照前，騷動會先發生。自己會引發騷動。

這時，一名西裝男粗魯地擠過久慈羊介等民眾身後說：「喂！你！」久慈羊介一陣心驚，以爲對方在叫他，但不是。刑警粗魯地抓住連身服男，叫道：「你過來一下。」連身服男取下護目鏡，有些不知所措。

意料中的發展。

如果警方的目標是連身服男，對於做出類似打扮，不斷擁入廣場的人，應該會採取某些行動。不是跟蹤，就是盤問，視情況可能把他們帶去別的地方。

這可能會引發騷動，也可能不會。

久慈羊介望向台上。

佐藤誠人被押著，不停大喊。救命！我好怕！我怕啊！喉嚨喊破，聲音都啞了，但還是不得不吶喊的模樣，實在教人心痛。佐藤誠人像株枯萎的植物，只等著從地面被割除。到了現在這個地步，他已被連根拔起。

爲什麼會演變成這樣？

久慈羊介感到自己的思緒開始變得模糊。

怎會變成這樣？

思緒模糊，不是因爲意識朦朧，而是過於激動。滾滾沸騰的感情令血流加速，腦袋火熱起來，他差點失去冷靜。

是自己害的。爲了逮到自己，佐藤同學成了誘餌。

他差點就要陷進罪惡感中，急忙甩開。要是認真扛起罪惡感，自己會連站都站不住。

除了在這裡救出佐藤誠人，久慈羊介想不到別的選項。

「如果久慈先生穿著連身服前往東口廣場，立刻就會被盯上抓住，然後完蛋。」自稱金子研討會成員的男人說：「所以需要掩護。」

也就是藏樹於林——把連身服男藏在一群連身服男中。

「而且久慈先生自己不穿連身服，這樣更容易混入。」

如果不穿連身服，身分會曝光，久慈羊介說道。「現在沒辦法顧到那麼多了。」金子研討會的男人強硬地說：「救出那個高中生，不是首要之務嗎？」

他說的沒錯。

如果不救出佐藤同學，自己不可能正常地繼續過日子，橫豎都會完蛋。

久慈羊介邁出腳步。制服警官和便衣刑警差不多要注意到連身服男了。

自己得趁機闖到台上。

他的口袋裡裝了三顆包裝起來的磁鐵球，並藏有一把刀子。

「處刑的場地會有警方高層坐鎮。」金子研討會的男人這麼說明。他說和平警察的負責人，還有更上層的警察廳幹部，會像貴賓般坐在刑場附近，如同在ＶＩＰ席觀賞球賽。

「最好抓住ＶＩＰ當人質。」

他要衝到台上，拿刀抵住幹部，這樣警察應該就不敢輕舉妄動了。

久慈羊介沒有穿連身服，他穿著襯衫和夾克加牛仔褲，一身非常普通的打扮。趁著連身服男被警察壓制造成的混亂，他要衝上台用磁球引發騷動，趁機抓住ＶＩＰ當人質，要求釋放佐藤誠人——自己該做的只有這些。

「然後呢？」內在的自己說。當場引發騷動，成功帶走佐藤誠人，往後又該拿佐藤證人怎麼辦？這跟讓身爲家暴受害者的妻子逃離丈夫的情況完全不同，也不是從火場救人。敵人是掌握司法的警方。

不，佐藤誠人不會有事的。另一個自己回答。他被帶來只是爲了誘出自己，一旦久慈羊介現身，他就會失去用處而被釋放。「眞的嗎？」另一個自己懷疑。

警方有「兩個都處死」的選項。

實際上，那個金子研討會的人不也這麼說嗎？

但來到這裡後，久慈羊介開始覺得「那樣也無所謂」。就算撒手不管，佐藤誠人也會被處刑。他將在眾多民眾面前，一邊求饒，一邊被殘忍地殺害。與其那樣，他更想不管三七二十一，設法讓佐藤誠人逃離現場。而且對於那些待在安全地帶一直老神在在的和平警察，他也想打擊他們，最起碼要讓他們皺起眉頭。他甚至想打擊在場這些彷彿事不關己的一般市民。

如果發生騷動，一般人的想法是否也會改變？

這樣的思考，就跟想透過恐怖手段來改變社會的人一樣，但久慈羊介當然沒有自覺。

他的手插在口袋裡，穿過廣場群眾之間前進。

他來到距離舞台幾十公尺處。

颱風了嗎？聳立在舞台後方，高約七、八公尺的樹木綠葉搖晃起來。

「因爲會搖擺（soyogu），所以叫冬青（soyogo）。」他想起妻子茜這麼說過。

包含佐藤誠人在內，上了手銬的危險分子都在台上。其他三人意識混濁，是因爲貧血，還是被施打藥物？

久慈羊介戴上護目鏡和口罩。衝上去就再也無法回頭了。不，他早已跨越能夠折返的界線。

就在他要拔腿往前衝的瞬間，麥克風傳出的話聲響徹全場：「各位市民，請冷靜下來，留在原地。」

久慈羊介不得不停下腳步。

他四下張望，尋找聲源處。

「目前現場有仙台市內的危險分子首腦人物混入。請各位待在原地不要動。」

廣場上的人群開始騷動。警方宣布有危險分子潛伏其中，人們當然會驚慌失措，想立刻逃離。

然而廣播傳出警告聲，離開廣場的人一律視爲與危險分子有關，將核檢身分，甚至拘捕帶走，眾人頓時停住。麥克風傳出無機質的話聲，像在平板地上誦讀敬語，但那毫無感情的聲音，帶有形同怒吼「肅靜！」的威力。

「有人召集穿連身服的人，意圖混進會場。該名男子是市內危險分子首腦，可能已混入廣場。」

久慈羊介的心臟「怦」地一跳。他感覺利箭射出，周圍所有人都投來告發的視線。別說在背後指指點點，會不會每個人都朝自己露出憎恨的眼神？

他若無其事地取下護目鏡和口罩，拿在手上。

「首腦會使用具有磁力的武器。」

廣播後，廣場上的人吵鬧起來：「什麼磁力？什麼意思？」

「市民當中，如果有人感覺身上的金屬製品被磁力拉扯，請舉手通報。另外，通告首腦人物，你無法逃離這裡，乖乖出面投降。你，就是在說你。」周圍觀眾當然不知道那是在說誰，場面益發混亂。「你」到底是誰？在哪裡？黑壓壓的頭轉來轉去，東張西望。久慈羊介只能盯著腳下。一被看到臉就會遭群起圍攻的恐怖，從腳底一點一滴地滲透全身。

自己的武器，已被對方掌握。他用力握緊口袋裡的磁鐵。

「現在我數到十。」麥克風的聲音響起。「請在數到十前出來。放下武器，走到台上。否則警方將在台上槍決穿連身服的人。」

咦！觀眾頓時不知所措。

「可以嗎?會有許多人遭到槍決。」

到底是誰在說話?久慈羊介看著台上。被當成危險分子的受刑犯、制服警官、坐在旁邊的貴賓,手中都沒有麥克風。是在後台播放廣播嗎?那語氣十分有禮,就像學校廣播人員在說話。

如果盯著台上,萬一眼神對上,會不會曝光?往四下一看,其他人也惶惶不安。到底要做什麼?怎麼回事?他們無比狼狽。不一會,三名連身服男被抓上台。其他連身服男亦像被螞蟻搬運的餌,陸續被帶上去。

台上的連身服男護目鏡都被取下,露出仍帶著青澀的年輕人臉龐,他們就像被丟進意外的場所的小動物,驚慌失措。當中也有人反抗,但制服警官一舉起槍就安分下來。持槍警官一對一似地在年輕人前排成一排。

「請在數完十前出來,否則……」

不久,倒數計時開始。就像不會停止的定時裝置,不帶感情地報出數字。

廣場內騷動得更厲害。喂,幹麼不快點招認!他聽到有人在背後說。想見死不救嗎?

不,反正那些人都是危險分子,也有人這麼說。

台上的連身服男,應該只是看到社長在網路上的召募訊息而過來。雖然喜歡搗蛋湊熱鬧,但不過是一般市民,他們一定無法相信自己現在竟然被槍指著。

隨著計時開始,周圍愈來愈安靜。久慈羊介的心臟卻愈跳愈快。廣場愈安靜,久慈羊介內心愈波瀾大作。他呼吸急促，雙腳踏緊，握著拳頭，眼睛瞪著地上，卻擔心這副模樣本身是不是啓人疑竇？

計時緩慢且維持相當有餘裕的間隔進行著。數到「五」時，槍決秀逐漸變得眞實，廣場陷入緊張狀態。該怎麼做才好？久慈羊介十分煩惱。不過，他的煩惱只維持到開始倒數後的幾秒鐘。

「三。」倒數聲響起，周圍都在說「啊，沒救了」，就要聽到槍聲時，他決定自己該怎麼做了。

「這裡。」他說。

但那是近乎顫抖著吐氣般的呢喃，僅引來身邊數人對舉起手的久慈羊介投以訝異的眼神。久慈羊介急忙重新深呼吸，往丹田使力。他想起妻子的臉。人遲早會死。而且不能保證是平靜的死亡，更多時候，生命不得不在痛苦中消逝。

他懷著與自己人生訣別的覺悟出聲：

「這裡！我在這裡！」

二瓶

台上的二瓶將舉起的槍放回槍套。倒數到「二」時，他幾乎要扣下板機。他完全沒料到「歹徒」會在這麼千鈞一髮的時刻出面。旁邊的三好不曉得是不是正摩拳擦掌，準備大開殺戒，一副大失所望的樣子，他對前方一字排開的連身服男說：「你們撿回一條命了。」

他們眞的以爲只是來參加煎餅店的宣傳活動，於是穿上連身服前來，不料突然被二瓶等人抓上台，拿槍指著，想必還搞不清楚狀況。每個人都露出彷彿飄浮在半空中的表情，一臉迷茫。他們甚至差點在這種狀態下被槍殺，眞可憐，二瓶不禁感到同情，又想：這下得救了，太好了。

「不出面的話……」如此警告後，在倒數計時中，廣場某個男人發出「我在這裡」的叫聲。二瓶頓時感受到魚兒上鉤般的興奮，以及敵人就在身邊的恐懼。

三好露出垂涎欲滴的表情，鼻孔張大。

舉手的男人立刻被兩名制服警官架住並拖上台，但他低垂著頭，看不清楚長相。乍看只是很普通的男人。男人的水藍襯衫上罩著深藍夾克，體型偏瘦，身手應該不遲鈍，但似乎不太可靠。

男人被抓上台後，幫煎餅店宣傳的一干連身服男就被帶往護送車那裡。深藍夾克男拚命地對兩旁的警官說話。八成在確認那些人是否會被平安釋放。當然，警官就像聽到蟲鳴似地一臉滿不在乎，也不搭理。

台上剩下警方人員和四名危險分子，還有剛被帶上台的男人。

二瓶和三好一起退到舞台後方。

「眞的是那傢伙嗎？」三好小聲說。「感覺很沒勁耶。」

「會不會是以搗亂取樂或搭順風車的？」二瓶回答。每當發生重大事件，就會有人以好玩的心態出面承認：「是我幹的！」這種人比想像中還要多。他不明白這有什麼好處，總之就是有人會像模仿名人那樣，主張別人的罪行是自己犯下的。

在廣場舉手承認的男人，也可能是那類怪胎。但現在被銬上手銬的男人，以犯罪取樂那一類的罪犯來說，十分缺乏自我表現欲。他垂頭喪氣，像是在說自己的任務已結束。

那像在比賽中落敗的選手般頹喪的模樣，反而讓他看起來更像嫌犯本人。

就是那傢伙嗎？

一名調查員走近，對深藍夾克男進行搜身，然後從口袋裡取出小袋子。穿著防護衣的爆炸物處理班人員隨即上來回收物品。別的調查員撿來據說是掉落在廣場上的護目鏡和面罩，同樣被處理班拿走。二瓶很好奇從深藍色夾克口袋裡回收的物品，也立刻知道答案。離開台上的一名處理班人員很快折返，向藥師寺警視長報告。二瓶已回到警方人員坐的區域，豎起耳朵就聽得到他們在說什麼。

「嫌犯藏在身上的東西是磁鐵。」處理班人員說明。據說口袋裡藏著包裝起來的強力磁鐵。磁力遠比一般磁鐵強大，完全符合歹徒的武器特徵。賓果。眞壁調查官就是被那個男人害死的嗎？怒意猝然湧上心頭，二瓶想要抓住深藍夾克男，但又克制下來。

「那傢伙果然就是磁鐵男嗎？」三好低聲說。

「哎呀，意外地一下就落幕了。」警視監威風凜凜地說。他坐在藥師寺警視長旁邊的椅子上，也沒有起身，一副事不關己的口吻。「這下就抓到那個麻煩人物了。不過，藥師寺警視長就是被那傢伙搞得焦頭爛額嗎？看上去只是個普通人啊？」

藥師寺警視長面無表情地應一句「是我的能力不夠」，但眼神中帶著反抗。警視監和藥師寺警視長的對話，令刑事部長手忙腳亂。他好像在煩惱該諂媚哪邊才好，那模樣依然教人苦笑。

「藥師寺警視長，接下來你到底有何打算？」警視監說。「你要怎麼收拾這個場面？」

「首先，從那個男的開始處刑。」藥師寺警視長說。「現在立刻把那個招認的傢伙處刑，一切就結束了。」

「萬一砍了他的頭，才發現其實他不是歹徒，那就麻煩了。」

「不會的。」藥師寺警視長眼神冰冷地回答。

沒錯，二瓶也知道絕對不會如此。和平警察的職務中，不可能有「冤罪」。被砍頭的人，他們遭到砍頭的事實，就證明他們是危險分子。警視監應該很清楚這一點，剛才的發言肯定只是表面話或是在挖苦對方。

「喂，二瓶、三好。」刑事部長叫人了。「去支援那傢伙的處刑。」

二瓶和三好應話，移動到舞台中央。

二瓶站在處刑裝置前，從上到下仔細觀察。高度約三公尺。銀色不鏽鋼材質組成，如果在沒有預備知識的情況下看到，會以爲是品味高雅的家具或擺飾品。聽說與木製的相比，不容易沾附血跡，也很容易清洗；不過那無機質的外表，讓人覺得很符合它面無表情地切菜般將人斬首的功能。裝置底部有六根防止傾倒的支架，若換個角度，裝置就像脖子修長得怪異的六腳怪物。

男人雙手被反剪銬住，全身發抖。二瓶推他的身體，他便渾身一震。武器被奪走，他已放棄抵抗。他在想像自己被斬首的景象嗎？男人頻頻偷瞄裝置，急促喘氣。

「查到身分了。」耳機傳來藥師寺警視長的聲音。「久慈羊介，三十三歲，是理髮師。」

旁邊的三好立刻叫了深藍夾克男的名字。男人瞪大眼睛，轉頭看他，是在爲名字曝光而驚訝吧。不像假裝膽小，也用不著裝，他已如同驚弓之鳥。

「沒想到是個理髮師。」三好隔著那男的對二瓶說。「怎麼不乖乖替人理頭就好了呢？」

「你爲什麼做這種事？」二瓶問。他並非想要知道答案，只是覺得問點什麼似乎比較好。更不可思議的是，他沒半點恨意，也不想爲加護英司、眞壁鴻一郎這些同僚報仇雪恨。也許是因爲警方一個勁地害怕的這個男人——久慈羊介實在太軟弱。

「接下來你就要被砍頭啦。」三好故意輕浮地說。「可是太好了，可以用這玩意，喀嚓一聲就上路，算你走運。」

二瓶也有同感。如果被當成危險分子審訊，是無法輕易解脫的。他那樣傷了和平警察的自尊心，甚至讓和平警察出現死傷，調查員不可能對他手下留情。久慈羊介在迎接肉體的死亡前，一定會遭受到讓精神死亡的嚴酷審訊。最後，早點赴死恐怕將成爲他最大的心願。

這時，二瓶赫然發現一件事。

難不成這就是久慈羊介的目的？

他判斷不可能逃得掉，但如果在一般情況下被捕，就得承受和平警察猛烈的審訊。陷入苦海，飽嘗屈辱與痛楚，這是不可避免的未來。

是不是因爲不想要那樣，他才選在公開處刑當天現身，想要順勢當場被處死？

既然都要敗北，乾脆選擇痛苦較少的一邊？

在這當中，廣播開始說明臨時加入東口廣場處刑名單的人物。久慈羊介——這個名字被報出來時，喧嘩聲化爲波浪，搖撼樹木。觀眾彷彿在說：管他是誰，快點動手啦！反正對他們來說，反抗和平警察的連身服男跟其他危險分子沒兩樣，順序先後根本無所謂，只想快點看到處刑。

二瓶和三好拖著久慈羊介，讓他站到斬首裝置前。

好似在向客人展示食材，並說明：「現在要料理的是這尾魚。」

沒有歡呼，也沒有口哨或噓聲。觀眾沉默著。

每個人都嚥下口水，目不轉睛地盯著。無數隻眼睛只是注視著台上，二瓶不寒而慄。因爲他覺得與其說那是一群具備思考能力的人類，更像是無意識地行動的動物或昆蟲大軍。

人能表現得像人，只有在獨立於群體外的時候。

站在兩旁的二瓶和三好認爲時機已到，帶著久慈羊介到裝置後面。他即將把頭伸出洞口，被砍下腦袋。久慈羊介雖然用自己的腳走路，但也許是使不上力，動作遲緩，二瓶和三好拖著他前進。

途中，久慈羊介望向旁邊。循著他的視線望去，那是一臉茫然的佐藤誠人。高中生佐藤已停止掙扎，癱坐在椅子上，但他一看到久慈羊介就有反應。他的臉上寫滿擔心。見到佐藤誠人大受動搖的模樣，可以知道兩人並沒有任何約定或計畫，但他們互相認識。三十三歲的男人與高中生之間，究竟會有什麼關係？當地健身房還是社團同好嗎？二瓶猜想，但若是如此，久慈羊介應該早就成爲調查對象。

用不了多久，二瓶就想到理髮廳。理髮師與客人，這就是他們的關係。

眞是個盲點。和平警察調查個人資料時會進行跟監、打聽，向公家機關和企業資料庫調資料，並透過網路通報的內容蒐集資訊，但不會連上哪家理髮廳都調查。有些人三天兩頭換理髮廳，有些人難得理一次頭髮。理髮廳也不像醫療機關，會留下健保卡資料。

此人所救助的人，共通點就是這個嗎？

拯救理髮廳的客人？

二瓶思索著，三好似乎也想到相同的事，下巴朝向佐藤誠人，問：「那傢伙在你的店理髮嗎？」

久慈羊介沒回答。

「裝什麼傻？喂，如果這裡是偵訊室，我一定把你整得七葷八素，讓你求饒說：『請原諒我，我很樂意說出一切。』」

從後面觀察裝置，印象也差不多，就像座巨大的不鏽鋼擺飾。

久慈羊介仰望上方，二瓶跟著抬起眼，循著他的目光望去。「那就是斷頭刀。」久慈羊介囁嚅道。不消多久，刀就會落下，狠狠砍進自己的脖子。不用說皮肉，連骨頭都會粉碎。他在想像這些吧。但他眼神迷濛，不曉得是不是無法接受現實。

「好，行刑。」藥師寺警視長的聲音從耳機傳來。

遵命，二瓶和三好回答。

「二瓶，你小時候會不會把理髮說成『剪頭』？」

「會嗎？」

「我們現在就要剪掉理髮師的頭嘍。」不知為何，三好喜孜孜。「不過，理頭髮的，真搞不懂你到底想幹麼。」他笑道。

久慈羊介

真搞不懂你到底想幹麼。聽到調查員在耳邊說，久慈羊介差點就要點頭稱是。

他並沒有想要救人、想要對抗和平警察之類明確的目的，只是目擊大森鷗外的死，得到特殊的磁鐵，接下來與其說是出於自身的意志，更像是隨波逐流。他不過是想消除喪妻的寂寞和恐懼。

他轉頭再一次看向佐藤誠人。佐藤一頭霧水，陷入混亂，表情像在問：久慈先生怎麼會在這裡？

佐藤同學，對不起。他在內心道歉。這不是道歉就能解決的事，但他無法不道歉。腦中浮現「以死謝罪」四個字。確實，他就要死在這裡。

他感到恐懼。

另一方面，他也覺得人遲早會死。比起像妻子那樣嘔吐、腹痛、頭痛，除了痛苦以外，什麼事都無法思考，僅能在痛苦中死亡，現在這種狀況也沒那麼悲觀。

妻子身陷巨大的痛苦，一定認爲死掉了更輕鬆。

與那種殘酷相比，自己不是幸運太多了嗎？

久慈羊介流下眼淚，但他無法拭淚。

雖然哭了，腦袋仍在運作。要放棄還太早。冷靜，想想怎麼從這裡生還。

他想起自稱金子研討會成員的人。他聽從建議，拜託社長找到穿連身服的參加者，聚集到廣場。這是爲了掩護。如果警察注意到那些人而分散人手，自己就趁機衝到台上，抓住警方高層當人質。應該是要這樣的，然而聲東擊西的策略卻不得不告終。

絕招，這兩字掠過腦海。是那個金子研討會的人在談話中提到的。「碰上最糟糕的狀況就使出絕招吧。」

最糟糕的狀況？現在就是了。儘管得照著那個人說的做，然而面對處刑裝置，他的腦袋卻像凍結似地凝固不動。

「剛才那些人和我無關。」久慈羊介說。

「啥？」兩旁的調查員中，其中一個把耳朵湊過來。

「剛才那些穿連身服的人，是我用假廣告找來的，請釋放他們。」

「干我屁事。都是你害的，他們的下場可能會很慘。」調查員粗聲粗氣地說，然後換成報告的語氣：「歹徒說剛才那些來宣傳煎餅店的人與自己無關，希望釋放他們。」久慈羊介疑惑他在幹麼，好像是在用耳麥跟上司對話。

「不過，那不是你該擔心的事。不消多久，你的腦袋就要掉下來了，往後的事都跟你無關。難不成就算只剩下一顆頭，你還是會擔心？都是倫家給別人添麻煩了？噯，往後的事就別掛慮了，交給我們，包準放心。」

會變成怎樣？久慈羊介拚命安撫劇烈的心跳。這時，手銬被解下。手臂和手腕變得輕鬆。他深深吐出一口氣。當然，這只是暫時的。

來到處刑裝置後方，只見基座有一小段階梯，他被要求坐在那裡。眼前有類似板子的東西，上面有三個洞。久慈羊介想像得到，那是用來放脖子和手腕。制服警察解鎖了嗎？洞孔自動打開。

沒有斷頭台的陳舊感，宛如散發出整然有序氣氛的健身器材。

「頭放進去。雙手也是。」旁邊的調查員說。「這麼說來，你知道金子研討會嗎？」

咦？久慈羊介望著調查員。

那人賊笑著說：「果然，你也是被金子研討會騙來的嗎？」

騙來的？久慈羊介感到血液彷彿瞬間流光。

「和平警察為了揪出你們這種不法之徒，會設下圈套。他們會提議注定失敗的計畫。那種時候，大多會使用金子研討會的名義。是不是也有人向你提議？那應該是和平警察的調查員，卻自稱是金子研討會的人。從你的表情看來……」

「咦？」久慈羊介無法掌握現況。

「你知道咬到魚鉤的魚，是什麼心情嗎？」

「咦？」

「就是你現在的心情。」

視野變得一片漆黑，差點昏厥，久慈羊介搖著頭。

他用力掙動雙手。

自己被騙了？

那個人提議的各種方法，全都是騙人的。

此時，久慈羊介第一次猛烈掙扎。

一名調查員立刻按住他。

「啊，是。不，沒問題。」他聽見較年輕的調查員按住耳朵。「三好說明金子研討會的圈套，歹徒聽完大受打擊。」調查員的口氣很溫和，但顯然享受著久慈羊介的恐懼。「對，是的，從反應來看，似乎中了金子研討會的圈套。」他對上司說明。

完了，久慈羊介放棄掙扎。與其說沒有體力，更像是再也使不出力。接下來，很快地，他的頭和手穿出裝置正面。這樣就好了，他又想。人遲早都會死。在害怕、痛苦當中死去的情況也不少。

既然如此——他又開始說服自己。

馬達聲響起，板子上的洞孔縮小，固定脖子。他試著抽離，手腕卻動也不動。

因爲不停掙扎，他一直喘氣，但現在也不喘了。

像這樣呼吸是最後一次了嗎？

他無法接受這個現實。

他只能望著前方。公園角落的樹木伸展出密密麻麻的枝椏，回望這裡。即使突然被人拿刀劈砍，樹木也無法逃躲，就像在說：我們跟現在的你一樣。

那麼，背後的冬青在他消逝時，會爲他搖晃枝葉嗎？

東口廣場上滿是群眾的身影。眼睛、眼眸、瞳孔，全對著這裡。人人表情嚴肅。

他們目不轉睛地注視著久慈羊介。他們注視著在這裡用可笑的姿勢從斬首裝置探出頭的自己。他們等待著自己的腦袋從胴體切離。

你們不覺得離譜嗎！

久慈羊介好想大叫。居然觀賞別人被淒慘殺害的場面，你們的神經麻木了嗎？

不，另一個自己冷靜地說。他們並非麻木。他們不是異常者，不是罪犯，僅僅是很普通的善良市民。他們反倒害怕久慈羊介。他們把他當成攪亂和平的害蟲，覺得必須快點把他抹殺。台上的久慈羊介是犯罪的危險分子，如果不把他處死，就無法維護治安。

更重要的是，他們相信自己跟這個罪人不一樣。

我跟你們是一樣的！我們都是普通人啊！他想這麼傾訴，卻發不出聲。即使叫喊，周圍的樹木亦彷彿在妨礙他般沙沙搖晃，他的聲音恐怕傳不出去。

「喂，做好覺悟了嗎？」調查員在他的腦袋附近說。

他無法回話。

這時，調查員的語調有些改變，是聽到耳機裡的指示吧。「咦？」那人說：「啊，是。」調查員重新仰望久慈羊介頭上的處刑裝置。

兩名調查員的耳機都聽到一樣的聲音嗎？他們「是、是」地對著麥克風應聲。

不一會，「喂，」比較粗魯的調查員湊過來，「你沒動什麼手腳吧？」

久慈羊介望著對方，不知道出了什麼事。

「我們上司注意到了。你是拿磁鐵當武器吧？斷頭刀是刀子，是鐵製品，會跟磁鐵起反應。所以，你可能利用磁鐵阻止刀子掉下來。」

一開始他無法理解對方在說什麼，勉強讓腦袋運轉，「絕招」的事掠過腦海。「不，我沒有。」他只能小心不露馬腳地回答。

「磁鐵不只會互吸，」調查員說，久慈羊介的心臟幾乎要蹦出胸腔。「還會互斥。」可能並不期待他回答，調查員逕自說著。「簡而言之，或許會讓斷頭刀無法掉下來吧？你動了手腳嗎？喂，二瓶，你怎麼看？」

「利用磁鐵的互斥力嗎？確實可能。眞虧部長想得到。」

「以部長來說，眞是靈光一閃。你給我下斷頭台，我們檢查刀子會不會動。」調查員說。與剛才的流程相反，久慈羊介被帶離裝置。他被帶到稍遠處站著。廣場傳出廣播聲：「現在要進行裝置檢查，請稍待。」簡直就像擔心搖滾樂團太慢登場，會引發觀眾暴動。

久慈羊介抬頭遙望廣場群眾的頭頂上，甚至更遠於林立的建築物上的蒼穹。

一片淡藍天空，白雲拉出一線。他覺得那片天空與自己所在的位置，兩邊的時間流速截然不同。不管誰的腦袋在這裡被砍下，流下多少血，那片天空依舊漠不關心。即使在日落前一刻染得血紅，那與人類流下的鮮血也完全無涉。

「那請先把刀子放下一次，確定能不能動。」

名叫二瓶的調查員站在裝置旁邊，對著麥克風說。

久慈羊介聽說過，處刑裝置的啓動開關是由警方負責人按下。他望向可以算是舞台側翼之處，只見一個板著臉的男人從椅子上站起，手裡抓著類似智慧型手機的東西。

「喂，理頭髮的，你該不會有什麼陰謀吧？」身旁的刑警說。

「怎麼可能？」久慈羊介回答。「這種狀況已無力回天。」

他發現自己的聲音比剛才更清晰。

刑警再次觸摸久慈羊介的身體：「你沒帶磁鐵和武器吧？」

「剛才檢查過了。」

「也是。」

「啪噠」一聲，處刑裝置三公尺高處的金屬零件一動，解除制動裝置。鐵製刀刃發出尖銳的磨擦聲落下。那速度就像要徹底展現重力，發出沉重的金屬滑動聲響。

久慈羊介的腦中響起自稱金子研討會成員的男人的話。

「如果第一個計畫失敗，你被抓去處刑……」他說。

「那就太可怕了。」

「我們會準備好絕招。」

「絕招？怎樣的絕招？」

「講白一點就是武器。如果有扭轉乾坤的道具，我們會先藏起來，供你緊急狀況時使用。」

「藏在哪裡？」

「久慈先生附近。」

「我附近？那豈不是很容易就曝光了嗎？」

斷頭台的刀子落下時，久慈羊介動了。

他狠狠地用雙手推開刑警。對方往後滾下去，但他無暇注意後續發展。他毫不停歇地繼續奔跑。

他跑向處刑裝置。

斷頭刀發出金屬磨擦聲，但沒有像平常那樣一路切到底，而是卡在中間。

至於爲何卡住，因爲有東西黏在上頭。

久慈羊介抓住吸附在巨大刀刃下方的金屬棒，使盡渾身力氣將其從磁鐵上扯下。

「斷頭台的刀子很高。道具黏在上頭就不容易被發現。」那人說的沒錯。

他們把磁鐵吸附在斷頭台的刀上，接著再吸住筒狀武器。

那是大森鷗外留下的三支筒狀武器中的最後一支。

名叫二瓶的調查員伸手要拿槍，但久慈羊介已一腳踏上前，同時刺出鐵製筒狀物。筒子凶狠地戳進對方的腹部，二瓶蜷縮在地。

眞的有絕招。

換句話說，這意味著什麼？

金子研討會還能信任嗎？

疑問在腦中化成小泡沫，接二連三破裂，但久慈羊介沒空猶豫。

「一旦察覺危險，大部分的昆蟲都會裝死。牠們會一動也不動，然後趁機逃亡。對方疏忽的時候就是機會。可是，有一點必須注意。」那個自稱金子研討會成員的男人，只有在談論昆蟲時神采奕奕。「有時候以爲蟲子死了想埋起來，但其實牠還活著。」

「什麼意思？」

「讓敵人以爲你死了，這時就是機會。」

久慈羊介繼續行動。他轉向旁邊，朝著警方人員所在的位置舉起筒狀物。身居要職的傢伙們都在那裡。他用拇指摩擦表面，推開蓋子，摸索到突鈕並按下。

隨著子彈發射的噴射音，煙霧四散。白煙滾滾，像要把台上的一切罩入迷濛的布幕。

久慈羊介知道該瞄準誰。

雖然個頭嬌小，但散發出異樣魄力的男人——藥師寺警視長。

幸好他不是店裡的客人。

剎那間，久慈羊介腦中掠過這個想法。

多田

廣場上的群眾，沒人掌握到出了什麼事。多田當然也是。原本以爲那突然現身的姓久慈的人要被處刑了，正爲佐藤誠人的處刑延後而鬆一口氣，沒想到又忽然廣播說要撿查裝置，多田周圍的觀眾都鬆懈下來。

緊接著就出事了。久慈突然在台上行動，推開疑似刑警的男人們。

這也是餘興表演之一嗎？還是，久慈無法承受被處刑的恐懼，忍不住抓狂了？

多田只能看著，下一瞬間，久慈抓起棒子般的物品，猛然噴出煙。不知何處傳來慘叫，台上被煙霧籠罩，幾乎什麼都看不見。搞什麼？這是在幹麼？眾人都驚慌失措，有人小聲說：「炸彈？」「是炸彈！」下一秒，廣場陷入恐慌，人群相互推擠。多田一個個推開撞上來的人，朝著與群眾相反的方向移動。他想知道出了什麼事。

佐藤呢？他暗想。佐藤沒事嗎？

他的腦海浮現小學時佐藤在公園裡抽抽答答的模樣。你還好嗎？多田出聲，佐藤嚇一跳，但露出鬆了一口氣的神情。

我是不是應該要稍微關心他？

這麼一想，多田著急起來。就算沒辦法再一起玩耍，至少能建立更好一點的關係吧？

煙霧散去，廣場的人跑掉大半，狀況變得明朗。

身材中等的警視監屁股著地，前方疑似其他警方人員的男子仰躺在地。有人呆立在旁，不是別人，就是那個被稱爲「和平警察之父」的男人。「藥師寺警視長，您沒事嗎？」制服警官趕忙上前問，他點點頭。該說不愧是「和平警察之父」嗎？他似乎安然無恙。

到底出了什麼事啊？多田咂了一下舌頭。

那個叫久慈的男人不見了。

第五部

五之一

都內大樓寬闊的會議室牆上，掛著大型液晶螢幕。長桌旁的成員，每一個都是高級西裝配領帶，不然就是穿警官制服，正盯著畫面。有一種面貌蒼老的大人坐在教室裡認真上課的氛圍。

螢幕上播放著十天前仙台市內東口廣場的情況。據說當天有仙台糕餅廠商為了宣傳，從大樓樓頂攝影，警方回收了這支影片。警方內部已結束勘驗，今天在這裡進行報告。在場的是警察廳幹部等警方人員。畫面上，久慈羊介將棒狀武器刺向伸手掏槍的二瓶刑警腹部，緊接著二瓶刑警蜷縮在地。

「從這裡開始。」

男子指著畫面說道。只見久慈羊介從棒狀武器內射出子彈，同時畫面暫停了。

「據我們調查，這個棒狀武器和那些新型永久磁鐵一樣，是由東北大學工學院研究室開發。」被要求說明的調查員低頭看著平板電腦說話。來為高層會議解說的人員中，只有那名調查員既年輕又緊張。「按下開關就有子彈射出。比一般子彈更小，接近小鋼珠尺寸，但銅合金覆蓋彈芯的構造和子彈相同。這種武器應該具有磁力。與上個月仙台市和平警察在第二大樓遇襲時，歹徒遺留在現場的東西一樣。」

「火藥呢？」

「沒有火藥成分。從這一點來看，殺傷力應該比一般子彈更低。不過，這種程度的距離，有這樣的威力也夠了。但使用這個武器最大的目的，也許是要藉噴射煙霧來擾亂現場。」

影片繼續播放。由於是俯瞰的角度，不管是台上的處刑裝置、久慈羊介，或是三好刑警和二瓶刑警，都像棋盤上的棋子。

「從這裡開始。」

影片變成慢速播放。久慈羊介的武器噴出煙霧，同時有小珠子發射。

他的前方是藥師寺警視長。他和久慈羊介面對面站著。

藥師寺警視長的右手開始移動。由於四下煙霧瀰漫，畫面一片模糊，但可以看到另一個人從旁邊跌了過來。那是警視監。他的身體搖晃，腳步踉蹌，顯然受到異於本人意志的力量作用。

啊！會議室湧出近似感嘆的聲音。彷彿察覺其意，有人進行說明。

「就像各位看到的，這時藥師寺警視長想要抓人當盾牌，也就是我。」從剛才就在解說影片的警視監搖著頭，重重嘆息。「藥師寺警視長以前也曾抓別人擋子彈。」

「是反射性的行爲嗎？」有人提問。

「誰曉得呢？藥師寺警視長否認，說他並沒有拿我當盾牌，可是他八成是故意的。其實在仙台的調查會議中，也有許多人目擊到他閃避皮球，抓旁邊的人當盾牌。」

會議室內再度因像嘆息又像驚嘆的聲音，變得有些吵雜。

在警視監的指示下，影片繼續播放。畫面上出現跌到藥師寺警視長前方的警視監，他完全就像一面盾牌。然後有另一名人物主動撲來。他張開雙手，展開自己的身體，正面迎接子彈，向後翻倒。

「如果沒有宮城縣警刑事部長上野挺身守護，今天我不會站在這裡。」警視監說。這話並不誇張。如果沒有刑事部長迅速的反應，久慈羊介的子彈已射入警視監的胸口。

「上野穿了防彈背心，所以沒有大礙，但這英勇的行爲堪稱警察楷模。」警視監說，並朝斜前方的座位尋求贊同。

「不敢當。」坐在那裡的宮城縣警上野刑事部長明確地回答。「我只是盡自己的本分。」他口齒清晰地說：「再說，我事前就有所防範。」

「你向大家解釋一下吧。」警視監同意地點點頭。「這場會議要決定如何處置藥師寺警視長，這是必要的情報。」

是，上野刑事部長站起來。他體型渾圓，但抬頭挺胸，看起來像老好人的圓臉散發出凜然正氣。「自從宮城縣被指定爲安全地區，藥師寺警視長以和平警察負責人的身分到任，我便細心觀察他的行動，結果……」

上野刑事部長很冷靜，但沒有一絲邀功的興奮，反倒面色凝重，像是厭惡向高層告發自己人。

「我不禁懷疑，藥師寺警視長可能在策畫某些陰謀。」他接著說。「仙台市和平警察第二大樓遇襲的時候，管理監視器資料的房間裡，有偵訊的錄影檔案被偷走了。警方認爲是我們稱爲『連身服男』的歹徒所爲，但在監控室找到了這樣東西。」刑事部長捏起一只塑膠袋展示，裡面裝著一張收據。「這是牛丼店的收據。日期是事發前一天，上面有藥師寺警視長的指紋。」

在嚴肅的會議中，「牛丼屋」一詞顯得輕佻突兀，會議出席者的臉全罩上一層陰霾。

「這代表什麼？」

「我們認爲藥師寺警視長那天進去過監控室。」

「爲了什麼？」

「竊取錄影檔案，並操作第二大樓內的監視器畫面。」

「意思是，他是連身服男的共犯？」

「我們認爲一切都是藥師寺警視長的計畫。連身服男是藥師寺警視長的手下。」

「是指現在畫面上使用磁鐵的人嗎？他是個理髮師？」

「久慈羊介應該是受到藥師寺警視長利用。他被誘導與警方敵對，並且遭到威脅。」

「爲什麼？」

「爲了讓久慈羊介在那天到台上。想要不引起懷疑地讓他上台，將他塑造成危險分子最是容易。聽來矛盾，但在集會現場最不會惹人猜疑的就是危險分子。只要有處刑的名目，即使歹徒站在台上，也極爲合情合理。」

「爲什麼藥師寺警視長想讓他上台?」

「那當然是——」刑事部長暫停，瞥了警視監一眼後說：「要讓久慈羊介開槍，奪走警視監的性命。」眾人又發出嘆息。對於這場在暗地裡策動的邪惡計畫，儘管感到毛骨悚然，他們仍爲損害不大而鬆了一口氣。

「多虧有你，我才保住一命。」警視監滿意地點點頭。

「雖然不知道會發生什麼事，但爲了預防萬一，我穿上防彈背心，結果派上用場，只是這樣罷了。反倒是直到最後一刻，我都沒看出藥師寺警視長的目的，實在慚愧。」

「你眞是謙虛。」警視監用力點頭，就像對自己優秀的兒子至爲欽佩。

這時，會議的主持棒又回到警視監手中。

宮城縣警上野刑事部長靜靜坐下，悄悄觀察與會者的表情。

這種胡說八道——他心想，這種胡說八道，大家眞的相信嗎?另一方面，他也能理解。對他們來說，事實如何根本無關緊要。他們只需要「對自己有利的情報被視爲事實」。

由於和平警察藥師寺警視長的強勢作風，他受到眾人的畏懼和警戒。組織裡有不少人對他相當排斥。只要能讓藥師寺警視長失勢，即使是有些牽強的主張，他們也會贊同。會議的最後，有人提問：「那藥師寺警視長認罪了嗎?」關於這個問題，警視監冷冷地回答：「和平警察正在進行審訊，報告遲早會出來。」

用不著等報告。

被和平警察盯上的人，就是危險分子。在中世紀的獵巫行動中，被懷疑是女巫的人不是死於拷問，就是承認自己是女巫而死於處刑，只有這兩個選項。

藥師寺警視長能否承受得住和平警察的審訊？

上野刑事部長沒什麼感慨地尋思著。

會議結束後，警視監叫住刑事部長。請問有何吩咐？刑事部長挺直腰桿，但或許是肥胖的體型使然，難以營造出精悍的緊張感。「你眞是個人才。下次的人事案，我一定爲你準備能讓你徹底發揮才幹的位置。」警視監熱切地說。

刑事部長深深一鞠躬。

★五之二

二瓶搭上縣警總部的電梯，按下關門鍵時，刑事部長進來了。他手上提著紙袋，不曉得是不是件手禮。

「部長剛從東京回來？」二瓶在關門時說。針對前些日子發生在和平警察集會的事件，警察廳召開會議，部長也被叫去。

「對。」

「會議怎麼樣？」

「沒什麼。」

部長體型肥胖、輪廓渾圓，生了一張娃娃臉，但氛圍和以前截然不同。但究竟是哪裡變了，二瓶等署內的人沒一個說得上來。對上級哈腰奉承、對下屬嚴格要求，在這個意義上和以前沒兩樣，然而現在他散發出一股威嚴。不可思議的是，即使聽到部長傲慢地下令，眾人也不再感覺不悅。

「果然是立了大功，建立自信的關係吧？撲到警視監大人前方，救了大人一命，啪，那簡直就像班上不起眼的草包，在球賽中踢進致勝一球嘛。隔天開始就成了班上的英雄人物嘍。」前些日子，三好一邊吃飯一邊說。

「可是說眞的，沒想到部長身手那麼矯捷。每個人都看呆了。」

「誤打誤撞的啦。」

但二瓶持不同意見。當時除了部長還有人穿防彈背心。他不認爲那些人能瞬間判斷要救警視監。

「部長，我可以請教一個問題嗎？」電梯上升時，二瓶怯怯開口，然後不等部長同意就說出問題。「以前，我在廣瀨河的河邊看過部長。」當時二瓶在清晨慢跑。橋下有人影，還以爲是誰，原來是部長，而且他居然用玩具投球機投塑膠球，再用身體飛撲擋住。

「這怎麼了嗎？」

「我在想，部長是不是在練習？」

「不光是棒球，凡事都需要練習。」

「不，不是練習棒球，前些日子集會時，部長救了警視監……」那是不是在訓練自己遇到危急情況時不會閃躲子彈？二瓶注意到刑事部長目不轉睛地看著他。他已有被部長破口大罵的心理準備，但部長的口氣意外溫和：「你是想問，我是不是預先練習過怎麼接子彈？」

「是。」

「這是什麼意思呢？」

二瓶煩惱著該不該說，但這時不知幸或不幸，電梯抵達五樓，門開了。二瓶按下開門鍵，等部長出電梯。走廊通往會議室，所以二瓶打算慢慢跟在部長後面，但部長遲遲不移動。時間彷彿暫停了，二瓶甚至不安起來：是不是電梯按鈕和部長的行動一致，除非自己放開手指，否則部長永遠都不會動？不一會，部長緩緩回頭。「你的意思是，我早就知道那個時候警視監會成會歹徒狙擊的目標？」

「是的。」儘管赫然一驚，二瓶還是回答，但立刻改口說「不」。「當時歹徒的目標是藥師寺警視長。」

「是啊。那個人很可怕。不管是部下還是上司，只要是爲了自己，他都會毫不猶豫地利用。那個時候，他拿警視監當自己的盾牌。」

「藥師寺警視長承認他拿警視監當盾牌嗎？」

「沒有，但他應該是故意的吧。他準備在那裡殺掉警視監。」

這太奇怪了。連二瓶都聽得出這種說法的漏洞。若是如此，一開始就讓那個理髮師瞄準警視監就行了。根本沒必要故意讓對方射擊自己，再抓警視監當盾牌。

答案只有一個。

爲了陷害藥師寺警視長。只有這個可能。「警視長故意拿警視監當盾牌，眞是冷血無情」，是不是必須給周圍這樣的印象？更進一步說，藥師寺警視長是否眞的抓警視監當盾牌也很可疑。

會不會有人推了警視監？

在那場騷動中，警視監被推，接著穿防彈背心的部長飛撲過去。

「二瓶，我不曉得你在耿耿於懷什麼，但當時的情形都被錄下來了。今天的會議上，大家也都看到了影片。」

「也是。」

不過影片要怎麼加工都行。此外，對藥師寺警視長抱持敵意、期待他失勢的人，在組織內爲數不少。雖然不清楚警視監是不是善意的第三者，但即使部長的行動有些不自然，眾人會睜隻眼閉隻眼也沒什麼好奇怪的。

二瓶提出另一個問題：「是誰在處刑裝置的刀刃上藏武器？」

處刑台的刀刃貼上磁鐵，吸住鐵棒。正所謂「丈八燈台，照遠不照近」，那個時候，敵人的武器就懸掛在他們頭頂上方三公尺處，然後在久慈羊介需要時自動送上門——隨著落下的斷頭刀。

是誰把武器藏在那裡，目前還沒查到。

或許只是自己不知道，高層和勘驗人員早就掌握情報了？

部長微微搖頭，透露出一絲顧慮，又伴著撒謊的罪惡感。「當時一定有穿著制服的假警察，混進前來支援的人員裡面。那個人靠近處刑裝置，動了手腳吧。」

到底是誰？二瓶本來要問，又打消念頭。部長的答案不言可喻。

「那個假警察是藥師寺警視長的同夥。」

二瓶不這麼認爲。

部長看了一會二瓶後說：「你有什麼疑慮嗎？」過去膽小老好人的印象完全消失無蹤。

「有一些屍體是交給部長處理，對吧？計程車司機事件時的目擊者屍體，還有在偵訊中過世的教授屍體。」

「你的話題還眞跳躍。」

「車子裡放的就是那些屍體嗎？」經過根白石直線道路後的那條小路，與連身服男發生打鬥時，車子爆炸了。被炸成屍塊的屍體，會不會就是其中之一？「只要事先準備好屍體上的頭髮，拿去做ＤＮＡ鑑定……」

刑事部長沒動怒，但也沒點頭。「除了這個，還有別的問題嗎？」他只是再次這麼問。

「不，沒有。」二瓶立刻回答。現在部長身爲救警視監一命的英雄，在組織內的聲望扶搖直上。二瓶也聽到傳聞，部長將被調回警視廳擔任中樞職位。

「二瓶，我也有問題。」

「咦？是的，什麼問題？」

「你對我有何看法？」

「呃？」

「你對我有何看法？」

「呃，這個問題……」二瓶支吾其詞，「其實很普通，就是我的上司。」

「這樣啊。」部長點點頭。「以前你是不是一直認爲，我是個既沒出息又不可靠的窩囊廢？」

「不。」二瓶隱藏內心的動搖。

「不必介意。」部長瞇起眼睛，就像個和善的親戚大叔，但也讓人感到居心叵測。「如果不是這樣就麻煩了。我就是要你們這樣想。」

二瓶窮於回答。就是要你們這樣想，這話是什麼意思？

「世上有各種昆蟲和動物。有些有毒性，有些有利牙，而有些昆蟲擬態成自己的獵物，等待獵物上門。」

「是。」

「求生方法五花八門，每一種動物都選擇適合自己的模式，就是這麼一回事。」

「部長也是嗎？」情急之下，二瓶厲聲反問。

部長想出自己的求生戰略並且實踐嗎？他披上羊皮佯裝無能，是有理由的？二瓶試著在腦中拼湊資訊和想像，卻無法成形。部長的目的到底是什麼？不過，如今部長在組織內開始獲得權力，這件事肯定也在他的計畫中。部長想要出人頭地嗎？想要掌握權力嗎？

「二瓶，我呢，」這時部長開口，就像在給想不出答案的學生提示：「覺得和平警察制度，不管怎樣都太勉強了。」

「咦？」

「我的朋友當中，也有人因和平警察執意定罪而被處刑。她只是個爲家暴而苦的普通女人，只是個養育女兒的母親，怎麼會是危險分子？你不覺得奇怪嗎？」

「這是在說誰？」這不是宮城縣的事。二瓶突然想起部長外遇的傳聞，但沒辦法連結起來。

「一般民眾提供的情報沒有惡意，但累積下來仍害得像她那樣的人被處刑，這種制度一定是錯的。和平警察的缺陷昭然若揭。」

他是從單純的私怨發展出具普遍性的道理嗎？或者相反，以個人的例子來譬喻重大的事實？不清楚。部長的聲音很冷，不知不覺間變得像喃喃自語，因此二瓶差點要當成乘風而來的樹葉聲。這時部長就要踏出走廊，二瓶叫住他：「部長。」

「什麼？」

「爲什麼部長現在要告訴我這些？詳細內情我無法理解，但……」部長是不是說得太多了？二瓶本來要這麼說。他忍不住猜疑：部長想試探我是不是站在他那邊的嗎？

部長的回答很簡潔。「有人交代我，說你很優秀，值得信賴，所以告訴你也無妨。」

「誰？」二瓶問，但部長已慢吞吞地走掉了。

★五之三

進店的男人眼神銳利。他開門時也在確認監視器的位置，久慈羊介猜想他是警方人員，果眞就是如此——久慈羊介望著對方亮出來的警察手冊。

「抱歉，打擾你工作。」對方淡淡地說。久慈羊介確實要爲客人刮鬍子，一時困窘起來。「我是沒關係，可是……」他望向躺在放平的椅子上，臉上抹了刮鬍泡的客人。意思是：你也體諒一下被晾在那裡的客人的心情。

「一下子就好。」對方的口氣不容拒絕。

久慈羊介無可奈何，向客人告罪後走近刑警。

啊！久慈羊介發現刑警是那天在東口廣場台上，差點就要把自己處刑的男子之一。他記得是叫二瓶。難道處刑還要繼續？他突然害怕起來，差點就要當場腿軟蹲下，但對方溫和地解釋：「你會提防我也是沒辦法的事。但我今天過來純粹是爲了私事。」即使如此，久慈羊介也無法立刻冷靜下來，不過對方不像在撒謊。

「我的所作所爲，全部告訴警察了。」前些日子，他總算被允許回家，理髮廳剛重新營業。他無法克制聲音中的顫抖。

「我當然知道。」

前些日子東口廣場發生騷動後，久慈羊介消失不見了。其實他只是直接回家，所以馬上就被警察抓走。他沒有抵抗，變得自暴自棄，覺得隨便怎樣都無所謂。最後他雖然被問罪，罪名卻相當輕微。久慈羊介的行動大部分都被當成別人——好像是警方幹部之一的陰謀。而久慈羊介在站前廣場的行動，也被解釋爲「受到某幹部脅迫強逼」。「不，不是的，完全是出於我自己的意志。」

久慈羊介一開始這麼主張，但警方反應很遲鈍，告訴他「你只是被利用了」，漸漸地，他發現對方有自己的一套劇本，因此同意對方的說詞後，便以驚人的速度被釋放。佐藤同學好像也平安回家了。

「我想問關於你進入第二大樓，救出審訊中的嫌犯的事。」二瓶刑警說。

「是。」

「據推測，有人先進入裡面，取得監視器紀錄和審訊的錄影檔案。」

這件事久慈羊介也聽警方說過。

據說，久慈羊介救了蒲生義正等人後，有人對和平警察宣稱「如果不希望審訊的影片被公開，就放過蒲生義正和他的家人」。久慈羊介對這件事完全不知情。那名人物好像潛入大樓的監控室，從遺落的證物中查出是那名警察幹部所爲。

「你入侵大樓時，有看到那個人嗎？」

「咦？沒有。」

「是不是這個人？」二瓶拿出平板電腦操作。久慈羊介都說沒看到了，對方卻硬要追問，那種強勢令他害怕。畫面中第一個出現的男人他認得。是個眼神冷酷的中年男人，氣勢十足。那是他在東口廣場拿武器瞄準的人。「這個人是……」

他記得名字，但不太敢說出口。

「這是藥師寺警視長，不過最近應該就會換頭銜了。總之，警方認定就是這個人利用了你。」二瓶的口氣彷彿知道事實並非如此。「那你知道這個人嗎？」第一眼很陌生，但久慈羊介認得畫面上的男人。那是自稱金子研討會成員並與他接洽的人。頭髮長度完全不同，不過五官很相似。

「現在回想，」二瓶接著說：「我到車站接他時，他不是從驗票口出來，而是本來就在車站裡面。也許他好幾天前就到仙台了。甚至連車站有新開幕的擔擔麵店都知道。」那與其說是在跟久慈羊介交談，更像是在腦中開檢討大會。他彷彿在自問：我怎麼會沒發現呢？「他可能獨自擬定了摧毀和平警察的計畫。或許從以前就跟我們刑事部長在籌畫了。」

「籌畫？籌畫什麼？」

「也可能早就準備要利用調查員殺害計程車司機的事件。或許本來打算當成和平警察醜聞的象徵，予以告發。你進入大樓時，溜進監控室的應該是這個人。當時他正在找計程車司機事件的監視器紀錄，發現你來了，就變更了計畫。所以他當場拿到你救助對象的情報……」

「那是個怎樣的人？」

二瓶輕嘆一口氣：「莫名其妙的人。」

聽起來像是貶詞，卻帶著幾許憧憬。

「那場爆炸也是故意的。他用來當隱身衣。」二瓶刑警說。「那輛車上原本就放著別的屍體吧。爆炸事件造成這種屍體不留原形的局面，警方會進行ＤＮＡ鑑定來確認屍體的身分。只要預料到這一點，先丟幾根頭髮在自家就行了。」

「別的屍體？這是在說什麼？」

「他讓我們看到的那副模樣，也不知道究竟是真是假。燙過的長髮造型，也可能是假髮。」

「刑警先生，呃……」

「這一連串事件，讓某人在警察機關裡獲得了權力。」

久慈羊介不懂這到底是在說什麼，但還是不得不問：「我是不是不該聽到這些？」他害怕一旦得知祕密，可能會因「既然被你知道，就不能留你活口」的考量遭到滅口。同時，他也擔心背後的客人聽到。至少到外頭說吧，他把刑警請出店外。

「雖然不是國王的新衣，不能戳破，但我一直獨自煩惱。」二瓶說。

「就算是這樣……」告訴我就沒問題嗎？久慈羊介慌了。他很想說：不要把我拖下水。

「理髮廳是吐苦水跟小道消息匯聚之處吧？」

「啊，唔，是的。」

「開始在警察機關中得到權力的那個人，應該會改造和平警察。」

「往好的方向嗎？」

「我不知道好的方向是哪個方向。」

「那個人爬上去後，會解散和平警察嗎？」久慈羊介把心裡想的說出來，但有一半是在開玩笑。

「你認爲呢？你知道什麼內幕嗎？」

「很抱歉，」久慈羊介只能這麼回答：「我毫無頭緒。」

只是吐露想法就抒解了內心的煩悶嗎？明明沒得到解答，二瓶卻一臉清爽地離開。

久慈羊介開門回到店裡。讓您久等了，他恭敬賠罪後，繼續爲客人刮鬍子。刮好鬍子，用毛巾擦拭下巴周圍，然後踩踏板打直理容椅的椅背。

神清氣爽的客人望著鏡中的自己，就像看到久別重逢的親戚。

「你知道日本的刺棘山蟻嗎？」他說。

與自稱金子研討會成員時相比，這人的態度變得直率許多。「金子研討會只是件隱身衣」，他這麼坦白後，就以朋友般的親暱與久慈羊介交談。這應該才是眞正的他。最初他說自己尾隨騎速克達逃走的久慈羊介而來，但十分可疑。會不會是尋找昆蟲般地找到這裡來？

「關於刺棘山蟻，女王蟻會進入大黑蟻等螞蟻的巢穴，先殺死那裡的女王蟻，並且把對方的氣味抹到自己身上。如此一來，大黑蟻的工蟻就會把刺棘山蟻的女王蟻當成自己的女王，努力侍奉。牠們會養育刺棘山蟻的卵和幼蟲。然後漸漸地，大黑蟻會因壽命到了而死去，所以不知不覺間，就形成刺棘山蟻的群體了。」

他說得很開心，久慈羊介不好打斷，於是逕自在客人後頸髮際的地方抹上泡沫。

「用同一套方法的話，喏，如果想要改變某個組織的方針，你覺得怎麼做最好？其實只要換掉頭頭就行了。」

「哦……」久慈羊介不懂他想表達什麼。

久慈羊介用毛巾擦掉刮過的地方，進入最後完工階段。他看著鏡子，修剪髮稍。

「把有用的人送進組織高層，或是讓他出人頭地也行。」

「哦……」

「不過，不管人事物如何改變，世界都不會變成正確的狀態。」

「是這樣嗎？」

「就像鐘擺來回回，總是會出現前一個時代的反作用力，因此只是來回擺盪，不斷反覆。」

「那該怎麼辦才好？」久慈羊介的疑問是出於質疑：對於自己犯下的罪，自己不必付出代價嗎？

「不能怎麼辦。因爲沒辦法讓鐘擺停在正中央。重要的是搖擺的平衡。如果偏了，就必須回到反方向。沒有所謂的正確。衝得太快就踩煞車，讓速度變慢一點。頂多只能做到這樣。」

雖然被警方釋放，但久慈羊介在東口廣場引發騷動的事，每個人都知道。即使理髮廳重新營業，客人願不願意上門，鄰居會不會接納，都是未知數。令他感到救贖的，是社長立刻就來光顧，像以前那樣跟他說話。「連身服的宣傳只被警方警告一下就沒事了，幸好、幸好。」他說。好像是交出從大樓樓頂拍攝的影片，換取到無罪。「不過也沒宣傳到就是了。」

警方向久慈羊介保證會向社會大眾說明他「不是加害者，而是被害者」。不過那也不算保證，更接近命令久慈如此主張。蒲生他們也能平安回家。但久慈羊介因犯下罪行，內心的罪惡感太強烈，總覺得坐立難安。

他看著鏡中映出的妻子遺照。

自己還活著。他抓不太到這件事的眞實感。還有件不能忘記的事——自己遲早會死。而且除非有特殊狀況，否則無法選擇怎麼死。

「不能怎麼樣的。」理容椅上的客人又說：「世界不會變得更好。如果厭惡這樣的世界，就只能搬去火星啦。」他只是笑。

久慈羊介熟練地操作剪刀。

剪刀發出的聲響飄浮在店裡。「喀嚓喀嚓」的聲音，連著下一串「喀嚓喀嚓」。雖然看不見，但算不上響亮的聲音，宛如環飾般綿延無盡，輕快地在空中舞動。一會後，久慈羊介問：「火星人會願意讓我理頭嗎？」他同時不安起來，殺人又驚擾社會的自己，可以像這樣活著嗎？甚至還跟客人有說有笑。他承受不住沉重的心情，嘆了一口氣。

鏡中的客人倒是悠哉得很。

「誰知道火星人有沒有頭毛呢？」客人歪著頭說。

久慈羊介放空腦袋，規律地動著操作剪刀的手，繼續理髮。

這個場面沒有被記錄下來，只是融入無聲無息快速通過的時間洪流，消失無蹤。

（全文完）

【參考文獻】

《像統計學家一樣思考：10個讓你瞬間看清迷思，改善生活的統計學技巧》（*Numbers Rule Your World: The Hidden Influence of Probabilities and Statistics on Everything You Do*）馮啓思（Kaiser Fung）著／中文版由高寶出版

《虐待與微笑——遭背叛的士兵的戰爭》（虐待と微笑み　裏切られた兵士たちの戦争）吉岡攻著／講談社

《血腥的西洋史——瘋狂的一千年》（血みどろの西洋史——狂気の一〇〇〇年）池上英洋著／河出書房新社（ＫＡＷＡＤＥ夢新書）

《圖說——獵巫》（図説　魔女狩り）黑川正剛著／河出書房新社（ふくろうの本／世界の歴史）

《昆蟲——長不大的擬態者》（昆虫—大きくなれない擬態者たち）大谷剛著／ＯＭ出版發行・農文協發售

撰寫這部小說時，我請教了東北大學工學研究所．工學院的杉本諭教授。教授詳細地講述了許多饒富興味的內容，感覺有如上了一堂特別授課。我由衷感謝。

作品中，許多地方直接引用了杉本老師的話，但本作完全是虛構小說。作品中發生的現象、以及想像中的道具，是我聽過杉本老師的話之後，自行創作出來的內容，請讀者理解它們並非現實之物。此外，本作借用了一些大學名稱、地名等實際存在的專有名詞，但就像本作的舞台顯然是虛構的日本，這些部分也屬於虛構。

另外，如果有讀者被書名誤導，以為這是有關外太空的故事，真的很抱歉。每當我看到駭人聽聞、無能為力的新聞，沮喪到家的時候，都會聆聽大衛．鮑伊（David Bowie）的名曲〈LIFE ON MARS ?〉。我一直誤以為這首歌的歌名是本書書名的意思（也不曉得要查一下字典），後來才知道原來是「火星上有生命嗎?」，出了大糗，有這樣一段回憶。

解說

正義在尋找他們的敵人

（本文涉及小說情節，未讀正文者請勿閱讀）

一

我曾經看過這樣一個畫面——

男性舞者穿著長褲，全身裹敷著不均勻的泥濘立於舞台邊緣，靜靜的、緩慢的，隨著迷離的音樂扭曲肢體逐漸蜿蜒向舞台上鋪好的道路彼端。畫面雖然怵目，但不至於引起負面情緒，但接下來，才是眞正驚心的開始。另一具身體，只以雙手支撐，自簾幕後匍匐而出尾行前人，他拖著的雙腳一如死物，直到意識到他下肢的萎縮癟瘦程度不似常人，又看到他需攀附另一個舞者方得以腳拖行，才恍然大悟，那人不知是小兒痲痺或是何因，下身眞是死物了。

兩人肢體繼續交纏，直到雙腿健全那人穩當立於地面，手執殘缺者的雙腳，狂亂拉扯揮舞，殘缺者只能以雙手支撐，健壯的上半身與萎縮的下半身互成對比，忽然有種不知道什麼情緒哽在喉頭。

——我啪地按下了暫停鍵。

那兩個舞者是劉守曜與阿忠，導演是田啓元，而這是他一九九五年爲小兒麻痺的阿忠打造的劇「日蓮。喃喃自語的島」，也是他的遺作。（註）

我很難解釋那個哽在喉頭的情緒究竟是什麼，憐憫是肯定有的、驚懼也有一點，但除了這些之外，有無數幽微的情緒沾黏在一塊，構成一團或許可以名之爲「噁心」的東西，洶湧意圖竄出。那是種你直面生命最無能逼視的角落時，身體最無能爲力也最直白的反應。

而這也是，我在看伊坂這本《不然你搬去火星啊》的第一部的時候，所懷抱著的情感。

很難解釋我看到第一部那連串的暴力與刑求交織的篇章所遭受的震撼，當然伊坂過去不是沒有類似的描寫，但在關鍵時刻他總會記得讓讀者喘氣。畢竟他很清楚，只有先勸誘讀者進入故事，才能讓讀者理解故事後面所希望傳達的東西。

但素來不挑釁讀者，強調小說引人入勝的部分與樸素的部分要達到平衡，甚至跟作家阿部和重說過「我們屬於balance派」這樣玩笑話的伊坂，這次居然絲毫不留情面，一連串地呈現一個高壓統治的世界，在同步擊潰書中人物肉體與精神的同時，也掐著讀者的脖子讓他們看到這就是一個可能的未來。

沉窒、壓抑、痛苦，諸多以前沒想過會放在伊坂作品上的字眼在腦海中紛至沓來，我忽然想到了法國劇作家亞陶（Antonin Artaud）提出的「殘酷劇場」這個概念。

亞陶認爲，過去的劇場都以爲要透過語言才能掌握到生命的核心，事實上語言只會帶來欺惘與假象，反而是在生命之上疊床架屋。而好的戲劇應該就像是一場「瘟疫」，唯有摧毀語言，讓災難降臨在觀眾眼前，直接看到屬於身體最苦痛的姿態，全然的毀滅帶來全然的新生，才能將那些加諸在我們生命的形上教條如同濃瘡般排出，再度看到生命的本我。

從這個角度來看，在小說開頭，將「魔女狩獵」與「忘記自己職責的和平警察」這兩個關鍵詞交織而成的最惡事態寫得如此鉅細靡遺的作者，就好像眞的安排了一場瘟疫降臨在讀者身上，逼迫我們思考，所謂的「和平」到底是什麼？如果我們需要狩獵魔女排除異己好維持內部的和平，我們又怎麼知道自己不會是那個需要被排除掉的異己呢？

只是伊坂畢竟還是個娛樂小說作者，他不會丟下我們與沉重的命運獨自相對，於是我們有了個超級英雄登場，他的出現如同暴風，一口氣吹散了之前和平警察帶來的沉窒氣氛，短暫的帶來了對抗強權的快慰。但等等，這可是伊坂啊，就算他在訪談中表示這本小說的構思起自於十多年前光文社的「不如來寫本像蜘蛛人的故事」邀約，也不代表在他筆下的超級英雄就可以輕易躲過

註：這影片youtube上找得到，非常建議各位讀者可以去看一下，或許可以理解台灣曾經有過一個怎樣輝煌的小劇場時代，以及我們失去了一個多麼驚人的天才。

現實的夾擊。

所以在第二部開始時，我們遇見了這本小說的偵探眞壁鴻一郎。

二

就劇情結構而言，眞壁的出現相當值得玩味，畢竟在確認了「和平警察」與「正義使者」的對抗關係後，以一般明快的好萊塢電影而言，應該是試圖去擴大這兩者的衝突與矛盾，並且爲了最後的大決戰而蓄積細節才對。但伊坂不這麼玩，他橫生枝節地引渡了另外一個角色，試圖干擾讀者預期的情節發展。

他還賦予眞壁相當強烈的個人魅力，看似藝術家的外型，輕挑與隨性只是他的保護色，總在談笑間發現直逼眞相的線索，完全是伊坂小說以前從未出現過的「名偵探」類型。他就好像韋伯（Max Weber）所謂的卡里斯瑪（charisma）式人物，可以靠著個人的魅力照亮官僚制度打造的鐵籠，起碼在他周圍，我們得以喘息而不用屏息看著小說中的平民百姓與龐大到不可思議的國家體制對抗。

不過，問題就來了。

前面好不容易建立「和平警察式的正義」與「正義使者式的正義」的對抗結構，那眞壁這麼搶眼的人該放在那邊？他質疑和平警察，而且可以用本來的面貌跟個人的知識與之拮抗；他同時也興致勃勃地建立包圍圈，逐步縮小鎖定範圍，幾乎就要抓到正義使者的眞身。眞壁把自己安置在一個雙重否定的位置，他既不屬於，也不屬於X的反面，他好像什麼都是，但也什麼都不是。

作爲讀者的情感投射對象，眞壁好像提醒了我們什麼，關於「和平警察」與「正義使者」的兩種正義，好像有哪裡不對勁。爲什麼我們的正義非得是代議式的，非要某個人或某個單位代表我們傳達我們的正義意欲，那屬於人民的聲音呢？我想這才是眞壁存在的意義，如果作爲一個「個人」他可以對抗兩種型態的正義代言觀，那作爲無數個人的人民，則應該可以更自由的選擇屬於自己的生活形式才對。更不要提，如果當眞壁也成爲了那個人民所需要對抗的「正義」的時候，該怎麼辦？期待下一個眞壁，或是自己成爲眞壁？

我想這或許是伊坂透過這本小說所要提出的最深切的疑問。

三

《不然你搬去火星啊》於二〇一五年出版，恰好也是伊坂幸太郎出道十五週年。回顧這十五年的創作軌跡，可以發現，伊坂的創作風格逐步從過去明快的娛樂小說轉變成如今總帶著點餘數在讀者心頭蕩漾，不能說試圖干涉讀者的選擇，但我覺得他是有意識的在提供讀者一個看待世界的嶄新方法，因此越來越常讓自己的小說往科幻的路線發展。

有趣的是，伊坂一直視爲啓蒙作家的島田莊司，也做了類似的事情。島田以爲，推理小說就是理性遇到神祕而碰撞出的產物，只是隨著科技的進步，這世界能稱之爲神祕的存在越來越少，也因此本格推理小說落入了窠臼之中。他這十幾年來提倡的「二十一世紀本格」，企圖引渡最尖端的科學進入小說中，讓理性再一次與神祕相遇，爲了要擠壓出一個足以收納這樣的科學的空間，他也借用了科幻小說的形式。

只是島田忘記了一件事情，如果你只把科學當成「工具」，那本格推理強固的保守結構，會徹底將其吸納而成爲另一種傳統形式的推理小說，但如果你不小心跨太大步，科幻小說的顚覆性格又會讓文本距離原本意圖的本格推理小說太遠。

換句話說，如果將島田莊司的「二十一世紀本格」視爲對現實的某種試探，伊坂的小說則根本性地質疑這個世界，逼迫你用嶄新的眼光來面對你所處的日常，提供你重新解釋這個社會的運作規則的機會。

更進一步講，伊坂或許沒有要當馬克斯的企圖，不過他的小說，絕對會燃起某些人內心的革命火種。

畢竟我們可沒有辦法搬到火星去呢！

作者簡介

曲辰，以推理小說評論家之名行世，也在中部幾間大學兼課。

覺得看到虐待場面就會不舒服的自己很沒用，但又會因爲自己的柔軟心靈而有點點得意。

伊坂幸太郎作品集23

不然你搬去火星啊

原著書名　火星に住むつもりかい?
作　　者　伊坂幸太郎
翻　　譯　王華懋
原出版社　光文社
責任編輯　詹凱婷（初版）、陳盈竹（二版）
行銷業務部　徐慧芬、李振東
版權部　吳玲緯
編輯總監　劉麗眞
榮譽社長　詹宏志
發行人　凃玉雲
出　　版　獨步文化
城邦文化事業股份有限公司
104台北市中山區民生東路二段141號5樓
電話：(02) 2500-7696　傳眞：(02) 2500-1967
發　　行　英屬蓋曼群島商家庭傳媒股份有限公司城邦分公司
104台北市中山區民生東路二段141號2樓
讀者服務專線：(02)2500-7718；2500-7719
24小時傳眞服務：(02)2500-1990；2500-1991
服務時間：週一至週五　上午09:00～12:00　下午13:00～17:00
讀者服務信箱E-mail：service@readingclub.com.tw
劃撥帳號：19863813　戶名：書虫股份有限公司
香港發行所　城邦（香港）出版集團有限公司
新址：香港灣仔駱克道193號東超商業中心1樓
電話：(852) 25086231　傳眞：(852) 25789337
E-mail：hkcite@biznetvigator.com
馬新發行所　城邦（馬新）出版集團　Cite(M)Sdn Bhd
41, Jalan Radin Anum, Bandar Baru Sri Petaling,
57000 Kuala Lumpur, Malaysia.
電話：(603) 90578822　傳眞：(603) 90576622
email:cite@cite.com.my

城邦讀書花園
www.cite.com.tw

封面設計　Bianco Tsai
排　　版　游淑萍
印　　刷　中原造像股份有限公司

初　　版　2016年（民105）5月
二　　版　2023年（民112）12月
定價　460元
ISBN 9786267226896（平裝）9786267226902（EPUB）

國家圖書館出版品預行編目資料

不然你搬去火星啊／伊坂幸太郎著，王華懋譯．二版．-- 台北市：獨步文化：家庭傳媒城邦分公司發行，2023〔民112〕11月
面；　公分．--（伊坂幸太郎作品集：23）
譯自：火星に住むつもりかい？
ISBN 9786267226896（平裝）
ISBN 9786267226902（平裝）
861.57　　112017224

廣 告 回 函
北區郵政管理登記證
台北廣字第000791號
郵資已付，免貼郵票

104台北市民生東路二段 141 號 2 樓

英屬蓋曼群島商家庭傳媒股份有限公司

城邦分公司

請沿虛線對摺，謝謝！

書號：1UF023X	**書名**：不然你搬去火星啊	**編碼**：

請於此處用膠水黏貼

讀者回函卡

謝謝您購買我們出版的書籍！

請費心填寫此回函卡，我們將不定期寄上城邦集團最新的出版訊息。

姓名：＿＿＿＿＿＿＿＿ 性別：□男 □女

生日：西元＿＿＿＿年＿＿＿＿月＿＿＿＿日

地址：＿＿＿＿＿＿＿＿＿＿＿＿＿＿＿＿

聯絡電話：＿＿＿＿＿＿＿＿ 傳真：＿＿＿＿＿＿＿＿

E-mail：＿＿＿＿＿＿＿＿＿＿＿＿＿＿＿＿

學歷：□1.小學 □2.國中 □3.高中 □4.大專 □5.研究所以上

職業：□1.學生 □2.軍公教 □3.服務 □4.金融 □5.製造 □6.資訊

□7.傳播 □8.自由業 □9.農漁牧 □10.家管 □11.退休

□12.其他＿＿＿＿＿＿＿＿＿＿＿＿

您從何種方式得知本書消息？

□1.書店 □2.網路 □3.報紙 □4.雜誌 □5.廣播 □6.電視

□7.親友推薦 □8.其他＿＿＿＿＿＿＿＿

您通常以何種方式購書？

□1.書店 □2.網路 □3.傳真訂購 □4.郵局劃撥 □5.其他

您喜歡閱讀哪些類別的書籍？

□1.財經商業 □2.自然科學 □3.歷史 □4.法律 □5.文學

□6.休閒旅遊 □7.小說 □8.人物傳記 □9.生活、勵志 □10.其他

對我們的建議：＿＿＿＿＿＿＿＿＿＿＿＿＿＿＿＿

＿＿＿＿＿＿＿＿＿＿＿＿＿＿＿＿

＿＿＿＿＿＿＿＿＿＿＿＿＿＿＿＿

為提供訂購、行銷、客戶管理或其他合於營業登記項目或章程所定業務需要之目的，家庭傳媒集團（即英屬蓋曼群島商家庭傳媒股份有限公司城邦分公司、城邦文化事業股份有限公司、書虫股份有限公司、墨刻出版股份有限公司、城邦原創股份有限公司），於本集團之營運期間及地區內，將以mail、傳真、電話、簡訊、郵寄或其他公告方式利用您提供之資料（資料類別：C001、C002、C003、C011等）。利用對象除本集團外，亦可能包括相關服務的協力機構。如您有依個資法第三條或其他需服務之處，得洽詢本公司服務信箱cite_apexpress@cite.com.tw請求協助。相關資料不提供亦不影響您的權益。

□我已詳讀權利義務之相關條款，並同意遵守。

請於此處用膠水黏貼